JN223092

ちび神獣たちのお世話係始めました
世界樹の森でもふもふスローライフ!
〈1〉
カナデ
illust. OX
GC NOVELS

Eins
アインス
Kuon
クオン
Itsuki
イツキ
Kikiri
キキリ

Zwei
ツヴァイ
Drei
ドライ

『……花、開いた』
体の中から何かが
引き出される感覚と共に
どんどん花が元気になっていき、
花が開くと次は折れていた茎が
力強く立ち上がって行く。
Sasha
サシャ

〈1〉

ちび神獣たちのお世話係始めました

I've started to take care of the little divine beasts.

A fluffy slow life in the forest of the world tree!

カナデ　illust. OX

Contents

プロローグ

Prologue

空を見上げると、晴れ渡った青空にうっすらと枝を広げる世界樹が見える。

『キュンッ！　イツキ、遅いの！』

「お、ごめんごめん、クオン。今日はいい天気で、世界樹がくっきり見えたからつい、ね」

空から視線を下へと向けると、一面に広がる真っ白な花が咲き誇る花畑。その花畑の中を飛び跳ねつつ俺を呼ぶのは、太陽の光を受けて金色に輝く毛並みの小さな狐、神獣九尾の狐の子、クオンだ。

『ピュイッ！　確かに、いい天気で気持ち、いいの。あっ！』

そう言ってクオンの上を飛んでいるのは朱金に光輝く羽を持つ幻獣サンダーバードの子、ライ。その向こう側には、幻獣オルトロスの子のロトムや精霊ケット・シーやクー・シーの子供たちの姿も見える。そして――……。

「おお、アインス達、今日はここで飛行訓練していたのか。お――い、アインスもツヴァイもドライも、頑張れよ――！」

ライが見上げた先、世界樹を背景に空を舞うのは深紅の鳥、神獣フェニックスの子供たちだ。

日本に生まれて会社員として働いていた俺が、何故か今異世界で世界樹の麓の聖地を神獣、幻獣の子供たちと歩いている。未だに夢なんじゃ？　って思う時もあるけど、でも――。

こうして聖地で神獣、幻獣の子供たちの子守りをしているのが現実なんだよな。本当に、どうしてこんなことになったのか――。

俺は斎藤樹、享年二十七歳。

日本で普通の会社員だったが、通勤電車が事故を起こして死んだ。


多分、即死だった。

半分眠りながら電車に乗っていると急ブレーキが掛かり、周囲から悲鳴が上がったと思ったら一気に横に圧が掛かったのだ。慌てて踏ん張ろうにも通勤時間の満員電車で足幅を広げる隙間さえなく。将棋倒しのように、そのまま何人もの体重を受けて斜めに倒れた体は、更に隣の人へと……。

あれ、一番下の人はあの時にはもうダメだったろうな。俺は比較的隣の車両に近い場所に立っていたから、受け止めた体重は恐らく十人分くらいだったが。でも、あの後更にガンッと下から突き上げる衝撃があって、体が浮き上がって……。

最後は天井に頭をぶつけたか、それとも人か電車の天井か壁の下敷きになったか。恐らくあの車両だけでなく、何車両もの人を巻き込んだ世紀の大事故ってヤツだったのだろう。

あれ？　でも、それならなんで俺は今、意識があるんだ？　まさか死んでないのか？

ふと気づいて辺りを見回すと、真っ暗で何も見えなかった。というか、目を開けた感覚もなかったし、手足を意識してみても、動く気配もない。

うーん……。これは意識だけでどこか彷徨っているのか、それとも今まさに三途の川でも渡っているところなのだろうか。まあ、考えたってどうにもなりそうにないし、何も出来ないなら待つしかないか。

　そのままぼーっとしていると、気づいた時には何か温かな物に包まれていた。いや、恐らく魂状態の俺が誰かの手にすくい上げられて、手の平の上に乗せられたのだろう。見えていないが、なんとなくそう感じた。

「ふう……。やっと私に気づいたと思ったら、何でそう冷静なのですか？　普通はもっと取り乱しませんか？」

　上から聞こえる、というよりは全身に木霊するかのように響いた声は、性別を感じさせない無機質で、それでいて声に宿る感情は感じられるような、そんな不思議な感覚を覚えた。

　いや、別に冷静な訳じゃない。ただ、何も出来ないし、取り乱したって何も変わらないからぼーっとしていただけなんだけどな。というか、貴方はどなた様？　もしかして、神様か？

「……私は、魂の転生を司る部署の管理官の一人です。貴方はこの度、列車事故でお亡くなりになりました。因みに、同時に亡くなられた方は、五百七十八人です」

　やっぱり大事故だったか。うん、あの事故じゃあ、確実に他の車両も巻き込まれたよな。

「ええ。貴方のいた車両では、生存者は確か二人だったかと。隣の車両が五人、その隣が二十人ですね」

　ふんふん、じゃあ俺が乗っていたのは一番被害が大きい車両だった、ということか。なら最後の瞬間を味わわずにすんだのは、不幸中の幸いだったな。自分がぐしゃっと潰れたところなんか、覚えていたくもないし。

「……貴方は、本当になんでそんなに平然としていられるのですか？　こうして管理官として個人と対面する機会はほぼありませんが、不慮の事故で亡くなると大抵の方はしばらく茫然自失するか、取り乱して発狂するかですよ」

おお、じゃあ、死後もこうして個人の意識があったことは、イレギュラーなことではなかったってことか。どうして俺だけがこうして彷徨っているのか、そこには何か特別な理由が！　なんて少しだけ考えちゃったんだよな。だけどそんな小説や漫画じゃあるまいし、平凡で取り柄もない俺が特別な存在だ、なんてある訳ないよな。

ああよかった、よかった。

そう、疑問が解決してスッキリとしていると、またじっとりとした視線を感じた。

「……ふう。もう、いいです。因みに、確かに死後すぐに自我は喪失しませんが、あなたは現在魂の管理の列から零れ落ちてしまっているのです」

は？　なんだって？


その管理官曰く、人は死ぬとまず魂の管理室へと魂が集められるそうだ。だが同時に五百七十八人が死んだのが原因かどうかは不明だが、俺はその管理室からはじき出されて、何故かこの【世界の狭間】と呼ばれる空間を一人で漂っている状態らしい。

この魂の管理官がそのことに気づき、こうして来てくれたという訳だ。

うん、ありがたい。このままぼーっとしていても、その内自我は消えそうだが、それまでの時間で発狂していたかもしれなかったからな。

なんでこんなことになったのか、というと、考えられる原因としては、俺の魂は元々地球の物では・・・・・・・・なかったから、だそうだ。

なんでも地球では世界の人口が増加しすぎて、魂の循環だけでは生まれる魂の数が足りなくなった。それでも増加は止まらずにどんどん生まれるものだから、その不足分の魂をこの狭間を通して他の世界の魂の管理室から吸い取っているのだそうだ。

確かに日本では少子化が問題になっていたが、世界全体としては人口増加の一途を辿っていたんだよな。アフリカだってＮＰＯ団体やら何やらの国際組織の助けで、死亡率は下がっているし。

そんな状況だから、今の地球では元の魂は異世界人、というケースは珍しくないらしい。だが、俺が一人だけここを漂っている原因としては、それくらいしか考えられないのだそうだ。

ただ地球がどんどん異世界から魂を吸い取るので、その吸い取られた元の世界の魂が減少傾向に陥り、俺の魂の元々の世界もかなり深刻な状況らしい。なので、この際だから俺には元の世界に戻って、そこで転生して欲しい、と言われた。

まあ、転生する時には当然ながら今の俺、斎藤樹としての自我もなくなるし、なら別にいいかな。どこで生まれようと、俺に支障はないし。うん、了解。じゃあ、その、元の世界の魂の管理室へ連れて行ってくれないか？

「……もう幾千年も管理官をしていますが、貴方のような人は久しぶりですよ。でも、元の世界へ戻っていただけるのは助かります。本当は他の魂も元の世界へ戻したいのですが、そうなると地球の魂が不足して、また他の世界の魂を引き寄せることになってしまうので、頭の痛い問題なのですよ」

それは堂々巡りだな。俺一人が戻ったところで問題解決にはならないだろうが、地球も温暖化とか色々深刻な問題があるし。近々人口が大幅に減少する可能性は否定出来ないから、まあ頑張ってくれ。

「ふう。……斎藤樹さん。では、魂を転送させていただきます。魂の管理室でゆっくりと魂を休まれてから、次の生へ転生して下さい。……まあ、貴方ならば、時間はそれ程掛からずに転生となるかもしれませんが」

ああ、ありがとう。見つけてくれて助かったよ。またな。

そうして管理官の両手に包まれ、これで俺の魂の元々の世界だという別の世界の魂の管理室へ送られるのか、と思っていると。

「あれ？　ええっ！　ちゃんと転送したのに、なんでまた零れ落ちるのですかっ!?　しかも、そこは狭間じゃ……！」

と、とても慌てた声を最後に、意識さえもブラックアウトしたのだった。

Eins
アインス

１章

異世界行ったら
すぐに捕獲された

Chapter 1

1　また零れ落ちたようです

目を開けるとそこは、森だった。しかも、木には蔓がからまり、木々の間隔は狭く陽の光は遮られ、下生えの草もわんさか生い茂っている、イメージ的には熱帯系の森だ。そう思ったからか、肺に吸い込んだ空気も、どこか湿り気を帯びているように感じられた。

そんな鬱蒼とした森の中に、どうやら俺は突っ立っているようだ。

あれ？　さっきまで手も足もなかったし、真っ暗だったし、魂だけの存在だったよな？　なんか魂の管理室で休んでから転生って言われた筈なのに……。

「ああ、そういえば最後に、『また零れ落ちた』とか言っていなかったか？」

意識はあったが目はなかったので、会話した魂の管理官がどういう姿をしていたかは分からない。

……というか、耳も口もなかったけど、会話出来ていたしな。俺の思考を読んでいたのはいいが、本当に不思議な体験だった。

と、思考がずれかけたが、今気にするべきはそこじゃない、と戻す。

「ええと、また零れ落ちた、しかもそこは狭間じゃ、とか言っていた気がする。ああ、そういえば今、体があるな」

さすがに自分でも本来ならここで、盛大に取り乱すところだろう、とは思うが、状況が急展開しすぎて驚くのも通り越して冷静にもなるというものだ。

まあそれに、ここまで来ると驚くのも疲れるし、ありのままを受け入れた方が精神的に楽だよな。

「うーん。手は……大人の手だな。というか、見慣れた手足だ。もしかして、姿はそのままなのか？」

一度死んで、魂だけになったのだから、今、元の人の姿をしているのはおかしい。いや、もしかしたら全然違う顔だったりするのか？

「そこは見て確かめるしかないな。と、いうか、ここはどこだ？　どう見ても深い森の中だし、この近くに人が住んでいる場所があるのだろうか？」


俺は死ぬ前は、日本で働く普通の会社員だった。二十七歳だったが結婚はしていない。学生時代は何人か付き合った人もいたが、毎回「こんなにのんびりした人だとは思わなかった」と別れ話をされ、振られた。それが面倒になって、就職してからは誰とも付き合っていない。

そこで一人の時間で読んでいたのが、巷で流行りの無料小説だ。ラノベ、というジャンルの中でも異世界転生ものの魔法と剣の世界のファンタジー作品をよく読んでいた。

だからいきなり森の中へ放り出されると、「ああ、これが転生物の小説のよくある定番、ってやつか」と思ってしまったが、だからといって、その小説の主人公の通りにすぐに行動出来る訳もなく。

「うーん。恐らくここは、あの管理官が言っていた、俺の魂の元々の世界だよな？　そこへ転送する、って言っていたのだし。どんな世界かは転生する自分には関係ないと思って聞かなかったが、もしここが小説のようなファンタジー世界だとしたら、これ、つんでないか？」

こんな右を見ても左を見ても、木しか見えない森の中だ。どう考えても魔物やモンスターが存在していなくても野生の動物はいるだろう。

そして今の俺は手ぶらだ。服は見た感じゴワゴワな感触の生成り色のズボンにシャツのようだが、ポケットもないしカバンも持っていない。これでどうやって戦えというのか。

「まあ、例え武器を持っていたって、いきなり戦闘する、なんて俺には無理だけどな。中学、高校で剣道と柔道は授業でやったけど、戦いの心得なんてそんなもんだぞ」

柔道の受け身だけは「何かあった時の為に、これだけはしっかりと身に付けろ！　とっさに受け身を取れたら命が助かる場合もあるからな」と中学の時の先生にきっちり練習させられ、高校の授業の時に褒められたがそれだけだ。

ここで転がって受け身をとったら、木の根にぶつかるか、それこそ藪につっこんであちこち怪我をしそうだよな。もし襲われたら、逃げてダメならもう、一思いに諦めるしかないのか？　とりあえずそれまでは、生きる努力はするか。

どうせ本来の斎藤樹は死んだのだ。この世界に戻る予定だったにしろ、まっさらに生まれ変わる筈だった。今こうして斎藤樹としての自我がある状態でここにいるのは、まさにイレギュラーな事態なのだから、それこそ俺にとっては余生だと思えば、あがくだけあがけば諦めもつくかな。

「あの管理官がまた介入して連絡してくれるか？　……いいや、ここで俺が死ぬ方が早いだろうから、放っておくか。ここで死んだら、今度こそ間違いなくこっちの世界の魂の管理室って場所へきちんと行くだろうし。その方が手間が掛からないよな」

とりあえずここで突っ立っていても仕方がない。実は先ほどから水が流れる音がしていて、気になっていたのだ。水場は野生動物が水を飲みに集まるから危ない、と聞いたような気もするが、水は生きていく上で重要だ。とりあえず水でも飲んで、姿の確認をしよう。

そう思い、水の音のする方へ足を踏み出したが、向かう道中の何の手入れもされていない下生えの草をかき分けて歩くだけでも結構な重労働だった。この森に棲む動物や、いるかもしれない魔物に見つからないように音を立てずに気配を消して進む、なんて到底無理な話だ。

ガサガサと大きな音を立てつつしばらく進むと、いきなり森が開けて光が差し込んだ。

「おお。キレイな泉だな。湖程の大きさはないから、泉、でいいんだよな」

数十メートルだけ開けた場所の中心に、こんこんと水が湧き出ている泉があったのだ。

その泉の水はどうやら自分が来た方とは逆側へ小川となって流れ出ているらしかった。

周囲に獣の姿がないことを確認し、泉へ近づいて淵から覗いてみると。

「……やっぱり俺のままだ。変わったのは、服だけか。どうしてだろうな？」

水に映ったのは、二十七年間慣れ親しんだ姿そのままだった。着ていたスーツがゴワゴワした生成り色の上下に変わっていただけで、若返ってもいないし、髪と目の色が変化した訳でもない。

「とりあえず水を飲むか。これだけ澄んだ水だ、そのまま飲んでもお腹は壊さないよな……」

沸かして飲んだ方がいいのは分かってはいても、今の自分には鍋どころかコップもない。そして火を灯す手段もないのだ。

手を水につけて洗ってから、少し離れた場所の水をすくって口をつけてみる。

「おお、美味い！　これぞ、天然自然水、ってヤツだな！」

売っているペットボトルの天然自然水とは違い、滑らかでほんのりと味があるような水は、とても冷たくて美味(おい)しかった。

水を飲んだことで、これが現実だということを実感したが、とりあえずはもう一口、と泉にまた手を入れると。

「え？　なんだ、大きな鳥だな……って、降りて来ているのかっ!?」

水面に映った赤い色が、真っ赤な鳥だと気が付いて目を凝らした瞬間、水面越しに目があった気がした。

そんな、まさかな、と思っていると、水面に映っている真っ赤な鳥が、どんどん大きくなり、真っすぐ泉目掛けて降りて来ていることに気づく。

「ええっ！　ちょっと、どうすればっ！」

さすがにこの事態には慌てて顔を上げた時にはもう、すぐ目の前に大きな鳥の脚があり。

あ、これは死んだな。まあ、最後にこの美味しい天然自然水を飲めただけでもめっけもんだったか。

とぼんやり思っている間に、鳥の脚にガシッと捕まれた。

「へ？」

そのままグシャ、と握りつぶされると覚悟したが、気づいた時には空を飛んでいた。

「えええぇぇえっ!!　うわっ、どうなっているんだっ！」

2　一体どうしてこうなった？

「うおおおっ……。俺は、どこに連れていかれるんだ？」

どうやらすぐには殺されず、運ばれているらしい、と悟ると諦めて空から見える景色を堪能することにした。

ちょっとでも触れたらそのままパックリいきそうな鋭い爪を持つ脚に、がっちりと胴を捕まれている割には痛くはない。それに安心して、体に入っていた力を抜く。

どうせ今暴れても、俺が危なくなるだけだしな。諦めが肝心か。

顔を下向きにうつ伏せの状態で下に目をやるとさっきまでいた泉はもう見えず、眼下に見えるのは辺り一面緑ばかりだった。

「ふわぁー。あそこはこんな広い森の中だったのか。どうやってても歩いてこの森を抜けるのは無理だったな。ある意味この森を抜け出せたのはラッキーだった、ということか」

まあ、こうして運ばれているのは、鳥だから子供の餌にでもする為かもしれないけどな。……生きながら食われるくらいなら、いっそひと思いに殺してからにしてくれないかな？

最期に見る景色がこれならそう悪くもない、と開き直って空からの景色を眺めていると、ほどなくして少しずつ高度が下がり始めた。

「おっ、もうすぐ終点か。終点は終点でも、人生の終点かもだけど。こんな短期間に二度も人生の終点を経験するなんて、俺って実は凄い体験をしているよな？」

どんなに凄い体験でも、そんな経験をするなら辞退するという人が大多数だろう、という世間一般の考えを無視して、のんびりと顔を上げてどこに降りようとしているか確認してみると。

「おっ、岩山だ。あそこにこの鳥の巣があるのか。じゃあ、やっぱり子供の餌コースかな」

それまで森の緑で埋め尽くされていた視界に、いきなり森から突き出るように聳え立つ岩山が目に入る。

この鳥が降下して行く先が、降りていく角度からその岩山で間違いないようだと確信した。

どんどん近づいて来る岩肌に目を凝らすと、切り立つ崖の上方の岩棚に木の枝で作られた巣と、巣の中に真っ赤な羽の鳥の雛が三匹いるのを見つけた。

これは餌なのは確定だな、と思っていると、ふいに体が空を舞った。

「えっ！　うわあああぁあっ!!　生餌は嫌だけど、ここに来て墜落死かよっ！　ひき肉になったら俺なんて、食べる肉はほんのわずかだぞっ!?」

頭の中にグシャと潰れた自分の死体を思い描き、二度目もそんな死に様なのかと諦めかけたその時、

『ピュイッ！』という鳴き声が聞こえた。それと同時にもふっとした感触に体が当たり、次の瞬間にはポーンと空へ投げられていた。

「は？」

ふわり、とした浮遊感の後、先ほどよりも緩やかな落下が始まり、下向きへと体勢が変わった視界に、また赤がよぎった瞬間。

『ピューイッ！　ピピピッ!!』

『ピュイピュイッ！』

『ピピピッ、ピュ――ッ！』

自分の身に何が起こったかを把握する前に更に二度空を舞い、最後はポスンと柔らかい羽の上に仰向けに落ちていた。そうして目の前には、真っ赤な羽のずんぐりむっくりした雛が三匹。

もしかして今、雛の頭に順番に上に放り投げられたのか？

雛といってもあの大きな鳥の雛なだけに、既に身長百七十三センチの俺と同じくらいの大きさがある。

『ピュイピュイッ！』

今自分が生きていることも信じられず、ただ茫然と下から雛たちを見上げていると、一匹の雛の俺の頭ほどもある大きな嘴（くちばし）がずいっと寄せられ、腹をツンツンとつつかれる。

あれ、これはやっぱり生餌コースか？　と思っていると、別のもう一匹に羽で押されてコロンとひっくり返された。

「食べないのか？　それとも寝転がっていると、食べづらいとか？」

どうやら生餌と思っても、すぐには啄（ついば）まれなさそうだ、と不思議に思いつつ立ち上がると。

『ピピピッ！　ピュイピュイッ！』

『ピュ――、ピュイッ!!』

今度は二匹の突撃を受けて、吹き飛ばされるように巣の壁に押し付けられた。そうしてすりすりと

ふわふわな綿毛のような羽毛の生えた頭がすり寄せられる。

「うおおっ、ちょっと、うわあっ！　背中、痛いからっ！」

ふわふわな羽毛はとても気持ちいいが、二匹同時に一抱えもある頭をすり寄せられて足が浮き上がり、木の枝が組まれた巣に背中を押し付けられて枝が食い込む。

あまりの痛さに何も考えずに目の前の頭に抱き着き、その勢いで枝を足で蹴って乗り上げる。

「おお、ふわっふわだ！　すっごいな、これは。鳥ももふもふだったんだな!!」

思わず今の状況を忘れ、二匹の頭に跨る不安定な体勢から一匹の雛の上に乗り換え、全身でもって背中へと張り付く。当然、手はもふもふと羽毛を撫でまわしている。

夢中で手触りが最高な柔らかな羽毛を味わっていると、じっと視線が注がれていることに気付き顔を上げると、目の前にもう一匹の雛がいた。

『何をやっているんだか』といっているかのような視線に、思わずハハハと愛想笑いを浮かべてしまった。だが、どうやら俺は生餌にはされないようだ。まあ、保存食という線もまだ捨てきれないが。

俺にさっき突撃してきたもう片方の雛に脇腹をつつかれ、頭の両脇から足をたらし、お尻へ向けて伏せていた頭を上げて雛から降りることにした。

そうして雛から降り、脇からつついていた雛の頭を撫でていると、鋭い鳴き声が聞こえた。

『ピュイ――――ッ!!』

『『ピィピィッ！　ピピピッ!!』』

すると雛たちは揃って頭を上げ、嘴を上へと上げて鳴き出した。それを見て見上げると、俺をこの巣へ落としてそのまま飛び去って行った親鳥が、今度は獲物を咥えて戻って来たところだった。

真っ赤な血が滴っている、毛皮がついたままの獲物を親鳥が巣の中へと投げ入れる。

ドスン、という振動とともにぐしゃっと着地した獲物は、横たわったままでも俺の背丈くらいまであった。体重はそれこそ俺の何倍もあるだろう。

こんな魔物だかモンスターだかがいたのか……。俺、森を移動していた時によく無事だったな。

戦慄する俺の横で雛たちはうれしそうに獲物に群がり、嘴で毛皮をブチッと剥ぎながら肉を啄み出した。

うをっ。俺を食べなかったから一瞬草食なのかと思ったけど、やっぱり肉食だよな……。じゃあ、俺は保存食コースなのか？　この食欲だと小腹の足しにもならなそうだけどな。

むせかえるような血の匂いに吐き気を覚えて食事中の雛からは目線を外し、巣の奥へ移動しつつあちこち見回しているとじっと俺のことを見ていた親鳥と目が合った。

「な、なんだ？　やっぱり今すぐ餌になれってことか？」

『ピュー、ピィッ』

こうして全身を改めて見てみると、二階建て程はありそうだから全長十メートルは軽く超えていそうだ。俺の身長程の大きさの顔を見つめ返して問い返すと、嘴で餌を啄む雛たちの方を示された。

その目力にそろそろと雛たちの方へと近づいて行くと、親鳥が嘴をのばして獲物の端の肉を食いちぎり、その肉を俺の前へ落とした。

「えっ！　も、もしかして、俺にも食べろってことか？」

『ピュイッ！』

そうだ、というように頷かれ、どうやら餌として捕獲された訳ではなさそうだ、と思いつつ親鳥を見返すと、さっさと食べろと言わんばかりに促された。

「いやいや、俺、生で肉は食えないので！　食べたらお腹を下して、大変なことになるから！」

『ピィー？』

じゃあ、どうするんだ、とばかりに小首を傾げられ、この鳥は俺の言っていることを完璧に理解しているのだと悟る。

「ええと、肉を食べるなら、火を通して焼いてから食べないと、人は病気になるんですけど……」

そう恐る恐る言ってみると、やれやれ、とばかりに面倒そうに巣から一本の太目の枝を引き抜いて巣から少し離れた場所へ置き、そこにふっと息を吹きかけた。すると嘴から火が放たれ、木の枝が燃え出したのだ。

「おおっ！　す、凄いっ！　もしかして今のはブレスか？　それとも魔法なのかっ？」

地球ではありえない現象に興奮して巣を乗り越えると、今の自分の状況を忘れ、しみじみと燃えている火に見入ってしまったのだった。

3　料理番になるようです

ただ茫然と燃え盛る火を見ていると、そこにまたポトリと生肉を落とされ、さっさと食べろと促される。

「あ、ああ、ありがとう。じゃあ、焼いて食べてみる、か……」

足元のまだ血が滴る肉は、何の肉だかも分からない。だが、今生き残る為には食べるしか選択肢はなかった。

まあ、毒があったり食べて肉が合わなくても、どうせ一度は死んだ身だしな。とりあえず食べてみるか。

燃えている火と塊のままの肉を見比べ、どうやって焼けるかを考えて一度巣へ戻り、尖った小枝を見繕い何本かを更に手で折る。その小枝を手に、俺のやることを見ている親鳥に尋ねてみる。

「あの、出来たらこの肉を洗いたいし水も飲みたいのですが、ここに水場はあったりしませんか？」

さっき泉で水は飲んだが、たったの一口だ。それからの急展開で、ひどく喉が渇いていた。巣なら近くに水場もあったりしないかと、思い切って聞いてみると。

『……ピュー。ピィッ！』

面倒な、と言わんばかりにため息をつき、巣のある逆側、崖の方を羽で示された。

やっぱり言葉は通じているのだな、と思いつつ手に肉と枝を持って巣を回ってみると、崖の途中からしみ出した水がチョロチョロと流れ出ていた。

「おお、これもキレイな水だな。どれ、飲んでみるか」

水流の中に手を入れて洗ってから、両手ですくって一口飲む。泉の水より少し土くさいが、それ以外の変な味はしなかった。これなら生水でも飲めそうだ。

水をたっぷり飲んでから最初に小枝を洗い、次に肉を洗ってから小枝を刺す。

「うっ、やっぱりナイフか何かで先を尖らせないと刺さらないか……。どうやって肉を焼こうかな」

うーん、とあちこち見回してみたが、背には水が滴る崖壁、左手は切り立つ崖、前に鳥の巣と少しの空いたスペースに、右手は親鳥が起こしてくれた火と親鳥が横になっても余るスペースがあるだけだった。

そのどこもが岩山だけに岩と石で覆われていて、草も生えていない。

「ああ、この岩を使えばいいのか。石と組み合わせて、竈を作ってみよう」

手に持っていた肉と枝を水場の岩の上に置き、火の傍へ戻りながらあちこちに転がっている岩と石を物色した。手頃な石を見つけると、火の傍で小さめな岩と組み合わせる。最後に大き目な平たい一枚岩を水場で洗い、組んだ竈の上へと載せ、なるべく平行になるように調整した。

「うん、これで肉くらいなら焼けるかな。細い枝をいくつか集めて、竈へ火を移そう」

何をやっているのか、と鳥の親子が見守る中、巣へ戻って今度は適当な太さの枝を集める。巣に使っていただけあって乾燥状態も良い枝を、両手で持てる分選んで竈の脇へ置く。そしてコの字へ組んだ石の竈の中に、記憶の中にあるキャンプ番組を頼りに枝を組んで行った。

「ま、こんなもんかな。あとは火が上手く付けばいいけど……」

次は選んでおいた細くて長めの枝を手に持ち、燃え盛る火の中へ入れる。

「おっ、やった！　これならいけるだろう！」

燃え移った火を消さないように運び、火の着いた枝を竈の中へ膝をついて入れた。

「消えないでくれよ……」

　ふうっと息を吹き込むと、小さくなっていた火が大きくなり、しばらくすると他の枝へと燃え広がった。その火がしっかりと燃えているのを確認してから、更に枝をくべて上に渡した平らの石が十分に熱せられるのを待つ。

　濡れていた石から蒸気が上がり、乾いた石が熱を発してくると、水場から肉を持って来て石の上へと載せた。

　じゅうっという音とともに、しだいに肉の焼ける匂いが辺りに広がる。

『ピュウー……』

『ピュイー……』

『ピピピピピッ！　ピュイッ！』

　洗った小枝を箸代わりにしてなんとか肉をひっくり返していると、巣の方から騒がしい鳴き声がひっきりなしに上がる。

「ん、なんだ？　ちょっと待ってくれよ。中まで火を通さないとならないからな。本当は肉をもっと薄く切りたいけど、ナイフなんてないしなー……」

　ついでに当然ながら調味料も全くない。

　騒ぐ雛の様子は気にはなったが、今は焼ける肉から目を離さずに、十分に火を通すことにだけ神経を使う。

　縦にしたり、横にしたり、斜めにしたりしつつ、一塊もある肉がこんがりとしたいい色に焼き上がり、辺りに焼けた肉の匂いが充満した頃、ドサッと目の前に新たな肉の塊が上から落とされた。

「えっ？」

顔を上げると、いつの間にかすぐ上に親鳥の姿があり、嘴で後ろを見ろと促した。

そーっと後ろを振り返ると、巣から半分以上乗り出して三匹の雛がバタバタしていた。さっきまで夢中で食べていた獲物の肉は、途中で放り出されている。

「……も、もしかして、雛の分も肉を焼け、ってことか？」

『ピュイッ』

コクンと親鳥に頷かれ、雛たちにはまた『ピュイピュイ』鳴かれた。

あー、確かに肉が焼ける匂いって、食欲を誘うよな。普段は生肉しか食べたことがなくても、食べたくなるか……。

「ふう……。わかったよ。雛たちなら半分レアでも大丈夫だよな。ただ一度にたくさんは焼けないから、早く焼く為にも肉を薄く切りたいな。肉を切るのに刃物か何かなんて、ない、ですよね？」

一度に大量に焼くなら、大きな塊肉よりも切って焼く方が何倍も効率がいい。ついでに俺は丸かじりするよりも、薄切りにした肉を食いたい。そう思ってそっと親鳥に目を向けて尋ねてみると。

じっと俺の顔を見つめた後、ふいっと飛んで行ってしまった。

「もしかして、刃物を取りに行ってくれた、とか？　まさかな？　でも……俺の言葉は通じているみたいだしなぁ」

つい考え込んでいると、ぶすぶすと黒煙が立ち込め、あたりに焦げた匂いが充満した。

「うわっ、焦げてるっ！　いいか、お前ら。今焼いてやるけど、大人しくちょっと待っていろよ！」

慌てて肉を転がして端に寄せ、近くの薄い石を素早く水場で洗い、その上へ焼けた肉を載せた。

『ピュイ、ピュイッ!!』

『ピュウー、ピュイッ！』

『ピピピッ、ピピピピピッ!!』

その肉を見て騒ぎ出した雛たちに、慌てて肉を遠ざける。

「だからちょっと待てってって！　これをやってもいいけど、まだかなり熱いから！　もうちょっと冷めないと、お前らは食べられないだろうよ！」

『ピィーピュイッ！』

『ピュイ、ピュイッ!!』

『ピィー、ピピピッ!!』

「大丈夫だから寄こせって言っているのか？　……でも鳥って、こんな熱い物食べてもいいのか？」

子供の頃に犬は飼っていたが、鳥を飼ったことはない。でも飼っていた犬のジロウがテーブルから落ちた焼きたての肉を口でキャッチした時は慌てて吐き出していたのだ。

どうしたものかと雛たちとにらみ合っていると、そこへバサバサという羽音と共に親鳥が戻って来た。

『ピイ――――ッ！』

一声甲高い鳴き声が響くと、騒がしかった雛たちの声が止んだ。

親鳥の方を振り返ると、まだ焦げて湯気を立てている肉の塊を、パクッと一口で飲み込んだところだった。

「え、えええ――――っ!!」

『『ピュイ――――ッ!?』』

思わず俺と雛たちが揃って声を上げると、フンッと鼻息を返された。

あれ？　もしかしてこれは親鳥の分も、今後は俺が肉を焼かなければならない、とか？　それに熱い肉を食べても平気みたいだな。さっき火を吐いたくらいだから、火に強い種族なのか？

茫然としながらそんなことを考えていると、ポイッと何かを投げ渡された。

「へ？　あれ、これ、カバンか。かなり古いみたいだけど、もしかして森にあったのか？」

『ピィッ！』

いいから開けてみろ、と促され、入れ口が幅広のトートバッグ程の肩掛けのカバンを手に取って開けてみると、中には底の見えない暗闇が広がっていた。

「えっ、なんだこれっ!!　も、もしかして、これはファンタジー定番のマジックバッグってヤツなのか!?」

真っ黒で歪んだ空間だけがあるカバンの入れ口を恐々と見ていると、早くしろ、とばかりにまた親鳥にせっつかれた。

そこで恐る恐る手を入れてみると、頭に知らない言葉の羅列が浮かんだ。

「うわっ、これってこの世界の言葉か？　ああ、そうか。俺が今話しているのは日本語で、別に異世界転生特典の自動翻訳の能力はなかったってことか！」

　俺の魂はこの世界産だと魂の管理官は言っていたが、だからといってこの世界の言葉が分かる訳もない。自我が斎藤樹なだけに、そんな能力の付加は無理だということなのかもしれない。

　これは人里へ辿り着いたとしても、どうにもならなかったってことだな。でも、この親鳥には言葉が通じているよな？　どうしてなんだ？

　そっちの方が不思議か、と思って親鳥を見上げると、鬱陶しそうに大きな嘴でガツンと頭をつつかれた。

「イタッ！　死ぬ、そんな大きな嘴でつつかれたら、人なんてひとたまりもないですって!!」

『今更お前を殺す訳ないだろう。殺すなら最初から殺しているわ！　いいから、さっさとそのカバンから必要な物を取り出してみろ！』

「まあ、それはそうだけど……。でも、文字が読めないから、このカバンの中に何が入っているか……っててん？」

　今、低い声がしたよな？

　つつかれた頭の痛みに蹲（うずくま）っていた顔をそーっと上げると、また親鳥に『フンッ』と鼻息を飛ばされた。

　もしかしなくても、今しゃべったのはこの親鳥、だよな？　しかも今聞こえたのは、日本語だったような……？

　そんなまさか、と思いつつ、目線に促されるままカバンへ手を入れると、今度はさっきとは違って日本語に翻訳されて中に何が入っているかが頭に浮かんできたのだった。

……なあ、もしかして。いや、もしかしなくても、この真っ赤な大きな鳥は、神様とかそういう上位の存在だったりして？　ハハハハ……。俺って、世紀の列車事故に巻き込まれて死んだのに、実は運が良かったってことか？

死んでからというもの、遭遇するのが人の枠組外の超越者ばかり、という現実に、いや、良かったとしても悪運では？　と頭の中で自分に突っ込みつつ、無言でカバンの中身を確認したのだった。

4　料理番、兼、子守りだったようです

改めて確認したカバンの中には、とりあえず今欲しかった物が全て入っていた。

ナイフは手の平くらいの小さい物から、ショートソードサイズの大きい物まで。それに鍋にお皿やフォークなどの食器類も一通りあったし、着替えやテントなども入っていた。

何といってもうれしかったのは、塩と砂糖、それに香辛料や小麦粉まで入っていたことだ!!

思わず歓声を上げてしまったが、すぐにこれは消費期限的に食べて大丈夫なのか、と気が付いた。

「うーん。これ、どう見ても、持ち主が死んでから大分経っているよな？　革もかなり傷みが激しいし……。どのくらい前の荷物なのかな」

カバンは色が変わっているどころかあちこち乾燥して革が剥がれているし、溶けて穴が開いている箇所もある。これで中身が出ていないのは、恐らく魔法で作られているからなのだろう。

親鳥が今の短時間で往復して拾って来たのだから、このカバンは持ち主が遥か昔に亡くなってこの森の中に放置されていた物だろうと、容易に推測は出来るのだが。

『そのカバンは上級のマジックバッグだから中身の経年劣化はない筈だ。森にあったのを思い出して持って来てやったのだから、さっさと肉を焼け。我が子たちが待ちわびているではないか』

耳には変わらずに『ピィ――――ッ！』という甲高い鳴き声が聞こえるのに、頭の中に響くこの重低音。やっぱりこの親鳥が話しているんだよな……。

「母親じゃなくて、父親だったんですね……」

『ピィイッ‼』

思わず呟いたら、今度は鳴き声だけでバシッと羽の先で背中を叩かれた。

「イタッ！」

ずべしゃあっ、と岩肌を転がりながらも、あの大きな羽で俺の背中をピンポイントで手加減して叩いて、痛いだけですんでいることに感心する。

俺が痛いと感じるくらいの手加減でどつく、とか、どんなツッコミ職人芸か。

そんな余計なことを考えてつい逃避していることが分かったのか、今度は鳴き声もなく、思いっきり嘴でつつかれそうになってしまった。

「わかった、わかりました！　今、焼くよ！　雛たちの分を焼けばいいんだろ？」

『ホラ、さっさとしろ。肉は今、追加で獲って来るからな』

スプラッタにはならなくても、さすがにこれ以上痛い思いをするのは嫌なので、包丁程の大きさのナイフとまな板をカバンから取り出すと、さっき置かれた大きな肉を切り分け始める。

するとそれを満足そうに見てから飛び去って行った親鳥の言葉に、どれだけ肉を焼かされるのか？とげんなりしてしまった。一人暮らしをしていたが、そこは男の独り者、最低限の料理は作れるし料理するのは嫌いではないが好きでもない。

でも、ここから逃げても空からすぐに見つかるだろうし、森の中で生き抜く術もない。なら、食べる物を貰える分、ここにいた方がましだ、と諦めて作業を続けた。

そうして肉を切り分けては焼き、焼きあがったら雛たちへと運び、をひたすら繰り返した。薪用に持って来た巣の枝が全てなくなり足したのが二度。雛たちは満足すると、三匹で丸まって寝てしまった。

「ふう……。やっと食べられる」

一度焼いた肉を渡したら、更に雛たちの騒ぎが大きくなり、自分の分を食べるどころではなかったのだ。

結局肉も、先に雛たちがついばんでいた獲物の分はすっかりなくなり、次に親鳥が運んで来た獲物も半分程なくなっていた。

どちらの獲物も優に俺の何倍もの大きさだったから、どれほど俺が肉を焼いたか分かってくれるだろうか。

因みに爪でスパッと切り裂かれた傷口からはみ出る内臓に俺がこらえきれずに吐いたら、爪と嘴で器用に皮を剥いで内臓を取り出すと、俺に見えないように雛と分けて食べてくれた。面倒な、という目線を頂いたが、これぱっかりは今すぐ慣れるなんて無理なので、とても助かった。

　それでも丸まるとした姿形そのままの肉がドンと置かれた訳だが、さすがにそれ以上ぐだぐだやっていたら親鳥に嘴でつつかれるので、なるべく見ないように焼く分の肉を毎回ナイフで切り分けていた。

　俺は、地方だがそこそこの規模の市育ちの元日本人なので、当然ジビエの解体なんて生で見たことはない。それどころかテレビで動物の捕食シーンを直視出来ない程のヘタレなのだ。これでもかなり頑張ったよな!!

　……だから、そんな目で見ないで貰えますかねぇ？　この世界で俺が一人で生きて行くのは無理だって、身をもって実感したので。

『……それも美味そうだな。少し寄こせ』

「……いいですけど、貴方が食べる分、全て味付けをしたらすぐに塩もなくなってしまうので、出来たら岩塩を見つけて持って来てくれませんか？」

　雛だけで相当な量を焼いたからか、さすがに親鳥の分まで焼け、とは言われなかったことに安心していたが、自分の分として塩をもみ込んで焼いた肉にじーっと注がれる視線をかわすことは出来なかった。

　それなら、ともう開き直って要望を言ってみる。

『ふむ。俺は量はいらないが……岩塩、か。確かこの山の反対側の崖にあったな』

「……ついでに言うと、人は肉だけ食べていたら栄養が偏って病気になるので、この辺りに肉以外の食べられる物はないですか?」

『要望が多いな。この崖の上の森に、確か果物も実っていた筈だ。ここを登れば行けるが』

そう言われて羽で示されたのは、親鳥のいる場所の更に奥。よく目をこらすと、確かにそこだけ崖は崖でも角度が幾分緩やかで、無理をすれば登れそうな感じではある。

「って、こんな場所を何の装備もなしにロッククライミングなんてしたら、俺、一瞬で落ちて死ぬ自信しかないですから! 運動なんて全くしてなかったし、体力だってないのでっ!!」

威張って言うことではないが、休日に外へ出るのは食料品の買い出しくらいで、家事を済ませた後はごろごろしながら無料小説サイトを読んでいた。日々の通勤で少しは歩いていたが、それだって五キロも歩けばへとへとだろう。

どう考えてもサバイバルなんてしたら、一日と経たずに死ぬ未来しかない、それが俺だ!

『また我儘か。面倒な。……しかし、お前は、変なヤツだな。最初はビクビクしていたのに、何でそこまで開き直っているのだ?』

「いや、どうせ一度死んでいるしな、と思ったら、どうでもよくなってきたので」

まあ、怖い物はない、とは言えないがな。実際にさっきから何度も怖い目にあっているし。いくら開き直ったところで、怖い物がなくなる訳ではないが。

『フウ……。まあ、いい。元々変わった気配のヤツがいる、と思ってお前をここに連れて来たんだしな。いいか、お前はここで子供たちの面倒を見るんだ』

なんとなく、生餌として捕獲されたのではないと悟ってから、そんな気はしていたが……。

「それなんですが、何で俺を拾ってまで子育てをさせようと？　ほら、俺は今の雛と同じくらいの大きさですし、少しでも育ったら世話どころか踏まれただけで死んでしまうかもしれないと思うのですが。それに貴方がいるなら、俺が子育てする必要はないのでは……？」

さっきまで雛たちの分の肉を焼いて食べさせてはいたが、今まではずっと生肉を食べていたのだ。

『それはな、お前が【魂のゆりかご】というけったいな称号を持っていたからだ。それに【子守り】スキルもあるしな。お前になら、この神獣フェニックスの幼体も育てられるだろうからだ』

へ？　称号って何だ？　それに【魂のゆりかご】？　それに【子守り】スキルって……。いや、子守りは子守りだろうけど、別に俺は子供好きって訳ではないぞ。確かに同じアパートに住んでいた子供たちを何度かかまってやったことがあって、それ以来たまに遊ぼうと誘われて遊んだりはしていたが。

と、いうか。

「ええ——————っ！　称号とか、スキルって。もしかしてこの世界ってステータスがあったのかよっ!?」

いつの間にか森に立っていたあの時、ステータス！　と叫ぶことも頭の隅を過ったが、俺はもういい歳だし痛いじゃすまないぞ、とどうにかその衝動を収めたりしていたのに。なら。

「ス、ステータスっ！　……あれ？　何も出ないな。ステータスオープンか？　……出ないな。あとはどんなパターンがあったっけかな」

頭の中で、過去に読んだラノベ小説を思い出しつつ、テンプレのパターンを探っていると。

『いや、お前……。気になるところがそこなのか。そのステータス、とやらがお前の詳細な状態のことを言っているのなら、人の身のお前では無理だ。神獣や幻獣だけが見られるものだぞ？』

ああ、そうか。やっぱり小説ではないのだから、現実ではステータスとか鑑定とか、そんな便利な能力を人がホイホイ使える訳はないよな。

「じゃあ、個人では自分がどんな称号やスキルを持っているか知ることは出来ないのか。せっかく異世界だっていうのに、ちょっとだけ残念だな。でも貴方なら出来る……。あれ、神獣？　神獣フェニックス……って、もしかして神の使いとかそんな存在かっ!!」

『って、反応が遅いわ――――っ！　鈍いにも程があるぞっ!?』

5　どうやら俺はイレギュラーのようです

それからはてんやわんやで真っ赤な親鳥、改め神獣フェニックスに色々聞いてみたところ。

この世界にはもう神様はおらず、神様に任されて神獣と幻獣がこの世界のことを見守っているそうだ。ただ、国同士や人種の対立などで戦争が相次ぎ、長年戦乱が続いていて世界がかなり荒れている状況なので、神への祈りも届かず神獣や幻獣達も力を落としている。

そして神獣と幻獣は不死ではなく代替わりをするが、世界情勢の影響で子供が成獣まで育たず困っていた。そこに俺がこの世界に落ちて？　来て、これ幸いと捕獲された、と。

「じゃあ、言葉が急に通じるようになったり、文字が翻訳されたりしたのは？」

『俺が能力を授けたからだ。言葉が通じないと、埒が明かなかったからな』

まあ、そうではないかとは思っていたけど、はっきり確認するのも怖かったんだよな……。もう今更だから聞いてしまうが。

「それはありがとうございます。とても助かりました。ええと……そういえば、なんとお呼びすればいいのでしょう？　神獣フェニックス様、ですか？」

心の中では親鳥呼びだったが、まさか本人を前にしてそう呼びかける訳にもいかない。神獣フェニックスというのならば、名前もあるだろう。そう思って聞いてみると。

『今更丁寧な言葉など使うな、気持ち悪い。俺はそんなのは気にしない。神獣だからといって、人に敬われている訳でもないからな。名前は……そうだな。真名を名乗る訳にもいかないから、アーシュとでも呼べ。ところで、本来は名前を聞く前に、自分から名乗るものではないのか？』

ほほう。この世界では神獣は人に敬われてはいないのか。というか、もしかしたら人の間では神獣の存在さえ知られていないのかもしれないな。まあ、俺としては敬語を使わなくていい、っていうのは助かるが。

「アーシュ、か。俺は、斎藤樹。斎藤が姓で樹が名前だ。だから樹とでも……ん？　あれ？　今の俺は、斎藤樹でいいのか？」

水に映った姿を確認した限りでは顔や体は生前と同じに見えたが、一度死んで魂になったのだ。今更だが、俺はどうして以前の姿のままなんだ？

『まあ、そうだとも言えるし、そうでないとも言い切れんな。ただ、お前の魂はこの世界生まれな為にその魂に引きずられてその身体は出来たようだし、自我以外はこの世界の物ともいえるな。だから好きに名乗ればいいだろう』

うん？　魂がこの世界へ転がり落ちた時に、その魂に引きずられてこの身体が作られたのか？　なら小説でいうところの転移のような転生、ってことなのか。うーん、まあ、俺が今ここにいるのが現実なのだし、考えたところでどうにもならないか。

「じゃあ俺の家族はこの世界にいないから苗字に意味はないし、ただのイツキにするよ。今更名前を変えるのも、何か違うしな」

ふっと故郷に住む両親のことが思い浮かんだが、死んだ俺にはどうすることも出来ないことだ。実家には兄貴が同居しているし俺はあまり当てにされてなかったので、悲しんでいるかもしれないが、保険金を老後の資金の足しにしてくれたらいい。

「そうだ。それでアーシュ、さっき俺に称号とかスキルがあったから、って言っていたが、それはどういう物なんだ？」

なんだか話がまた遠回りになったが、なんだっけ。【魂のゆりかご】とかいう称号があったから、俺はこうしてアーシュに拾われたんだよな？

『いちいち説明するのも面倒だ。その内分かるだろう。自分で色々試してみろ。とにかく、お前は子供たちの面倒を見てくれたらいい。後で崖の上にも連れて行ってやる』

色々自分で試す、って何をやったら確認出来るんだ？　……まあ、ぼちぼちやっていけばいいか。今一気に色々説明されても、混乱するだけだ。俺はとりあえずこれからこの世界で生きていく、それだけは確定のようだからな。雛たちの面倒の見方なんて、見当もつかないけどな！

「あ、ああ。それは助かる。それでアーシュのご飯も肉を焼いて用意した方がいいのか？」

『いや、神獣が食べ物を必要とするのは成獣前の子供の時だけだ。俺には食事は必要ない、が。……まあ、俺が要求した時に、お前の食べる分と同じだけ同じ物を用意してくれたらいい』

それは、人の食べ物には興味がある、ってことかな？　まあ、でもそれで崖の上へ連れて行ってくれるのならいいか。毎日肉だけ、っていうのはさすがにしんどいし体を壊すしな。

「ああ、わかった。じゃあ、今から焼く俺の分を半分出すな。塩だけでなく、香辛料もカバンに入っていて助かったけど、崖の上で他に食べられる物を見つけないとな……」

野菜、とまでは言わないが、食べられるハーブなどの野草くらいは確保したいよな。どんどんアーシュに料理を食べさせれば、人の料理に興味を持って色々手に入れて来てくれるかもしれないし。下心があることなんて筒抜けだろうが、どうせ雛が育つまでここに居るのなら少しでも快適に過ごしたいのだ。

『フン。気が向いたら、狩りのついでに、また何か見つけたら持って来てやる。さあ、さっさと肉を焼け。じゃないと子供たちが起きるぞ』

そりゃあ大変だ！　また俺が食べる暇がなくなる！

と大慌てで肉を薄切りにして、塩と香辛料で味付けをして焼いた。アーシュがその味を気に入ってくれたのはいいのだが、その匂いで雛たちが起きて来て、その肉も寄こせ！　と騒がれたのは大変だったけどな……。いくら神獣でも、子供の頃から味付けした料理を食べ慣れさせるのはまずいだろう。

塩も香辛料もこの先手に入るか不明なんだしな！

雛たちの食事は一日に三度から四度、とのことだからさっき食べたばかりで今食べると食べ過ぎになるので、とりあえず子守りを仰せつかった立場として、雛たちに抱き着いて落ち着かせた。

まあ、ふわふわな羽毛に埋もれて役得だった、とかはいいだろう。

でも、ピィピィ鳴きながら柔らかな頭を俺に擦り付けてすりすりされて懐かれると、そのもふもふさも相まってとてもうれしい。

なんでさっき顔を合わせたばかりでこんなに慕ってくれているのかは知らないが、まあ、アーシュが言っていた称号だかスキルだかに関係しているのかもしれない。

三匹をそれぞれ順番に撫でていても最初は全く見分けがつかなかったが、接するうちになんとなくそれぞれの性格の違いに気づいた。

特に、初めに巣で俺に飛びついた二匹を冷静な目で見ていた雛は、すぐに見分けがついた。騒がしい二匹に比べると肉をくれ——っ！　と騒いでいる時以外はこう、大人びているように見えるのだ。

そうこうしている内に夕方になり、またアーシュが獲物を獲って来た。

今度は初めから解体してくれたので、ありがたく肉を切り分けて焼いた。

明日から一日最低三度も肉を焼くなら、もっときちんと石を組んで竈を作った方がいいな。でも、今日はもうそんな気力はないけどな……。

なんだか色々あった気がするし、狭間でどのくらいの期間実際に俺がさまよっていたかは分からないが、俺の感覚的には昨日か一昨日列車事故で死んだのだ。

人生何があるか分からないとはいうが、たった数日で色々ありすぎだろう？　なんで俺死んだのに、こんな場所で肉を焼いているのだろう？　しかも何の肉か、怖くて聞けないような肉だしさ……。

思わず眼下に広がる広大な森が夕陽に染まる様を、ぼーっと遠い目で眺めてしまった。

まあ、俺が黄昏ている背後では、雛たちが肉をさっさとくれ！　とピィピィ鳴いているんだけどな!!

「ホラ、焼けたぞー。すぐにまた次を焼くから、喧嘩すんなよー！」

『『ピュイ――――！』』

焼きあがった薄切りにした肉を皿代わりの石に置き、次の肉を焼き石の上にセットすると焼きあがった肉を雛達の方へ持って行く。

焼きあがってすぐの熱い肉を子供たちが食べても平気だということはアーシュには確認したが、それでも心配で雛たちに本当に大丈夫か？　と聞いたら、ピィッ！　と一声鳴いて嘴から火花を飛ばしてみせたのだ。

あれには驚いたなぁ。こうして夢中で肉を食べている姿を見ていると忘れるけど、こいつらも幼体とはいえフェニックスだもんなー。

一枚一枚三匹交互に肉を与えつつ、ハグハグと美味しそうに食べる姿を見る。

「よーっし、これで終わりなー。またすぐ次が焼けるから！」

こうして何度も何度も往復して焼いた肉を与え続け、雛たちが満足してから自分の分の肉を焼いて食べた。

そうこうしている内にすっかり辺りは薄暗くなり、俺はどこで寝れば？　と思っていたら、アーシュに巣の中に再び放り投げられた。

「うおおぉ……お？」

最初の時のように雛たちの頭にポンッと飛ばされ、最後にもふっと着地したのは、三匹の真ん中の羽の中だった。

「おほぉ——っ！　ふわふわ！　もっふもふや——!!」

全身に感じる素晴らしいもこもこな感触に思わず変な声が出てしまったが、うるさい！　とばかりにふわふわな雛の頭のすりすり攻撃に撃沈し、そのまま温もりに包まれて気づくと寝てしまっていたのだった。

6　崖の上へ行ってみるようです

雛たちと、巣に敷き詰められたアーシュの羽に包まれて寝るのは最高だった。

あまりのふわっふわ感に気絶したかのように寝落ちしたが、早朝に『お腹減った！』とピィピィ鳴く雛たちの声に起こされた。それでもぐっすり眠れたからか、色々なことがあった昨日の疲れが消え、すっきりとした目覚めだった。

「おしっ！　じゃあ、焼くか!!」

『『『ピュイ————!!』』』

マジックバッグから昨夜の残りの肉を取り出し、竈へアーシュがつけてくれた火を入れて石を温める。

今日はこの竈をもっと大きくしないとなー、と考えつつ、座ってまな板の上で肉をひたすら切り分けて行く。

因みに昨日の夜の獲物は、俺の体二人分くらいの量の肉が残っているが、雛たちの旺盛な食欲の前には一日分としてはとても足りないので、さっさとアーシュは獲物を狩りに行った。

だから、何枚か数えるのも嫌になる程、ひたすら肉を切らなければならないのだ。最初は薄切りにしたが、とてもじゃないが腕がおかしくなるので、途中から分厚いステーキサイズになった。

元々生で食べていた雛たちなので、表面をさっと焼いて、半生くらいで運んで行く。

「よーしっ、ホラ、焼けたぞ――。順番だからな、順番！」

俺には一枚だって多い大きな分厚い肉を、一枚ずつ空いた口へと入れて行く。幸せそうにピィピィ鳴きながら食べる姿を見ていると和む。まあ、分厚い肉を噛み切る力はあるのだから、まんま肉食動物の食事風景なのだが。

どんどん焼いて、追加の獲物を半分焼くと雛たちはお腹いっぱいになり、まどろみ出したところで俺も朝食だ。

マジックバッグの中に食器類は揃っていたので、コップに水を汲み、お皿に味をつけて焼いた肉を載せてフォークで食べる。

「うーん。肉以外も食べたい……。小麦粉はあったけど、小麦粉だけで何か作れたっけ？」

当然パンなど作ったことはない。うどんは確か小麦粉と塩と水があれば作れた気もするが、試行錯誤するにしてもテーブルもないここだと生地をこねたりするのは難しそうだ。

「あっ、すいとんがあったか！　鍋もあったしスープを作ってすいとんにするか？　でもなー。スープにするなら、やっぱり野菜が欲しいよなー」

子供の頃によく残った味噌汁に水でといた小麦粉を入れて、母親がすいとんを作って出してくれていたのを思い出した。

あれなら、塩味のスープに浮かべたって、食べられないことはないよな。

むーっとうなっていると、パシッと羽の先で軽く叩かれた。

『さっきからうるさいぞ、まったく。お前の我儘に付き合うのも面倒だが、うだうだ聞いているのも鬱陶しいから上へ連れていってやる。ホラ、行くぞ！』

どうやらブツブツ言いながら食べていた声が、耳障りだったらしい。

でも、昨日から三食肉しか食べてないのだから、文句が出たって仕方がないよな！

そうして、まあ、予測していたが、ひょいっと嘴で服をつままれて空に放られ、浮いたところを脚でキャッチされた。

おおっ！　と当事者じゃなければ拍手喝采だろうが、自分のこととなると、さっき食べたばかりの肉が口から逆流するのを堪(こら)えるのに必死だった。

しかし、そんな吐き気に耐えること数秒で、またポイッとばかりに空に放られた。

へ？　とあっけにとられる暇さえなく、襲い掛かったのは、ザバーンッ！　という音とともに飛び込まされた水だった。水の冷たさに一気に凍え、服が体に重く纏わりつく。

衝撃でブフォッ！　っと空気を吐き出しつつ、必死に水をかき分けて水面に顔を出すと、すぐ上に悠々と空を飛ぶアーシュの姿が。

「いきなり水に放りなげるなんて、溺れたらどうするんだよっ！　俺は、子守りじゃなかったのか！」

確かに昨日からどうせ一度死んだのだから、という諦めはあるが、さすがにここにきて溺死は嫌だ！

アーシュに対する恐怖も怒りですっかり忘れ、荒い息のまま怒鳴ると。

『そこには魔物もおらんし、水深も深くない。嫌ならさっさと上がればいい』

そう言われて改めて周囲を見回すと、自分がいたのは湖と呼ぶには小さい池の中だった。水は澄んでいてそれ程深くもなく、冷静になれば少し岸へ泳げばすぐに足がついた。

ザバザバと水をかき分けて岸へ上がると、目の前はすぐ崖だった。どうやら巣の奥の崖に流れていた水は、ここから伝っていたらしい。

そうして逆側を見てみると、そこには少しだけ開けた草原と、その奥にこんもりとした森が見えた。

『ここは森といっても崖の上だからな。人を襲うのは鳥と小動物くらいだ。まあ、俺がいる間は空から襲われることはないだろうし、小動物もこの近辺からは逃げるだろうがな』

「ええと。あの森に果物がなっている木があるのか？」

『そうだ。まあ、食べられる果物かどうかくらいは、ここに持ってくれば教えてやる。待つのは雛が起き出すまでだ。さっさと行って来るといい』

まあ、確かにアーシュの巨体ではあの森の中に一緒に入ってくれ、というのは無理だ。ここは小動物も逃げる、という言葉を信じて一人で入ってみるしかないだろう。

雛たちが起きるまで恐らくあと二、三時間ほどだと判断すると、咄嗟に掴んで持ってきていたマジックバッグから元の持ち主の物であろう男物の着替えを取り出す。

濡れて張り付く服を凍えた手足でもたもたしながら脱いで着がえると、濡れた服は池で洗って絞って草原へ広げて干す。入っていた着替えは、腕もズボンの丈も余るが、折ればどうにか着られないことはなかった。

そしてやっと森へ向かう、となった時には既にアーシュはうつらうつらしていた。

……まあ、寝ていても神獣のフェニックスがここに居れば大丈夫、だよな？

アーシュが獲って来る獲物はどれも見たこともない大型で、恐らくさっき言っていたように魔物なのだろう。この世界には魔物がいるのだ。そう思うとどうしても二の足を踏んでしまう。

そういえば、そういう基本的なことを聞いてなかったな。昨日はさすがにかなりテンパっていたしな。まあ、これから時間だけはありそうだし、少しずつ聞いていけばいいか。

雛たちがどのくらいで大きくなるかは分からないが、数か月、という期間ではないだろう。

その間の食生活は、あの森に俺でも食べられる物があるか、に掛かっているのだ。そう思えば、怖いが行かない訳にもいかない。

最初に泉へ向かって森を歩いた時は、どうせ死んだんだ、というやけっぱちな気持ちでガサガサと音を立てて歩いたが、いざ、こうして生きていることを実感すると、死はやはり怖い。

生まれは地方だけど住んでいたのは街中だったし、森の中なんて学校の宿泊学習でしか入ったことはないんだよな……。俺って典型的なインドア派だったし。まあ、どうやったって気配を消して音を立てないで歩くなんて無理だから、開き直るしかないんだけどさ。

　とりあえずキョロキョロ見回して、この辺りに動く生き物の気配がないことを確認すると、アーシュの傍を離れて森へ向けて一歩を踏み出したのだった。


　森を目指して草原を歩きつつ、何か食べられそうな物がないか探す。

　芋とかなら自生してそうだけど、そういえば芋の葉っぱとかも知らないな……。地面の下に実るのは、学校の授業で習ったけど。見て分かるのは、実家の家庭菜園で作っていた胡瓜とナスとトマトくらいか。でも、そんな野菜がこんな草原にある訳ないし、それに異世界だし、同じ野菜があるのかどうか、まずはそこからだしな。

　結局草原では何も見つけられずに森へ到着し、入り口で恐る恐る森の様子を窺（うかが）う。

　異世界だが木が蒼かったり赤かったりする訳でもなく、いくつか見たことのないような形状の葉っぱの木はあったが、普通の森に見えた。

　生き物の気配はしない、気がする……。まあ、行くしかないかー。

　呼吸を止めて耳を澄ませても聞こえたのは、かすかな鳥と虫の鳴き声と物音だけだった。とりあえず大きな生物が動いているような音はしない。

　一つ大きく深呼吸をすると、そろそろと及び腰で森の中へと足を踏み入れた。

　下生えの草の丈はふくらはぎ程で、最初の森よりも格段に歩きやすかった。そのことに少し安心し、ビクビクとあちこち見回しつつ、果物を探して木を見上げながら歩く。そのまま森の奥へは行かず、森の縁をなぞるように浅い場所をなんとなく右側へと進んだ。

最初は少しの物音にもビクッとしていたが、何の姿も見当たらないことから段々と張っていた気が緩み、周囲への警戒をすっかり忘れて果実だけを探して歩いていると。

「あっ、あった！　すっごく大きいし、見たことのない果実だけど、採ってアーシュのところへ持って行ってみるか」

少し森に入ったところの木にからまった蔓に、直径二十センチ以上もあるような、赤い果実が一つ、ぽつんと実っていた。

やっと見つけた果実に駆け寄り、俺の顔くらいの高さにあった果実へ手を伸ばすと……。

「うっわぁ――――っ!?」

気づいた時にはすでに蔓に両手を絡まれ、空を飛んでいたのだった。

7　助けてくれたのは幻獣のようです

自分では、今どういう状態なのか何も分からなかった。

何故ならば、頭をぬめぬめする液体で満たされた何かにすっぽり包まれ、足は地面を離れ、空に浮いている浮遊感だけがあったからだ。

苦しさに喘ぐと空気の代わりに、口の中にどんどんその液体が入って来る。手足を振り回したがどうにもならず、もう自力では逃げられそうになかった。

ああ……これで二度目の人生も終了か。まあ、ふわっふわな羽毛に包まれる幸せを体感出来たし、いいかな。

元々日本で暮らしていた時も、長い物には巻かれろ、を地でいっていた。少しグレイ気味な会社でも、反発するより諦めて全て受け入れた方が楽だと割り切って粛々と働いた。

そういえば、別れを告げた時に引き留めもしなかった、と最後に付き合っていた彼女が言っていたと共通の知人から聞いたことがあった。その時は、俺が引き留めていればまだ付き合い続けていたかも、と考えはしたが、どうせいつかは振られただろう、と思っただけだった。

なんだか俺って、実は生きることにも執着していなかったのかもな……。だから事故で死んだことさえ、あっさりと諦められたのかもしれない。

どんどん呼吸が苦しくなる中、意識が朦朧（もうろう）としながらぼんやりとそんなことを考えていると、ヒュンッという風切り音がした後に体が落下した。

そうしてドサリと地面へ落ちて転がった拍子に頭を包んでいた何かが外れ、口中に溢れていたぬめぬめとした液体が溢れ出す。

ゴホッ、ゲホッと、えずくように口から溢れ出る液体と、逆に一気に肺に流れ込む空気にむせるように咳き込み、ようやく落ち着いた頃には体力を使い果たし疲れ果てていた。

『ふむ。フェニックスのところに何か変わったのがいると聞いて来てみたが、本当に変わっておるの』

すぐ傍からアーシュとはまた違ったテノールの声が聞こえてのろのろと顔を上げると、未だに霞（かす）む視界に入ったのは二つの大きな犬の顔だった。

いや、うちの飼っていた犬のジロウも犬歯は鋭かったが口から飛び出てなかったし、犬ではないか。なら、狼、か？　二つの狼の頭……確かオルトロス、だったか。ケルベロスは頭三つだったよな？

『おい、せっかく助けてやったのに、何の反応もなしなのか？』

「あ……貴方が助けてくれた、ですか。あ、ありがとう、ございます……。今、しゃべるのも、大変で……ゲホッ、ゴホッ」

おお、ありがたい。けど、今、空気の美味しさを味わっているだけで精一杯だから！

呼吸をするだけでヒューヒューとなる喉で無理に言葉を発したことで、噎せて更に体力が削られた。

『なんともか弱きことよ。おぬしのあり方なら、そんな身体に惑わされることもなくあれるだろうに。まあ、だからこそ変わっている、のか』

なんだ？　もしかして、俺のことを言っているのか？　アーシュが言うには俺は魂からこの世界に実体化したようだし、変なのは認めるが。俺のあり方っていうのはなんだ？　もしかしてアーシュが言っていた、称号に何か関係があるのか？

そう、ぼんやりする頭でぐるぐると考えていると、今度は青白い炎と赤い影が目の前を過った。

『おいっ！　それは俺が見つけた、俺の子供の子守りだ。横取りは許さんぞ！』

『ふん。横取りも何も、連れて行こうとはしておらぬわ。相変わらずフェニックスはがさつだな。そんなだから子育てが上手くいかないのではないか』

『なんだとっ!!』

いつの間にかオルトロスの横にはアーシュの姿があり、言い合いを始めていた。

それを何とはなしに聞き流しつつ、ぽっかりと開いてしまった森の一画を眺める。

さっきの炎は、アーシュが木をどけて森へ降りる為の物だったのだろう。焼けた熱も延焼も全くなく、ただアーシュがいる場所だけが景色を変えていた。

ああ……。アーシュは本当に神獣フェニックスなんだな。目の前で見ていた筈なのに、今一体何が起こったんだ？

目の前で青白い炎が爆発的に広がって何も見えなくなった、と思った次の瞬間にはアーシュが降りた場所の木だけが若木になっていたのだ。それ以外は草も燃えておらず、炎の形跡は何も見当たらなかった。もしかしたらこれが【フェニックスの再生の炎】なのかもしれない。

炎を吐いたのは見たし神獣ということも説明は受けた。だけど今までは自分のことさえ現実感がなかったので、深くは考えていなかった。

アーシュはやっぱりフェニックス、なんだな。それに双頭の狼であるオルトロス、か……。物語だと二つの頭はそれぞれ別人格のように書かれていた物が多かったが、アーシュと交互に話して言い合っている感じだと、性格は同じような気がするな。まあ、一つの体を動かすのだ。全く別々の人格だと支障が出るか。

ぼんやりとそんなとりとめもないことを思いつつ、今更ながら自分が正に今、異世界にいるのだということを現実として思い知る。

確か……【魂のゆりかご】だったか。俺は、一体なんなのだろうな？　これからどうしたらいいのか……。

『おい、いつまでそうしている。怪我もないのだ、そろそろ起きたらどうだ』

肉体と精神的疲労に疲れ果てて眠りそうになっていると、ふいに背中を嘴でつつかれた衝撃でごろりと転がりそうになってしまった。

「うっ、アーシュ、お願いだから気軽に嘴でつつかないでくれよ」

痛みはほとんどなく衝撃だけなので、アーシュが言葉は強くても気を使って接してくれているのは分かるのだが。人の弱さをきちんと理解してくれているのだろうか、と苦笑が漏れてしまった。

自分でそう思ったのに、果たして今の自分は本当に人間なのだろうな、アーシュは。

いくら諦めのいい俺でも、気づいてしまったらさすがに気にしない訳にはいかない。

のろのろと起き上がって顔を手でぬぐい、体を確認する。傷は助けられた時に地面に投げ出された時に擦りむいた手の平だけで、あとはその時に打ったのか打ち身があったくらいだった。

あ、少し血が出ているな。……赤い血が出る体なら、まあ、いいか。どうせ俺は戦えそうにないし、先ほどの時のように自力で逃げられずに早々にあっさり死にそうだし。なら、気にしても仕方ないか。

何故かそう思うと気が抜けて、気づくと笑い声が漏れていた。それにつられたのかアーシュとオルトロスが顔を寄せて来た。

『なんだお前。打ちどころが悪くて頭がおかしくなったか？　まあ、お前は最初から変だったが』

『ほう、確かにちょっとズレてそうだな。だが、フェニックスに文句が言えるのは面白い』

間近で見ると双頭の狼の牙は鋭くて、甘噛みされただけでも俺の体はザックリいきそうだ。顔一つだけでも俺の上半身よりも大きいが、その分もふもふな毛並みの存在感が際立っていて。

「な、なあ。ちょっとだけ、ちょっとだけ撫でさせてくれないか？」

『……我を、撫でようというのか？　我らは、おぬしのことなど、一飲みに出来るが？』

「ええ、そうでしょうね。一飲みどころか、その牙か爪でちょいっとやるだけで、俺なんてあっさり死にますよ。なら、死ぬ前にその毛並みを撫でたいな、と思いまして」

どうせもう散々に言われているのだ。それなら開き直って俺の欲求だって言ってみるだけ言ってみれば、もしかしたらいいって言ってくれるかもしれないしな！

『……フウ。まあ、よかろう。そなたのその図太いのか、か弱いのか分からない、なんともいえない性格に免じて、この幻獣オルトロスの我を撫でることを許してやろう』

「あっ、ありがとうございますっ！　おおっ！　やっぱりもふもふだ！　オーバーコートは固めだけど、アンダーコートが滑らかで、いくらでも撫でていられる……」

幻獣オルトロス、そうはっきりと聞いても、今の俺には「撫でていい」ということの方が重要で、言われた途端に二つの顔の真ん中に分け入り、両手で顔や胸元の毛並みを撫でていた。

ジロウを飼っていた時もよく撫でまわしていたし、テレビの動物番組を見ていた時も、もふっとした生き物を見ると無性に触りたいと思う時があったが。雛たちがあんまりにもふわっふわだったから、俺の中のもふもふ魂が呼び覚まされたのかもしれないな！　もう、もふもふした毛並みを見たら、撫でずにはいられないぞ！

『クフフフフッ！　おぬし、確かに変だが、面白いっ！　気に入ったぞ！』

『なっ！　こいつは俺の子供の子守りだ！　渡さないからな!!』

『やれやれ。だから気に入ったと言っただけで、連れて行く、とは言ってないだろうに』

何やらまた二人？　三人？　で騒ぎ出したが、俺のもふもふする手は止まらなかったのだった。

8　オルトロスはいい幻獣さんのようです

アーシュとオルトロスの口論が終わるまで、俺はひたすらもふもふを堪能していた。

是非とも夢だったもふもふなお腹に背を預けてごろっと横たわりたいが、さすがにそれは図々し過ぎるので、胸毛に埋まって満足したぞ！　いやー、最高だった！

『そういえば、ここで何をしていたのだ？　ここに着いた時には、なんだかエラフシアに取り込まれそうになっていたから、とりあえず助けたが』

「あ、ああっ！　やっぱりさっきのって、捕食されかけた、とかだったのか……。赤くて大きな果実を見つけて手を伸ばしたら、気づいた時にはああなっていたんだ」

そういえば、すっかりオルトロスの登場で忘れていたが、あれは食虫植物、いやこの場合は食肉植物か？　だったってことだ。もしくはあれも魔物の一種なのかもしれないが。

『この期に及んでわかっていなかったのか……。ポツンと一つだけ果実が実っていたり花が咲いていたりしたら、それはほぼ疑似餌だぞ。子供でもあれに手を出す者はいないと思っていたが……』

アーシュのその言葉に、地球にもそんな植物があったな、と思い出した。

「いやぁ。俺の世界にも虫を食べる植物は存在していたけど、身近な場所には人を飲み込むような植物は存在していなかったし。植物に警戒する、なんて思いもしなかったんだよ」

まあ、考えてみれば異世界なのだし、何が起こっても不思議じゃない。さっきは果物だったけど、もしかしたら草でも人を襲う魔物もいるかもしれないな。

そう考えると色々と知っておかなければ危険だが、さすがに一つ一つアーシュに教えて貰うのは無理だ。植物や魔物のことが分かる図鑑か何か、マジックバッグに入ってないかな？　昨日から怒涛の展開過ぎて、マジックバッグの中身はまだ食事関係と着替えくらいしか確認していないんだよな……。

『ふむ。そなたはやはり異世界からの出戻りか。面白い！　よし、今は我らに子はいないが、子が出来たら連れて来るので、子守りを頼もう』

『むう……。まあ、ここに連れて来るのなら、それくらいは妥協しよう。後継者の重要性も、今の状況での子育ての難易度も分かっているからな』

『うむ。もう半分後継者を諦めていたのだ。でも、こやつがいるならもう一度試してみても悪くはない』

……ええぇっ！　ちょっと、待てっ！　確かにアーシュには子守りと言われたが、そんなに期待されていたのか!?　そんな重要なことだなんて、思ってもいなかったんだけど。ただの子守りだよな？保育士でもなかった俺に、そんな期待されても……。

「俺は今まで子育てなんてしたことないから、知識なんてないぞ！　ただの犬なら子犬から育てたことはあるが、神獣や幻獣をだなんて、そんな期待されても困るんだけどっ！」

『お前、俺達を犬と一緒にするとは、本当に変に図太いな。フン。前にも言ったがお前はただ、子供たちと一緒に過ごしていればいいのだ。さあ、こうしている間にそろそろ子供たちが起きる頃だ。腹を空かせて鳴く前に戻るぞ』

「ええっ！　結局まだ何も食べ物見つけていないのに……。また三食肉か……」

食べ物があるだけありがたいが、次にアーシュの気が向くのはいつだろう。俺が食べられる物を探すだけでもかなり大変だと分かったし、雛たちが寝たらすぐに本を探そう。

『ふむ。ここには食べ物を探しに来たのか？　どれ、ちょっとだけ待っておれ』

ガックリと崩れ落ちた俺を見て、オルトロスがそう言って一瞬で目の前から消えた。

「え？」

恐らく走ってどこかへ行ったのだろうが足下の草さえそのままで、思わず今までオルトロスが居た場所を四つん這いでペタペタと触って確かめてしまった。

風圧も何も感じなかったんだけど！　どうなっているんだ？

『戻ったぞ。とりあえず果物と芋を持って来たが、これは人が食べられる物だった筈だ』

『うむ。毒はないから、食えるのではないか？　ホラ、さっさと受け取れ。戻るぞ』

ドサドサッと何かが落ちる音と、今消えた筈のオルトロスの声がすぐ後ろからして、四つん這いのまま文字通りビクッと飛び上がってしまった。

そうして恐る恐る後ろを振り向いてみると、足元に色とりどりの果物と、土と茎がついたままの芋の山を築いたオルトロスの姿があった。

「はあっ！　今、行ったばかりなのに、そんなに採って来れたのかっ！」

　ど、どうやって!?

『我は鼻がいいからの。そこのフェニックスよりも小回りがきくから森へ入るのも容易いしな。これだけあれば、しばらく食べられるのではないか？』

「あ、ありがとうございますっ！　これでしばらく肉以外の料理を作れます！」

　無意識に敬語になっちゃったよ！　でも、本当にありがたい。芋があれば、芋と肉でスープも作れるし、すいとんを入れれば主食にもなる。これでしばらく耐えられそうだ。

　しっかりと頭を下げてお礼を言うと、マジックバッグへ果物と芋をそのまま全て入れる。

　すると、すぐにまた衝撃と共に体が浮き、ガシッとアーシュの脚に捕まれた。

『ではな。さあ、子供たちのもとへ戻るぞ！』

「あっ！　これだと、着地はどうするんだよっ！」

　俺の声を無視してヒラリと空へ羽ばたき、そのまま崖を下降し始めたアーシュに、着地の時にいつも放り投げられていることを思い出して真っ青になる。

　昨日は雛たちの方へ投げてくれたから無事に？　着地出来たし、さっきは池へ放り込まれたけど、雛たちがまだ寝ていたら誰も受け止めてくれないんじゃ!!

「おっ、おいっ！　ちょっ、ちょっと待てって！」

　そう言っている間に、すぐに巣と寝ている雛たちの姿がどんどん大きくなって来て。

うわぁぁっ！　と潰れた自分を想像して心の中で叫んでいると。

『フン。そう騒ぐな。雛たちが大きくなる前にお前に死なれては困るからな。面倒だがちゃんと考えておるわ』

すると一度巣のある崖を通りこし、下降のスピードを殺してからふんわりと上昇してそのままポトンと地面へ落とされた。

「いてっ！　って……そんなに痛くないな。ふう。なあ、優しく着地出来るなら、さっきもそうしてくれたら良かったじゃないか」

お腹から岩肌に落とされたが、地面にほど近い場所からだった為か、ダメージはほぼなかった。

『いちいち気を使うのは面倒だろうが。ほら、お前が騒ぐから雛たちが起き出したようだぞ。俺は獲物を獲りに行って来るからな。しっかり世話をするのだ』

『『『……ピュイ――――？　ピィッ!!』』』

「あ、起きちゃったのか。ごめんな。でも、起きたそばから元気だな……。今支度するから、ちょっと待ってくれよ」

目を開けたが寝起きでぼんやりしていたのに、すぐに元気に鳴き出した雛たちに、自然と笑みがこぼれる。

まあ、こいつらもかわいいしな。でも肉を焼く前に、せめて頭についたままのぬめぬめする粘液を洗い流したいな……。

獲物を獲りに行く前にアーシュが火をつけてくれた枝で、竈に火をつけると石を熱している間に崖の水場へ行き頭から水を浴びて洗った。

そうしている間にもピィピィ鳴く雛たちにせかされて、その後はまたひたすら肉を切り分けて焼き続け、自分用にスープを作れたのはしばらく経ってからだった。

9　俺にも魔力があるようです

満足するまで肉を食べた雛たちが眠った後、マジックバッグの中身を全て確認した。

名称だけでは分からない物は一度取り出し、魔物の部位など以外の生活に使えそうな物を全て確認すると、野営道具一式と魔道具と呼ばれる道具も収納されていた。そして目的の本も、植物について書かれた図鑑を無事に見つけることが出来た。

魔道具は魔力を使った道具で、中は魔法陣と魔石と呼ばれる鉱石で構成されていた。起動には少量の魔力が必要だとアーシュに聞いて、俺に使えるかドキドキしながら試しに火を起こす魔道具を使ってみると、無事に起動して火が灯った。

思わず飛び上がって喜んでしまったら、まあ、当然の如く『子供たちが起きるだろうが！』とアーシュに嘴でつつかれたよ……。

平静を取り戻してから、改めて魔法のことや魔力についてアーシュに聞いてみた。なんだかこの世界に来てから怒涛の展開で、この世界の基本的なことさえも聞くことを忘れていたのだ。

「なあ、アーシュ。魔力があるなら、この世界には魔法もあるんだよな？」

『……今更か？　俺が毎回火をつけていたのも、魔法だったぞ。まあ、いい。お前の考えたらずなところには、そろそろ慣れてきたからな』

「考えたらず……。い、いや、確かに考えが足りない部分も多いかもしれないけどさ。でも、いきなり死んだと思ったらこの世界にいて、すぐにアーシュに連れて来られたんだからテンパったって仕方ないじゃないか。って、いや、また脇道にそれた。で、魔道具を俺が使えた、ってことは、俺にも魔力があるってことでいいのか？」

俺の魂が元々この世界産だから、可能性としてはあると考えてはいたのだ。ただ、日本人の自我が受け入れられるか、ということが疑問だったのだが。

小説や漫画の定番だと、大抵いきなり体の中に今まで一度も感じたことのない力を感じて、それを把握するや自在に動かし、外へ放出して火や水を出せ！　となる。

アニメを思い浮かべれば場面としてすぐに想像出来るが、その主人公を自分に置き換える、となったら「無理じゃね？」とならないか？　俺はイメージでも自分がバンバン炎の竜巻とか水の壁とか出している姿なんて出来ないぞ。

『ああ、あるぞ。この世界では、全ての物が魔力を宿しているからな。そこら辺に転がっている石にだって魔力は宿っているぞ』

ふむふむ。じゃあ、自分がどういう存在かは未だに謎だが、とりあえずこの世界に存在している以上、魔力を持っているのは間違いない、ってことか。

「なあ、俺が持っている魔力量って分かるか？　もしかして普通の人が持っている量よりも多かったりするか？」

『俺が人の平均的な魔力保有量など知る訳がないだろうが。俺からしたら、人など誰でも一緒だ。ただ、個々の魔力の保有量の差は確かにあるが、基本的に食事や呼吸からでも魔力を体に取り込むから、保有量よりも自分の魔力への変換効率の差の方が重要だな』

ほほーう！　呼吸からでも取り込めるってことは、魔力を使っても休憩をしたり食事をすれば回復する、ってことだな！　魔力回復薬はいらない世界ってことか‼

……つい自分が特別じゃないか、とか思ってしまったことにはツッこまないでくれ！　オルトロスにも存在が変わっているって言われて、やっぱり自分が特別で物語の主人公だったのか、なんてちょっとだけ思ってしまったが、所詮俺は俺、ってことだよな。

でも、俺の魔力保有量がかなり少なかったとしても、元々魔力を使うことに馴染みがないのだからすぐ回復するなら不足する心配がない、ということでもある。まあ、その前に魔力を使って魔法を使えるようになるかどうかだけどな！

「なるほど。あと、魔法って誰でも使えるのか？　こう、人によって適性があって、その適性の属性以外の魔法は使えない、とか」

『はあ？　確かに俺は一番自由に属性の炎を動かせるが、水も出せるし風も動かせるぞ？』

「なら、人も得意不得意はあっても、どんな魔法でも使える、ってことか？」

もしかしたら俺でも全属性使えるかもしれない、ってことだよな。なんかワクワクして来たな。

『そうじゃないのか？　そういう細かいことはオルトロスの方が知っているから、次に会ったら聞いてみろ』

確かにさっきも俺が食べられる物を一瞬で集めてくれたし、アーシュよりも人を知っているようだったよな。でも次って……。子供が出来た時、とかか？　それって俺が生きているうちなのか？

「……なあ、とりあえず魔力の感じ方から教えてくれないか？」

面倒だとか、人の感じ方など知らん、とかブツブツ文句を言っていたアーシュになんとか拝み倒して、体の中の自分の魔力の感じ方をそれから毎日少しずつ教えて貰った。ただ。

『呼吸によって空気中から取り込んだ魔力が体に入るとカーッと熱くなる。その時にはもう俺の魔力に変換しているな』

とか、正しく、「考えるな、感じろ！」的脳筋理論だった。俺的にはそのアドバイスでは到底無理だったので、自分なりに瞑想とか色々試してみたがやはりすぐには魔力を体感出来なかった。

そりゃ俺にも正に中二の頃、ちょっとだけ中二病の症状が出たことはあったが、「俺の魔眼が……」とかまでは恥ずかしくて無理だったたし。あると思い込め、とか言われてもな……。

毎日少しずつ自分なりにあれこれやって、最近になってやっとアーシュが獲って来る魔力たっぷりな魔物の肉を食べている時に、体に魔力が入って来る感覚がなんとなく分かるかな？　と思えるようになったばかりだ。

『イツキー！　イツキー！　崖上行かないのか？　上――！』

『なあ、早く行こうぜ！』

『……そうだね。行くのならお腹が減る前にして欲しいんだけど』

「ああ、ありがとう！　じゃあ今日は、ツヴァイに乗せてもらう番だったよな？」

『おう、そうだぞ！　ホラ、乗った乗った！』

俺が死んでこの世界へ来てからあっという間に一か月が過ぎ、最初はピィピィ鳴くだけだった雛たちは、ある日突然喋りだして今ではすっかり会話が出来るようになっていた。ずんぐりむっくりなヒヨコ体型だった体も、シュッとして首も細くなって少しくびれが出来、もう俺よりも頭二つ分くらい大きくなっている。

一緒に過ごすようになって一週間もすると雛たちの見分けがはっきりつくようになり、その時に名がないと不便なことから許可をとって俺が呼び名をつけた。神獣は成獣になる時に親が真名をつけるそうで、雛たちには名前がなかったのだ。

つけた名は、ありきたりだがドイツ語の数字でアインス、ツヴァイ、ドライだ。いつも一番に飛び出して行くのがアインス、元気が良くてまんま脳筋キャラで大雑把なツヴァイ、そして大人びていていつでも沈着冷静なドライ、だ。

最初の頃はアーシュに崖上まで連れて行って貰っていたが毎回池に落とされるので文句を言っていたら、雛たちが俺のことを乗せて上まで行く！　と言ってくれたのだ。

その頃には巣からピョンと跳ねて出られるようになっていたので、訓練にもなる、ということでピョンピョン跳ねつつ崖登り、と相成ったのだった。

「よーし、じゃあ、乗るぞ！」

しゃがんだツヴァイの背に跨がり、首にスカーフ状に巻いた布を手綱がわりにしっかりと持つ。

『さあ、行くぞ——っ!!』

「うわっ！　おい、俺が乗っている時はゆっくりだからな！」

首に手を回し、布を握った瞬間、ツヴァイがピョンッ！　と跳ねた。そしてそのまま跳ねながら岩場の方へ向かって行く。

『だって、アインスもドライも先に行っちゃったし！　急ぐぜっ！』

「ちょっと待て！　二人はどうせ上で待っているから、ツヴァイ、ゆっくりだっ！　うわぁぁっ!?」

まるでロデオのように跳ねまわるツヴァイの背と、アーシュの脚に捕まれて池に放り込まれるのと。

果たしてどっちが良かったのかは、あえて言及はしない……。

10　森を探索するようです

「良かった、生きてる……」

ツヴァイの背中にロデオ状態で揺られて崖上へ上がると、草原でそのままズルズルとツヴァイからずり落ちて仰向けに寝転んだ。

恐らく今、俺の顔色は真っ青だろう。世界が回っている感じがする……。

アインスたちが最初に『イツキを背に乗せて崖を上がる！』と言い出した時、当然俺は止めた。だが、雛たちの勢いをアーシュが止める筈もなく、結局最初はドライに頼む！　ということで登ってみたのだ。

ドライを指名したのは雛たちの中で一番沈着冷静な性格をしているからだが、そうして臨んだドライに騎乗しての初めての崖登りは無事に成功した。

その頃は今よりも少し小さかったので、最初はドライでもロデオ状態とまではいかないがそれなりに揺れたがまだ耐えられた。

ただ、それを見ていたアインス達が黙っている訳はなく。結局交代で乗せて貰うことになったのが運の尽きだった……。

アインスに初めて乗った時は、崖の途中から跳ね飛ばされてあわや転落死か！　となったもんなぁ……。あの頃に比べたら、まだ少しはましになったけど……。

因みにその時は、後ろをついて来ていたドライが宙に浮いた俺の足を見事に嘴でキャッチしてくれ、その時に岩に叩きつけられて打ち身にはなったが命は助かったのだ。

『もう、イツキはいっつもおおげさだよな！　なあ、なあ！　今日こそは森の奥まで行ってみようぜ！』

寝ころぶ俺に、死体に鞭うつように羽でバシバシ叩きながら言うツヴァイに、俺の左右に立っているアインスとドライまでうんうんと頷く。

アインス達とこの崖上まで来るようになってから五日程経ったが、今までは崖登りに慣れていないこともあって、森の入り口付近を皆で散策しては戻る、を繰り返していた。

その代わりに池の傍に石を組んで大き目の竈を設置したので、森に来た時の昼食はここで肉を焼いて食べている。

アインス達は飛行訓練を始めるにはまだ早いが、足腰が成長してあちこち動き回れるようになって来たからか、更に落ち着きがなくなったのだ。

元気なのはいいことだ、とアーシュは機嫌がいいが、一緒にいる俺としては付き合うのも一苦労だ。

「うーん。でも、疲れて来たら戻る、は約束だぞ？　アーシュが心配で飛んで来ちゃうからな」

初めてここに来て、オルトロスと会った時にアーシュが拓いた場所は、一度若木へと再生した木々がもう既に俺の背丈よりも伸びていた。それを見てアーシュの神獣としての力をしみじみと実感するとともに、神獣としての力は早々ふるわせてはいけない、という戒めにもなっている。

食肉植物に捕食されかけた日以降も一人で森へ入り、図鑑を片手に食べられる植物を採っていたが、植物性の魔物にも警戒をしたりで中々奥へは進めていなかった。

ただ森の入り口付近でも木苺が密集して実っている場所や、食べられる野草の群生地をいくつか発見したので、今のところ俺の食生活はそれなりだった。

『『わかった！　じゃあ、行こう！』』

返事はいいんだ、返事は。

ふう、とため息をつきつつ立ち上がり、そのまま走り出しそうなアインスとツヴァイの首筋に手を伸ばして撫でて落ち着かせると、皆で森へと歩き出す。俺も手に植物図鑑を持ち、準備万端だ。

マジックバッグに入っていた植物図鑑は、わら半紙のようなけば立つ紙に、活版印刷で図と解説文が印刷されていた。長い間マジックバッグが森に放置されていただろうことを考えると、この世界は所謂（いわゆる）ファンタジー小説の舞台の中世ヨーロッパ程度よりも、文明的にはもっと進んでいるようだった。

まあ、今のところ街へ行く予定はないし、アーシュも連れて行ってはくれないだろうから確かめる術はないけどな……。それに今街へ行ったって、俺は何も出来ないだろうし。

アーシュがこの世界の言葉が分かるように付与してくれた能力は、文字にも有効だった。ただ俺の知識に当てはまる言葉だけが翻訳されるのか、この世界特有の名称や単語などは翻訳されず、本もところどころしか読むことは出来なかった。なので植物の名称はこの世界の文字のままだったが、説明文の毒の有無や飲食可能かどうかなどの部分は読めたので、図と照らし合わせて判断している。

このことから俺が話す言葉もこの世界の言葉に翻訳されている、と予測はしているが、それが言葉全てなのかは確信がない。単語や言い回しなどがニュアンスで翻訳されているならいいが、されていなければところどころ訳が分からない言葉を話す変な人の出来上がりだ。

文字もろくに読めない、魔法も使えない、そして戦闘なんてとんでもない。そんなないないづくしな状態で街へなんて行っても、すぐに野垂れ死にする未来しか想像出来なかった。

『あっ！　あれ、イツキが襲われたヤツだよな――――！　よーし、俺がやっつけるぞ――――！』

「ああっ！　アインス、一人で行くなって！」

崖を上がった池から草原を少しだけ北へ進んだ場所から皆で森へ踏み入ると、少し奥へ入ったところで見覚えのある赤い実を見つけた。それが目に入った途端に止める間もなく、すぐにアインスが一直線に走って行ってしまう。

『俺は子供でもフェニックスだからな――――！　植物なんて、敵じゃないぞ――――！』

アインスは走りながらそう言うと、パチッと嘴から火花を飛ばして木に絡む蔓だけを焼ききった。

するとあの、ねばねばで窒息しかけた、という嫌な思い出しかないウツボカズラに似た形状の本体が上から落ちて来る。

『こっちは俺がやるぜ！』

それを見て今度はツヴァイがピョンと飛び上がって見事に本体に蹴りを入れ、まだ雛ながら鋭い爪で切り裂いたのだった。

『あ――っ！　ツヴァイ、俺がやるって言ったのに――！』

『いっつもアインスが勝手に先に飛び出して行っちゃうんだろ！　アインスばっかりズルイぞ！』

二人でピィピィ言い合いになり、険悪な雰囲気になって来たところでドライが俺の背中を勢いよく羽で押し、二人の間へ飛び込む形になった。

「うわっ、ドライ勢い良すぎだってっ！　お前らは、喧嘩するな！　これ以上喧嘩するなら、もう戻るからな！」

倒れそうになったところをアインスの首に手を引っかけて堪え、そのまま胸の羽毛と嘴の下を力を入れて撫でまわす。

『あっ！　俺も！　俺もやって！』

するとその手の中にツヴァイが嘴をねじ込もうとしてきたので、もう片方の手で頭をガシガシと撫でてから嘴の下の顎のあたりをくすぐるように撫でる。

猫の子にやるようだが、皆あっという間に俺より大きくなったものだから頭に手が届かなくなってやってみたら、意外と子供たちは気に入ったようなのだ。

まあ、俺としてはアインス達の羽毛はどこを撫でてもふわっふわで最高だしな！

しばらくそうしているとすっかり喧嘩していたのも忘れ、アインスがたったか一人で森の奥へと歩き出した。するとそれをツヴァイが追っかけ出す。

それを見届けた後に離れた場所で一人だけ知らんぷりをしていたドライが近寄って来たので、伸び上がってグリグリと頬の辺りを両手で強めに撫でさすった。

『『はやく――っ！　急がないと、昼になるぞ――!!』』

『誰のせいなんだか。ホラ、行こう』

そうしてドライと二人でアインスたちを追いかけ、更に森の奥へと入って行ったのだった。


しばらく歩くと、いつもより奥へ入っているからか、植物図鑑に載っている薬草などを見かけるようになった。面倒がるアーシュに頼み込んで読んで貰った解説を思い出しつつ、一つ一つ丁寧に採って行く。

フェニックスというと再生と生命を司るイメージだが、アーシュに質問すると『植物の再生くらいなら訳ないが、生物を蘇生する力を今の状態の世界で使ったら、世界のバランスが更に崩れて崩壊する恐れがあるぞ』と中々怖い回答が返って来た。

じゃあ治療魔法やポーションは存在しているのか？　と聞いてみたが、即座に怪我や病気が治癒するような手段は基本的にないと答えて来た。

まあ、現実的に考えれば細胞の活性化まではありだが、すぐさま傷口が再生するなんて、人の細胞がどうなってしまうのか、ってヤツだよな。

この世界の怪我の治療の仕方は、傷口を洗って傷口の殺菌や細胞の活性化を促す魔法を掛け、傷薬を塗って治るまで安静にする、というものでほぼ日本と同じだった。

傷口の化膿や破傷風などは魔法を使えれば防げるが、使えなければこまめに傷薬を塗らなければならない。

俺はまだ魔法が使えないので傷の治療は傷薬頼みなのだが、マジックバッグには少数しか入っていなかった。切り傷が絶えない俺としては欠かせないので、落ち着いたら自分で試行錯誤しつつ自作を試みるつもりだったので、材料の薬草を森で見つけることが出来て一安心だ。

あちこちで俺が薬草を採っている間に、アインス達は藪をつついては植物性の魔物を火で焼き、爪で切り裂き、そして虫を見つけてはついばんで食べていた。

そうしてどんどん奥へと進んでいると。

『あれ――？　ここ、何か変じゃない――――？』

『んー？　おっ、イツキ、イツキー！　ここ、変！　変だぞ！』

『……うん、なんか変だね。良く気が付いたね、アインス』

そんなアインス達の言葉に呼ばれたのだった。

11　崖上の森には不思議が隠れていたようです

「んー？　変って、どこがどう変なんだ？」

アインス達に呼ばれて近づいても、俺には何も違和感はなく、その先もここまでと同じような木が生えていたし、下生えの草にもなんの変化もないように見えた。

『えー――っ！　イツキ、何も感じないのか――？』

『イツキー、イツキー、ここだよ、ここ！　ここから先、変なんだって！』

『イツキは鈍いから、そんな感覚的なことは分からないんじゃない？』

何気にドライが一番ひどいな！　こいつは冷静沈着な性格じゃなくて、ただ単に腹黒なのでは？と最近思い始めたぞ！

「いや、俺はまだあんまり魔力とか感じられないしなぁ」

ここは神獣フェニックスが住処にしている場所なので、この世界でもとびっきり魔力が濃い土地らしいが、それでもこれが魔力か？　と実感するようになるまでに、俺は一か月掛かったのだ。

……ドライが言ったのは、意地悪ではなく本当のことを言っただけか？　いや、絶対腹黒だよな！と思わず脇道にそれて考えていると、じと――っとしたドライの視線を感じた。

ん、んんんっ。ゴホン。

思わせぶりに咳をしてから、とりあえず皆がここから先が変、と羽で示している場所へ近づいて改めてじっと観察してみる。

んー……。やっぱり、俺には何も変に感じないのだが。普通に森が続いているだけだよな？

つい手を伸ばしたら、慌てたツヴァイが『イッキ、何があるか父さんに聞いてからの方がいいって！』と羽を伸ばして俺を引っ張った。だがその力が強すぎて俺には踏ん張れず、よろけて皆が言っていた、『ここから先』の境界線を越えて倒れ込んでしまった。

『『イッキ――――っ!!』』

それを見て慌てたのだろう、アインスとツヴァイも飛び込むように俺の上へと倒れ込んで来た。

……いや、俺を支えてくれようとしたのだとは思う。思うのだが。

「ぐ、ぐえぇぇぇ……。お、お……重い――……。つ、潰れるから、どいて、どいてくれ……」

見事に二人の重みに潰れた。背中にのしかかるふわふわな羽毛の感触など、味わう余裕は全くなく、今すぐどいて貰わないと呼吸が止まりそうなくらいに苦しい。

『もう、仕方ないなぁ。なんとなく、こうなるような気はしたけど』

その声と共に、『何か変』な境界線をドライも越え、俺の上に重なるアインスとツヴァイをどけてくれた。

「ゼー、ゼ――……。ふ、ふう……。は――――、生き返った。空気が旨い。ありがとうな、ドライ。助かったよ。アインスとツヴァイも、助けようとしてくれたのはありがたいが、もうちょっと落ち着いて考えてから動こうな」

毎回何かやらかす毎に言っているが、まあ、猪突猛進なアインスと脳筋なツヴァイだしな、とそう諦めて大きくため息を吐き、改めて周囲を確認しようと地面を見てみると。そこに、何かが視界の端を横切った気がした。

「へ？　今、何か……」

もしかして見間違いか、と目をゴシゴシとこすってから、もう一度目を凝らしてじっと周囲を観察してみる。すると、あちこちに、存在感が薄くて半透明な何かが漂っていた。

『ああ、もしかして父さんが張っている守護結界を越えちゃったのか。ここが神獣フェニックスの守護している場所だったんだね』

「どういうことだ？　ドライ」

確かにアーシュは神獣としてこの世界での役割が何かあるようにも言っていたが、人に崇められたことはないとも言っていたから、人に関係していない事柄だろうと思っていたのだが。でも、守護結界でこの地を守ることが、神獣としてのアーシュの役割だったってことなのか？

改めて見回してみると、やはり目の端に何かがチラチラと横切って行く。

『イツキ、見えないのか？　ほら、あっちにもこっちにも精霊がうろついているぜ？　今の世界はかなり荒れているから、こうして守護結界で精霊を保護しないと、この世界から自然がなくなっちゃうんだぜ！』

なんだと、ツヴァイがドライのようなことを言っている!?

というか、ついこの間までは、アインス達は皆餌を求めてピィピィ鳴いている、普通の鳥の雛だったよな？　まあ、普通より何倍も大きかったが。いつの間に、この世界のことなんて学んだんだ？

『あー。なんかツヴァイがまともなことを言ったから、イツキが混乱しているよ。あのね、僕達は成獣しないと神獣とは認められないけど、フェニックスだから。生まれた時には既にこの世界の知識があるんだよ。というか、何もかも親から教わる動物と、神獣や幻獣が同じな訳ないじゃない？』

確かに雛たちは喋り出した途端に普通に会話が出来ているな、とは思っていたけど……。ん？　なら俺が子守りとして一緒にいる必要があるのか？　だって、生まれながらにこの世界の知識があるってことは……っていうか、元々俺はこの世界のことは何にも知らないし、教えられることなんて最初から何もなかったってことか!?

が――――ン……と、今更ながら気づいた事実に、しばし頭が真っ白になる。どれだけ自分がこの世界に来てから頭を使ってなかったかが証明されてしまった。

自分が扶養していたつもりだったのに、実は自分が扶養家族だったという事実。もしかして、肉を焼く係だから母親がわり？　ま、まさか、そんな……。

『おーい、イツキー。精霊、ってとこはいいのか――？』

つい現実逃避に頭の中でコメディ漫画を展開していると、アインスの声に現実へと戻された。

「ハッ！　アインス、そうだった!!　さっきから視界の隅をチラチラしている、見えるような見えないような感じなのが精霊なのか？」

『僕達にはきっちり見えているけどね。ああ、ホラ、イツキの足下でノームが見上げているよ？』

ドライの言葉に慌てて下を向いて目を凝らしてみると。ぼんやりとした輪郭が、どんどんはっきりとしてきたような？

じ――っと集中して見つめていると、恐らく背丈は三十センチもない、小さな人のような姿がうっすらと浮き上がって来た。

驚かせないようにゆっくりとしゃがみ、出来るだけ目線を低くしてそっと指を伸ばしてみると。

何か、かすかに指に触れた？　そう感じた瞬間、パッと照明がついたかのようにぼんやりとした輪郭がはっきりと色づいていく。

「ええっ!?　うわ！　見える、見えるぞ！　この子がノーム、か？　それに……」

俺が伸ばした指に興味深そうに触れているノームをしっかりと見ると、肌は褐色で髪も目も茶色で、まんま土のような色あいの茶色のチュニックとズボンを履いていた。そして姿は海外のファンタジー小説の挿絵に描かれているような、小人そのものの見た目だった。

はっきりと見えるようになったのは目の前のノームだけではなく、ノームの後ろの草陰からは、緑のクルンとした長めの髪に緑の目、そしてうっすらと緑がかった白い肌のかわいい妖精のような子が覗いていた。

「ええと……ドライアードは木の精霊だったっけ？　草は……スプライト、だったたか？」

『そうだぞ。まあ、細かく分けると色々いるけどな！　まあ、纏めた総称でいいんじゃないか？』

おお、またツヴァイがまともなことを！

驚いて顔を上げると、まるでチャンネルが切り替わったかのように、見える景色が一変していた。木々の緑はより鮮やかに彩られ、あちこちから様々な精霊がこちらを覗いている。それに木々を通り抜ける風にも、薄い緑の羽のある女の子の姿が見えた。

「風……シルフ、か。凄いな。この世界には、こんなにたくさんの精霊がいたんだな」

どこを見ても、そこには楽しそうな精霊の姿があった。

『いや、この場所は守護結界で守られているから、これだけの精霊が存在しているんだよ。それにしても、ここには集まって来ていると思うけど……』

確かに崖の巣では、今までぼんやりとでも精霊を見かけたことは一度もなかったな？　この世界の一般常識って、誰に聞いたら分かるんだ……。

『おやぁ。精霊達がざわついていると思ったら、珍しいお客様ですね。神獣フェニックス様のお子様たちに、それに……ん？　人……とはまた違うような？　不思議な方ですね』

アインスとツヴァイは楽しそうに精霊と遊びだし、ドライと一緒に精霊達を見回していると、そこに声が掛かった。

声を掛けて来た方を見ると、そこには……。

「お、おおっ！　ジロウを二足歩行にしてデフォルメしたような……か、かわいい！」

そう、二本足で立ち、もっふもふな真っ白な毛並みの中型犬程の大きさの、まんま犬の姿があったのだった。

12　ここは精霊パラダイスだったようです

『お、クー・シーだね。彼も精霊だよ。姿は幻獣のようだけどね』

思わず手をわきわきと動かし、一歩、一歩と近づいている最中にドライの声に我に返った。因みにクー・シーの彼までは約二メートル手前で止まったぞ！　お願いだから、そんな不審そうな目で見ないで下さい！

『ええと？　彼はこの守護結界に入ることは、神獣フェニックス様の許可は得ているのですよね？』

『ここに守護結界があるって聞いてなくて、皆で入ってきちゃったんだー。でも、どうせ父さんも気づいているだろうし、今来てないからいいんじゃないー？　イツキは父さんが拾って来たんだしー』

アインス……言い方！　確かに拾われたけど！　そして放り投げられたけど！　でも理由はお前たちの子守りだからな！

でもまあ、確かに今アーシュが来てないのなら、入ってもいいのかな？　せっかくだし、もうちょっと奥まで見てみたいよな。

「えーっと。アーシュに、ああ、神獣フェニックス様にはこの子たちの子守りとして拾われたんだ。なあ、ここまでもう入ってきているし、もう少し見て回ったらダメかな？」

『ん――……。そうですね。この場所にあなたは拒絶されていないようですし、お子様たちと一緒なら大丈夫でしょう。ただ、この入り口付近までならいいですが、奥へ立ち入るのなら、神獣フェニックス様の許可を貰ってからにして下さい』

この奥って何かあるのか？　ここの守護結界は、精霊の保護の為だけではないってことか。とても気にはなるけど、もうなんだかんだで結構時間が経っているしな。もうすぐお昼だから今はアーシュが迎えに来ないうちに、ここら辺を少し回れたら十分だ。

「わかった、ありがとう。そろそろ戻らないといけない時間だし、それまでこの近辺だけ見させて貰うな」

『あっ、もうそろそろ昼飯かっ！　じゃあ、ちょっとここら辺見たら、戻ろうぜ！』

と、いうことで、それぞれこの近辺を歩いてみることになった。実はさっきから甘い匂いがしていて、気になっていたんだよな！

風に遊ぶシルフ達に髪をもてあそばれながら、草に潜むスプライトやノーム達を踏まないように歩きつつ、甘い匂いを追ってクー・シーと一緒に進む。

クー・シーは俺の監視の為なのかもしれないが、短い脚でちょこちょこ歩いて付いて来る姿がたまらなくかわいらしいので、そんなことはどうでもいい。

ドライがクー・シーは精霊だって言っていたけど、柔らかそうなもふもふな毛並みは、触ったらとっても気持ちよさそうだ。

そんなことを考えていたからか、少しだけ距離をおかれてしまい、ガックリしてしまった。

アインス達の羽毛も素晴らしいが、犬系のもふもふな毛並みも大好きなんだよなー。

「おっ、あれかな？　なあ、クー・シー。あの果実が食べて大丈夫な物なら、少しだけ採らせて貰ってもいいかな？」

シルフに笑われながらトボトボと歩き、甘い匂いの元の木に実った果実を見つけた。

俺の背丈ほどの小さめの木に、小さなオレンジ色の果実がぶどうのように房にいくつも連なって実っている。そんな木が五、六本纏まって生えており、辺りに甘い匂いを振り撒いていたのだ。

『あれには毒はないし、人が食べても大丈夫だと思います。……貴方でも、食べても害はないと思いますよ。ただこの果物は精霊も森の小さな動物達も大好きなので、食べられる分だけにして下さい』

「ああ、わかったよ。ありがとう。じゃあ、少しだけ貰うな」

人が食べても大丈夫だと言ったのに、わざわざ俺のことを付け足したのは気になるが、まあ、そこはもう一度会えたらオルトロスに聞いてみるしかない。聞くにも覚悟がいりそうなので、とりあえず今は気にしないことにして果物に手を伸ばした。

熟して匂いが強い果実を選んで、一つ、二つと採ってカバンへ入れていると、下から注がれるじーっと熱い視線を感じた。

「ん？　おおっ、お前さん達も欲しいのか？　ちょっと待っててな」

その熱い視線の先には、じっと果物を見上げているノームや妖精のような姿の小さな精霊達がいた。

そしてそれ以外にも、木の陰からチラチラ覗いている、兎のような細長い耳のもふっとした小さな動物からも熱い視線が送られて来ていることにも気が付いた。

「クー・シー。皆に熟している果物を採ってあげていいか？」

『はい。ふふふ。貴方は不思議な人ですね。カーバンクルまで姿を見せるなんて。私達の前にも、あまり出て来ないんですよ』
カ、カーバンクルだって！　あの、額に宝石のある、兎に似たもふもふだったよな！　大抵どの物語でも宝石目当てに乱獲されたりして、希少で人前にほとんど姿を現さない幻の存在の！
思わず木の陰を覗いて姿を見てみたい！　という衝動に身を任せそうになってしまった。だがそこをぐっと堪え、熟している果物を自分の分以外にいくつか余分に採る。

そして足元の精霊達を踏まないようにゆっくりとしゃがむと、手のひらに果物を載せて差し出した。

『――――、――――っ!!』

風に乗ってかすかに歓声が聞こえた気がしたが、その姿に合わせた声の大きさなのか、それとも俺には聞き取れない言葉だったのかは不明だが、俺の耳には内容は聞き取れなかった。

うれしそうにわ――っと寄ってきた小さな精霊達が、房の実の一つを引っ張ってとっては両手に抱えて齧りつく。おじさん顔のノームも、小さな幼女のようなスプライト達も、皆が満面の笑みを浮かべている。

まるで『ガリバー旅行記』の中にいるみたいだ。

「ふふふ。ここにいくつか置いておくから、皆で食べてくれな」

いつまでも眺めていられそうな光景だが、そろそろ戻る時間だった。立ち上がり、果物に群がる精霊達を迂回し、今も視線を感じる木の傍までゆっくりと近寄ると、視線を向けないようにそっと草の上に果物を置いた。

何か声を掛けようかとも思ったが、何だかそうしたら果物を食べずに姿を消す気がしたので、何も言わずにそのままクー・シーの方へと戻る。

「もうお昼だし、アインス達に声を掛けて戻るよ。果物、ありがとうな。あ、クー・シーも食べられるかい?」

実が実っているのは俺の胸元くらいの高さなので、俺のお腹までも身長のないクー・シーも届かな

いのでは？　と気づき、一つだけ残しておいた果物を差し出すと、驚いた顔をした後に、そっともふもふな手がのばされた。

『で、では、いただきます。……あなたは本当に不思議な人ですね』

「この世界に来てから皆に変だ、変だって言われるけど、俺は俺だしなぁ。あ、そうだ。クー・シーは種族名だろ。またここに来るかもしれないし、名前があったら教えてくれないか？」

『……私達は他の精霊とは違って実体を持ちますから、個々の呼び名はあります。私はシェロと呼ばれています』

おお、やっぱりクー・シーは実体があるのか！　仲良くなったら、撫でさせてくれるかな？　楽しみだ！　それにシェロって、真っ白なキレイな毛並みだしシロと同じ響きでピッタリだな！

「ありがとう、シェロ。俺はアインス達に呼ばれていたから知っているだろうけどイツキ、だ。ちょっと変わっているけど、よろしくな！」

『イツキ！　俺、腹減ったよ！　急いで戻ってご飯にしようぜ！』

『イツキ――、戻るよー。置いて行っちゃうよー』

なんとなくいい雰囲気でシェロと並んで歩いて戻っていると、ツヴァイとアインスの声がして、三人揃って俺を待っている姿が見えて来た。やっぱりお腹が減る時間だったようだ。

「今行くから置いていかないでくれよ！　こんな森の奥から俺一人じゃ戻れないからな！」

威張って言うことではないが、俺は今も変わらず全く戦えないままなのだ。以前木の上から大きな蜘蛛が襲って来た時なんて、悲鳴を上げて尻もちをついて逃げられもしなかった。

情けないが、自分は戦うことに向いていない、と半分諦めていた。アインス達といつも一緒なので今のところ死ぬような目にはあっていないし、いざという時は体を張って子供たちの盾になる覚悟だけはある。

『まったくイツキは……。仕方ないから、ほら、背中に乗せて行ってあげるよ。のんびり歩いていたら、アインスとツヴァイに置いていかれるからね』

「おう、ありがとうな、ドライ！　じゃあ、またなシェロ！　果物、ありがとう！」

楽しそうに走って俺達を追いかけて来たシルフや小さな精霊達に手を振り、ドライの背中に乗った。

それから無事に守護結界を抜けることは出来たが、木を避けながら走るドライの背で、右に左に避けるたびに遠心力により体は跳ね上がり、草原が見えたところで腕の力が尽きて滑り落ちてしまった。

ぐるぐると世界が回るような眩暈(めまい)とこみ上げる吐き気を堪えながら、余程のことがない限り、森の中では子供たちの背中には絶対に乗らない。そう誓ったのだった。

13　フラグが立ってしまったようです

守護結界を抜けて戻った後は、既に待ち構えていたアーシュに獲物を渡され、そのままいつものようにひたすら肉を切り分けて焼いた。

森の奥まで行ったからか三人の食欲は凄まじく、アーシュが獲ってきた獲物を丸まる二匹以上食べてしまった。

その後はさすがにお腹がいっぱいになったのか、最近では昼寝時間が減ってきていたが、今日は三人寄り添って寝入ってしまった。

雛たちの性格は三人ともそれぞれ違うけど、やっぱり仲はいいよな。寝る時はいつも一緒だし。まあ、夜は俺もその間に入れて貰って、天然100％羽毛の寝心地最高なふかふか羽布団で寝させて貰っているんだけどな！　日本の高級羽根布団なんか目じゃないぞ。

そんなことを思っていたからか、ドライに必死でしがみついていた疲れか眠くなって来た。このまま三人の間に潜り込もうか、と思いつつ自分の食事をしていると。

『さっき守護結界を越えたようだが、境界を越えた時にお前は何も感じなかったのか？』

「ん？　ああ、最初に三人が何かあるって騒いでいたけど、俺は何も見えないし感じなかったな。それで手を伸ばしたらツヴァイとアインスに倒されて越えちゃったんだ。あの時は倒れ込んだから慌てたけど、越えた時も何の違和感もなかったぞ？」

守護結界の中に手を入れた時も素通りだったし、倒れ込んだ時も別にこれといって何かを越えた感覚は全くなかったのだ。なので出る時も、どこが結界の境界だったかも分からなかった。

「普通はあの守護結界に触れたらどうなるんだ？」

『弾かれるな。ただ知らないで触れただけなら結界に入れない、というだけだが、悪意を持って侵入しようとする者は、その場で消し炭になる』

お、おおう……。さすがは神獣フェニックスの守護結界、といったところか。

『ああ、結界に触れなくても近くで悪意を持っていれば、もれなく消し炭だ。敵に容赦などしたら、後からどれだけ膨れ上がるか分からないからな』

……うん、全く容赦などなかった。でも、完璧に守る為ならその方が一番効率的なのだろうな。まあ、この世界のことを全く知らない俺が、自分の価値観から口を挟むことでもないが。

「じゃあ、なんで俺は何の抵抗もなく入れたんだ？　あそこには、神獣や幻獣といったアーシュのような役割を持った種族しか、本来は入れない筈じゃないのか？」

それこそ侵入しようとする者を消し炭にする程に大切な物を守る結界なら、入れた俺の方がおかしいのだろう。

『そうだな。子供たちが入れたのは俺の子供だからだが、お前が入れたのはお前の性質からだろうな。まあ悪意を持っていれば当然立ち入れなかっただろうが、悪意を持っていなければお前ならどんな結界へも素通りで入れるのかもしれないな』

「はあ？　な、なんだよそれ……」

ちょっ、ちょっと待て。今のアーシュの話した言葉の中に、重要なキーワードがたくさんあったよな？

落ち着け、俺。とりあえず落ち着いて考えよう。アーシュが今言った俺の性質とは、この世界に魂だけで来たことと関係あるよな。今でも普通にお腹もすくし怪我をしたら赤い血が出るから、日本で暮らしていた時と同じただの人間だと思いたいが、日本での俺は実際には死んでいる訳で。

では、今ここにいる俺はどういう存在なのか。アーシュに聞いてもはっきりとした言葉での返答はないから、アーシュにも実は良く分からないのかもしれない、と最近は思ってはいた。

でもそんなはっきりとしない俺だから、アーシュが守る守護結界へも入れてしまった。そして、それはここの守護結界だけでなく、世界中にある他の神獣や幻獣たちの守護結界へも入れる、ということだよな。でも、なんとなくアーシュの言い方が引っかかるのだが……。

「どんな結界へも……。なあ、この世界では普通の人でも魔法は使えるんだよな？　それで、人が張っている結界にも俺は悪意を持っていなければ入れてしまう、と？」

『そうだ。俺の守護結界へもすんなり入れるなら、人の結界なぞ容易く入れるだろうよ』

う、うわっ！　そ、それって王城とかえらい人の屋敷とかやばい施設とかに侵入者を防ぐ結界が張ってあっても、俺はそれに気づきもせずに出入り出来てしまう、ってことだよな!!　……それは問題が起こることしか想像がつかないよな。ましてや俺はこの世界の常識なんて全く知らない訳だし。うん。大きな街へ行ってみよう、なんて二度と思わないぞ！

「……俺が入ってはまずい場所があるなら、先に教えておいてくれ。予め教えてくれたら、絶対に近寄らないから」

小説でよくある主人公特有のトラブル体質なんて、迷惑以外の何物でもないからな！

『ふむ……。いや、逆にお前がどこまで入れるか興味があるな。守護結界の中への出入りも自由に移動する許可も与えるから、どこまでいけるか試してみろ』

いやいやいや。それはダメなんじゃ、アーシュさんや。だって、その言い方だとあの守護結界の中に、更に重要な場所があって、そこにも他の結界が張ってあるってことだろ。いくらなんでも、そんな厳重に守られたこの世界的にも最重要な場所に、ほいほい俺のようなよく分からない存在が入っていい訳がないだろう？

「いや、入らないから！　クー・シーのシェロにだって、入り口で警戒されたんだぞ。守護結界で守っている、最重要な場所にまで立ち入れる訳がないじゃないか」


と、そんな会話をしたのがフラグになってしまったのか。

クー・シーの集落からの帰り道、アインス達と少しだけ離れて森をうろついていた時、突然土砂降りの雨に降られた。慌てて雨宿りをしようと走っていたら、目の前にいきなり大きな木が出現したのだ。それこそ百階を越える高層ビルを見上げているかのように、どこまで高いのか全く判別出来ない程の大木だった。

いくら森の中で視線が遮られていたとしても、こんな大きな木があればそれこそ森のどこからでも見えないと絶対におかしい。と、なると、思い当たるのは……。

「……こ、これって世界樹ってヤツじゃないのかっ!?　そんなフラグ、いらなかったからっ!!」

2章

神獣・幻獣からの重すぎる期待

Chapter 2

14　世界樹に行きつくまでのいきさつです

世界樹のもとへと迷い込んでしまったのは、守護結界へ最初に入った時から約三か月経った頃のことだ。

初めて侵入して以来、二、三日に一度、アインス達と一緒に守護結界の中へ訪れていた。

毎回シェロが守護結界へ入ったところで出迎えてくれ、そのたびに精霊達とも交流し、三か月が過ぎた今ではすっかり仲良くなっていた。

『なあなあ、今日はもう少し奥へ行こうぜ！　最近、俺達も自分で少しならご飯を調達出来るようになったしよ！』

『そうだなー。そろそろもっと別の場所も見てみたいよな――』

奥へ行ってもいい、とアーシュに許可は貰ったが、アインス達はまだ疲れると昼寝が必要な雛なので、昼食までに奥へ行って戻るには時間的に厳しく、これまでは結界の入り口付近しか立ち入ったことはなかった。

『仕方ないな……。イツキ、朝食の残りのお肉がまだあったよね？　あれを焼いて、マジックバッグへ入れておいて。昼食には足りないけど、間食には十分だし。父さんにはお昼が遅くなるって言って来るから』

ドライがそう言うと、俺の焼いた肉を食べているアーシュの方へと寄って行った。

今では森で果物や野草にハーブ類、それと香辛料になる植物も図鑑を見つつ採取して賄っている。最初にオルトロスに貰った芋も、学校の理科の授業を思い出しつついくつか種芋として崖上の草原に植えた。それが無事に根付き、もうすぐ収穫出来そうだ。これらを使って、なんとか毎日一度は野菜を入れたスープを作っている。

塩はアーシュが岩塩を持って来てくれるので十分にあるが、残念なことにそろそろ小麦粉はなくなりそうだ。たまにすいとんにして大事に食べていたが、元々マジックバッグに入っていたのは大きな麻袋が一袋のみだったので仕方がない。芋が収穫出来たら、主食用として次は半分を種芋として植える予定だ。

アーシュには約束通り要求された時に俺と同じ量を出しているが、果物で漬け込んだ肉に塩とハーブで味付けして焼いた肉が口にあったらしく、その味付けの時は毎回要求されるようになった。

まあ、こうして食事や水には困らない生活が出来ているのはありがたいけどな。でも、そろそろ真面目にどこか屋根のある家を建てたいよな……。

マジックバッグに入っていた野営道具のテントは、ただ支柱を真ん中に立てて皮を被せて端を止める、というかなり頼りない物で、一度取り出したが雨も防げなさそうで使うことはなかった。

今のところは小雨がたまにパラつくくらいだが、夕立で一時激しく雨が降ることもある。そういう時は崖の窪みに入り、入り口側をアインス達に並んで塞いで貰ってなんとかしのいでいるが、そろそろ毎日雨が降り続ける雨期が来るとシェロに聞いて、相談をしていたのだ。

「……まあ、奥へ入りすぎなければいいか。ならどうせだから今日は、シェロにクー・シーの集落へ案内して貰えるか聞いてみよう」

クー・シーは精霊でも実体があるので、守護結界の中に集落を作って群れで暮らしていると何度目かに会った時にシェロが教えてくれたのだ。

その時に食べ物などの相談をして、食べられる果物や野草を教えて貰ったり、野菜を分けてもらったりもしている。

そして！　なんと、少しなら頭を撫でてもいい、という許可も貰ったのだ!!

……でも、一度触れてしまうと、間違いなく全力で撫でまわしたくなるよな。でもそんなことしたら、せっかく仲良く話せるようになって来たのに、嫌がられて二度と撫でさせて貰えなくなったら、と思うとなかなか手を出せなかった。

だから今でも会うと、毎回わきわきする手を宥めるのに必死だったりもする。

その後、無事にドライがアーシュから許可を取りつけて来たので、俺の朝食を食べ終えた後にまた追加で肉を焼くことになった。

焼けた肉は森で見つけた大きな笹のような葉に包み、どんどんマジックバッグへと入れて行く。

この葉には殺菌作用があり、食べ物を包むのに適していると教えてくれたのもシェロだ。

「よし、これでいいな。後は水を水袋に入れて、と」

『イツキー、準備出来たか――？　じゃあ、行くぞ――――！』

「えっ、ちょっとアインス！　まだ手綱を結んでないって、うわぁあああっ!!」

俺が準備するのをソワソワと待っていたアインスが、終わった瞬間突撃して来て俺を背中へ放り投げると、首に手綱代わりの布を巻く隙もなく崖の上り口へとダッシュした。そうしてそのままピョンピョン岩を登り始めたアインスの背から落ちないように、俺は必死で首に手を回してしがみつく。

「はあ……はあ……今日こそ、もう、ダメだと……。アインス。お前、最近成長して首に手が回るようにはなったけど、滑るから手綱がないと無理だって、何度も、何度も言ったのに……」

『わははははっ！　無事だったからいいじゃんか――。イツキも腕を鍛えないとな――！』

最近ではやっとアインス達の背中に乗ることに慣れて来たが、それでも今日のように何の準備もなく乗ると腕の筋肉の限界に挑戦となり、登り切るとバッタリと草原へ倒れ込むのはいつものことだ。

この三か月でアインス達はまた少し大きくなった。首が更に少し伸び、それに合わせて首は細くなった。それでも羽ばたきはするがまだ飛べないし、毛色もアーシュの色よりもくすんだままだ。

『まあ、少しは鍛えた方がいいのは賛成かな？　毎回それだと、大変だよ？』

うう……ドライ。確かに、そうだけど……。

あの崖を自力で登ろうとしたことはあったが、ロープもないロッククライミングに、すぐに腕が悲鳴を上げてひっくり返って落ちそうになったところをドライに救出された。それからは一度も試してはいない。

『ほらイツキ、行くよ――！　今日はいつもよりも奥へ行くんだからな――！』

反省の色が全くないアインスに促されてしぶしぶ起き上がると、皆の後を追って森へ入る。

何度か虫やネズミのような小動物に襲われたが危なげなくアインス達が倒して間食とし、薬草などを採取しつつ奥へ進んで行くと、ある地点で景色が変わる。

『あ、いらっしゃい、お子様方、それにイッキ』

『おう、シェロ！　今日はいつもより奥へ探索しに行くぞ！　父さんの許可も貰ってあるんだ！』

「そうなんだよ、シェロ。だからいきなりなんだけど、以前言っていたように、クー・シーの集落へお邪魔したいんだけどいいかな？」

『ええ、大丈夫ですよ。皆もお子様たちのご訪問を、歓迎されると思います』

守護結界への道中で、アインス達には今日はせっかくなので以前誘われたクー・シーの集落へ行きたい、と話しておいた。アインス達もいつもより奥へ行けるなら、と賛成してくれたので、そのままクー・シーの集落へと向かうことになった。

結界の外と同じ森とは思えない程明るく陽が差し込む森の中を、いつの間にか集まって来た精霊達と一緒に進む。

道々果物や野草なども手土産に採りながら進むと、体感的に一時間ほどで木の間にぽっかりと空いた場所と、そこに建てられた小さな家々が見えて来た。

『さあ、ここがクー・シーの集落ですよ。皆さんは入り口で待っていて下さいね。皆に声を掛けて来ますから』

そう言って尻尾を振りつつ集落へ一人で入って行くシェロを見送り、俺は集落の外から家々を観察する。

家は木の枝と葉で作られていて、一軒一軒はそれ程大きくはない。シェロが地下を掘り下げていて、住居は半分地下部分だと言っていた。

聞いた時に下水がどうなっているかが気になったが、木の枝で斜めに組まれた骨組みの上を満遍なく大きな葉を何枚も重ねて屋根としてあり、家の周りには溝が掘られていた。雨水対策はしっかりしてあるらしい。

あの造りだと、俺達には身長的に無理そうだな。やっぱりなんとかしてログハウスを建てるか、最低でも屋根と床だけの倉庫のような簡易的な家でも建てるしかないか……。

アインス達の羽毛は雨も弾くが、俺が屋根付きの建物を建てれば寝る時は一緒に入るだろうから、その分大きな建物になる。だからせめて屋根だけでも参考にしたかったが、どうやらクー・シーたちの住居は俺達には向かないようだ。

そう思って少しだけがっかりしていた気持ちは、シェロが一族を連れて戻って来た姿を見た瞬間、霧散した。

ふおおぉおっ！　色とりどりの、ワンコの群れだ！　垂れ耳に長毛に短毛、それに小さな赤ちゃんワンコまでっ!!　ここは、天国(パラダイス)か！

突進することだけは何とか耐えたが、ドライ曰く、かなりヤバイ目つきだったそうだ。

それから夢のような交流を経て、少しだけ周囲を探索して戻ろう、となった時に雨期の前触れのような土砂降りの雨に見舞われた。そうして雨宿り出来る大木を求めて彷徨っていた時に、何故か世界樹を発見してしまった、ということなのだ。

15　世界樹はこの世界の支えだそうです

さっきまで体を濡らしていた豪雨は遥か上空の何重にも重なる枝と葉にほぼ遮られ、ただ響く雨音だけがまだ雨が降り続いていることを知らせてくれている。

ポカンと開いた口は上を見上げるごとに開いていき、今では顎が外れんばかりだ。

上を見上げ過ぎて、しまいには倒れそうになったが、今はそっと後ろで支えてくれるドライがいないことを思い出し、慌てて見上げていた顔を正面へ向けた。

「この木……、どう考えても世界樹とか、だよな？　この世界に、世界樹ってあったのか。っていやいやいや。もう何度もこの森へ入っているのに、こんな大きな木が見えない筈はないって！」

守護結界を越えた時に森の広さが岩山の頂上、という土地の広さと合っていないことには当然気づいていた。だが、まあ、そこは異世界、ましてや神獣フェニックスが守っている土地だしな、とその時は深く考えずにいた。でも、どう考えてもこんな大きな木があったのなら、守護結界の中に入った時に気が付く筈なのだ。

あれ？　もしかしなくても俺、フラグを踏んじゃったのか!!　これって、もしかしなくてもあれだよな。結界、越えちゃったってことだよな！

雨宿りしようと森の中を彷徨い歩いているといきなり目の前にこの木が現れ、気づいた時には木の下にいたのだ。その時俺には結界を越えた感覚は、アーシュの守護結界を越えた時と同様に全くなかったのだが。

アーシュが言っていた、『お前ならどんな結界も素通り出来る』ってアレなのか!! どこまで入れるか、って言っていたのは、この場所のことだったんだな!?

厳重に守護された場所にまさに今自分がいることを急激に自覚して、まずい、という危機感に襲われる。この場所にもアーシュのような、守護する神獣がいてもおかしくない。というか、いない方がおかしい。

慌てて周囲を見渡すと通って来た筈の森の木々は遠く、周囲にはぽっかりと開いた草原が広がっていた。そこには見たことのない白い花が一面に咲き誇っており、晴天だったら楽園のような場所なのだろうと推測する。当然そんな場所を歩いた覚えは欠片もなかった。

『おお、誰がここに侵入したのか、と思ったらそなただったのか。丁度いい。訪ねて行こうと思っていたところだったのだ』

今の自分の状況も忘れ、陶然と花畑を見渡していると急に掛かった声に、文字通り飛び上がった。

その声が以前聞き覚えのあった声だと気付き恐る恐る振り返ると、そこにはやはりオルトロスの姿があった。

「オ、オルトロス、さん? ここはオルトロスさんが守護している場所なのですか?」

この前出会った時の感じでは、アーシュの守護地から離れた場所を守護していると思っていたので、まさかここでオルトロスと再会するとは、思いもしていなかった。

『いいや、違うぞ。そうか、そなたはフェニックスからは何も聞いていなかったのか』

『ここは、全ての守護地から繋がる場所。この場所を守る為に我らが守護する場所がある』

お、おおう！　二つの頭が続けて話し掛けて来たのは初めてだ。

そのことに驚いたが、すぐに言葉の意味を察して、顔から血が引いて行くのが自分でも分かった。

「や、やっぱりこの木は……せ、世界樹、なのか？」

ゴクリ、と唾をのみ込みつつ、倒れそうになりながらも聞いてみると。

『『ああ、そうだ。この地はこの世界の要の地。世界樹が枯れる時、この世界は滅びる』』

……ウッギャアアァアッ!!　き、聞きたくない、そんなこと、ただの小市民の俺は、聞きたくないんだってばっ!!

サラッと教えられた真実の重みにその場に崩れ落ちながら、心の中で盛大に叫び声を上げる。

『おおっと、危ない。おぬしが怪我しては、せっかく我らが赤子を連れて来たのに、意味がないではないか』

『そうだ。気をつけろ。そなたがこの地で我が子を育ててくれるなら、安心だからな』

ファアッ!!　もっふもふだっ!?

もふんとしたふかふかな毛並みに受け止められ、そんな場合でもないのにうっとりともふもふな感触に意識を飛ばして現実逃避しかかった俺を、とんでもない言葉が引き戻した。

え？　今、赤子を連れて来た、とか言ったか？　ええっ！

『……ミュゥー？』

『クーーン？』

俺を支えてくれた双頭の頭上から響いたか細い声に目を上げると、そこには小さな生後一週間も経たないような赤ちゃんワンコの頭が二つ、ピコピコ動いていた。まだ目が開ききらないのか、うっすらと開いた目は、まだ色の判別も出来ていないのだろう。

「う、うわっ！　か、かわいいっ‼」

赤ちゃんでもしっかりと脚は太いしすでに小型犬程の大きさだったが、生後間もない赤ちゃんワンコに一目でメロメロになってしまった。

さっきまで倒れかけていたというのに、現金な俺はもう背伸びをしつつオルトロスの頭上の赤ちゃんワンコに悶えながら、無意識に目の前のもふもふな毛並みをわさわさと撫でまわしていた。

『やっぱりそなたは変だな。か弱いのに、精神は図太い。面白いものだ』

『世界樹と知っただけであれ程ビビっておったのに、我らの赤子には恐れずに近寄ろうとする。本当に面白い』

ハッ‼　そ、そうだった。野生の獣の生まれたての赤ちゃんに手を出したりしたら、親に激情されて動物園の飼育員でも近寄ると噛まれそうになる、ってテレビで言っていたよな⁉

とろけそうに緩んだ顔はあっという間に真っ白になり、ピョンッとオルトロスから飛びのいて、今度こそ本当に倒れそうになっていると。

『ふう、イツキ、こんなところにいた。弱いのに、一人でうろうろするなんて。……おや？　オルトロス、ですか？』

『イツキ、いたかー？　おー――！　でっかい木があるぞー！　スゲ――――！』

『見つかったのか、ドライ！　俺達とはぐれたら、イッキなんて一瞬で死んでもおかしくないぞ！　おっ！　オルトロスじゃん、スゲー！』

今度はもう馴染んだふわふわの羽毛に包まれて支えられた。頭上から聞こえるドライの声にホッとしていると、アインスとツヴァイの声まで続く。

いやいやいや、あの二人まで来たのか！　なんか嫌な予感しかしないんだが……。

『おお、フェニックスの子供たちか。この間は会わせて貰えなかったが、こんなに大きくなっていたとは』

『フム。やはりこやつ、イッキに我らの赤子は預けるべきだな。ここで育てさせよう』

恐る恐るオルトロスの方を見ると、何故だか満足気に頷いていた。その頭上で小さな赤ちゃんがミーミュー言いながら揺れる。

『おお――――っ！　俺たちより小さい子がいるぞ――――っ！』

そんな赤ちゃんを見て、まずアインスが走り出してオルトロスの周囲をぐるぐる周り。

『なあなあ、オルトロスは強いのだろう？　ちょっと相手してくれないか？』

そして何故かツヴァイがオルトロスに向かって行った。

そんな何が何だか訳が分からなくなったその場に、バサリ、と大きな羽音が響き。

『やっぱりここに入れたか、イツキ。それに、オルトロス。何故、お前がここに居る？』

アーシュが空から舞い降りて来た。

もう、何なの、この混沌とした場は――っ！　ここって、世界樹がある神聖な場所だよなっ！　どうしてこうなった――――っ!!

くらりと眩暈がして、今度こそドライの体へと倒れ込んだ俺は、悪くない、よな?

16 なんだか大変なことになって来たようです

目を開けると、目の前に小さな双頭の赤ちゃんワンコのアップがあった。

双頭が反対方向に揃って首を傾げ、その反動で尻もちをついてピコピコと尻尾を振っている。

な、なにこれっ!? かわいすぎるんですけど――――っ!!

思わず胸の上でお座りする赤ちゃんワンコなオルトロスの子供をそっと抱きしめ、頭を撫でてしまった俺は悪くないと思う!

『クー?』

『ミュー?』

そっと頭を撫でると、手のひらに伝わるふんわりとしたうぶ毛のような毛並みにうっとりとする。

ミュークー鳴きつつ嫌がらずに撫でさせてくれ、こちらをじっとまだ開ききらない目で見つめる姿はもう、言いようのないかわいさだ。

『起きたと思ったらすぐにそれとは、やはりそなたは図太いの。だが赤子もそなたを気に入ったようだし、これで安心だ』

『そうだな。ここなら外敵もいないし、朝連れて来て、夜に連れて戻ればよかろう』

上から響いた聞き覚えのあるテノールの声に、へ？　と顔を上げると斜め上から覗き込む、とても大きな顔が二つあった。

そして俺の体が毛足の長い素晴らしい毛並みに埋まっていることに、その時になってやっと気づく。

「うわぁ！　なんと、夢のお腹枕を体験させていただけたなんて！　ふわわぁ。な、なんという至福！」

ここは天国か？　あ、いや桃源郷だったっけ？　そういえばここは世界樹があったよな。

陶然と体を包み込む、どっしりとした重厚感のあるまるで超高級絨毯（じゅうたん）のようなふかふかな感触を味わいながらぼんやりとそう思った時、やっと今はそんな場合ではないのでは？　ということに気づいた。自分の状況を思い返してみると。

「あれ？　俺、気を失ったんだっけ？」

何度も倒れかけて、とうとう最後にフラリと倒れた記憶はある。でも、その時には背中にドライがいた筈だ。

『ああ、フェニックスの子供か？　ほれ、そこにいるぞ』

そう言われて改めて周囲を見回すと、いつの間にか雨は上がり、晴れた空には虹がかかっていた。

な、なんだここ……。花畑は雨あがりでキラキラ輝いているし、それに世界樹に虹がかかって……。

ああ、ここが本当の桃源郷か。そうだよな。俺、死んだんだし。ここは異世界じゃなくて、天国だったのか。あの世がこんなもふもふ天国だなんて、幸せすぎる。

『あっ、イツキー、起きたか——？　なあ、俺、お腹減ったから、間食用に持って来た肉出してくれよ――！　あっ、帰りは父さんが乗せてくれるってさ――！』

……アインス。やっぱりここは天国じゃなかったか。アインス達が天国に来るには早すぎるし、ましてやこんなかわいい生まれたばっかりの赤ちゃんワンコがいたらダメだよな。

フウ、とため息をつくと、胸の上の赤ちゃんワンコをそっと抱き上げ、寝転ぶオルトロスの体の上に乗せた。そして立ち上がると隣に置いてあったマジックバッグを手に、アインスの方へ向かう。

『おっ！　肉なら俺も食うぞ！　ここには食べられる物は何もなかったからな！』

……おいおい。こいつらはどこへ行っても変わらないな。世界樹を見て、何とも思わないのか？

「ほら、これだけだぞ。戻ったらたくさん焼くから、それまでは我慢していてくれよ」

焼いた肉を出す場所に迷い、丁度あった大き目の石の上にドサッと載せる。するとドライまでいつの間にか加わって三人揃って啄み出した。

そんな姿を見守っていると、バサバサと隣にアーシュが降り立った。

『イツキ、ここに入れたのなら丁度いい。騒いでいた屋根のある建物を建てるか？』

「アーシュ、何を言っているんだよ。ここはお前達神獣や幻獣が守っている神聖な場所だろう？　そんな場所に俺なんかが住める訳ないじゃないか。そりゃあ雨期が来る前に、屋根のある建物は欲しいけどさ」

巣のある崖で、雨期の間ずっとアインス達の下に潜り込むなんて無理だしな。建物とまでの贅沢は言わないが、雨期が到来する前にせめて巣のある岩山の崖に洞窟を掘って欲しいところだ。

自分でも岩をどかしてマジックバッグに入っていたつるはしで崖を掘ろうとはしたが、岩山が固すぎて全く掘れなかったのだ。……俺が非力なだけだってアインス達には言われたけどな！

『ほう？　じゃあ、ダメかどうか聞いてみればいいのだろう？　オルトロスもイッキはここに居た方が、都合がいいのだろうしな』

『そうだな。ここなら我らの子も安心して置いておけるからな』

ん？　やっぱり聞き間違いとかじゃなく、あの赤ちゃんワンコの子守りを俺がするのか？　そりゃああんなにかわいい子なら大歓迎だけど、でもあんな生まれたばかりの赤ちゃんを預かるだなんて、何を食べさせたらいいんだ？

そういえばオルトロスは雄だったような気が……と、ついてはいけない闇に踏み込みそうになり、そこは踏みとどまる。

アーシュも雄だが、アインス達の母親の姿はここ三か月の間にも一度も見たことはない。

神獣や幻獣なんてファンタジー世界の不思議生物なのだし、子供の作り方が普通の動物と同じな訳ないよな！　ここは異世界だし！

『では、他の奴らにも聞いてみればいいか』

『そうだな。皆こやつのことを気にしていたからな。恐らく皆、イツキを見たら子を連れて来るのではないか？』

……き、聞こえない。聞こえないからな！　なんで俺に子供を預けとけ、みたいな感じになっているんだよ!?　しかもこの場所で子守りをするのは、さっき断ったよな？　……これも称号かスキルのせいってことなのか？　そりゃあ、もふもふは俺的に大歓迎だけど、責任なんて絶対取れないからな！

心臓に悪い会話を聞き流し、食べ終えて羽を整えているアインス達をけしかけてみる。

「なあ、アインス。これじゃあ足りないだろう？　まだお腹空いているよな？　ツヴァイ、ドライもアーシュに言って、そろそろ戻ってご飯にしよう」

『ん――？　まあ、足りないけど、父さんに乗ればすぐに戻れるしな――？』

『そうだな！　まだまだ足りないから、ちょっと言って来るか！』

『……フフフ。イツキも少しは考えたね？　まあ、でも、避けるのは無理だと思うよ？』

こら、ドライ！　せっかくツヴァイが乗ってくれたのに！

『なー父さん！　俺、腹減ったよ。そろそろ戻ってご飯にしようぜ！』

ドライとこそこそ話している間に、ツヴァイがオルトロスと話すアーシュへ突撃した。

『フム。確かにもうこんな時間だしな。でも、アヤツらにはもう声を掛けたし、今帰ったら文句を言われて煩いからな。ちょっと待っていろ、すぐに獲物を獲って来るから。ここでイツキに肉を焼かせればよかろう』

「いやいやいや、よくないだろう！　だから、ここは神聖な場所だろうがっ！」

空を覆う世界樹の下で、肉を焼く匂いが漂う……なんて、どんなコメディ漫画だよ！

『なら、結界の外で焼けばいいだろう。守護結界の中の森でなら肉を焼くことを咎める者は誰もおらんぞ。その間はここと空間を繋いでおく。どれ、すぐに戻るからな！』

とっさに声を上げたが、アーシュは全く聞き入れずに、更に怖いことを言い放つとあっという間に飛び去ってしまい、後には茫然とした俺が残された。

『ほらね、イッキ。父さん、言い出したら聞かないから抵抗するだけ無駄だって。それに、イッキだってもふもふしているのが好きなんでしょう？　だったら別にいいんじゃない？』

いや、確かに好きだけど！　色んなもふもふとか、撫で比べなんてしたら天国間違いなしだけど！　でも、俺の精神が限界を迎えるだろっ！　また、気絶すること間違いなしだし、しかもさり気なく心臓に悪いこと言っていたし！　空間を繋ぐ？　なんだよ、それっ！

『フフフ。そこの、確かドライとかそやつに呼ばれていたか。いい性格しておるの』

『まあ、イッキ。楽しみに待っているといい。我らのように、もふもふ言いながら撫でまわせばいいではないか』

いやいやいや、オルトロスも何言っちゃってるの！　いや、ミュー、クー？　鳴いている赤ちゃんワンコはかわいすぎるけど！　なあ、俺、精神的なストレスで死なないよな……？

世界樹を背景に、輝く花畑の中を走り回る真っ赤なアインス達の姿は幻想的だったが、さすがの俺でもこれからのことを考えて、心に不安が重くのしかかるのだった。

17　とんでもない方々が勢ぞろいです

落ち着け、落ち着くんだ。とりあえず今、俺がやるべきことは何かを考えるんだ……。

「なあ、ドライ。アーシュがこの空間とアーシュの守護地を繋ぐって言っていたけど、どうなっているか分かるか？　今俺がこの空間から出たら、元の場所へ戻れるのか？」

この、世界樹のある神域だか聖地は、神獣、幻獣達が守る全ての守護地と繋がっていると言っていた。だからここは、恐らく巣のある岩山とは全く別の場所なのだろう。

たぶん結界に転移のような場所の移動の効果があったんだろうな。でもアーシュがここと繋いでおく、と言っていたのだし、戻れる筈だよな?

『うーん、さっき父さんが他に声を掛けたって言っていたし、今はここから出ない方が良さそうだけど……。父さんが戻って来てから聞いたら?』

『ああ、大丈夫だぞ――。さっき出てみたけど、元の場所へ戻れたし、ここにも戻って来れたからなー。だからイッキ、ご飯の準備をよろしくな――!』
ア、アインス……。本当に、おまえはいつの間にか突っ走って行っちゃうんだから! まあ、今回は助かったけど……。俺はここへ戻って来れなくても、別にかまわないがな!
「ドライ、もし他の場所だったら俺一人だと怖いから、一緒に来てくれないか?」

ここへ俺が紛れ込んだ時はドライ達とはぐれて一人の時だった。だから恐らくドライとは入ったのは別の場所だが、一緒に出たら同じ場所へ出られる確率は高いと思うのだ。

『ああ、うん、それはいいんだけど。でも、イツキは逃げられないと思うよ? 逃避なんてしないでここで大人しく待っていた方がいいと僕は思うけどね』

ドライ……。ドライの語彙も不思議だよな。生まれながらの知識に話し言葉まで入っているのか? そうじゃなければ本当にどこで覚えているんだろうな? ……いや、逃避じゃないから!

ドライに連れられて遠くに見える森の方へ進んで行くと、ある程度世界樹から離れたところで予想通りに景色が切り替わった。

　雨上がりのいつもの森の匂いに一つ深呼吸をすると、火を焚いても大丈夫な場所を探す。

「さっきまで土砂降りの雨だったし、地面が乾いた場所なんてないか……。どうしようかな」

『それなら決めた場所を、僕が乾かすよ。最近そのくらいの熱は出せるようになったから』

　最初は小さな火花しか飛ばせなかったのに、いつの間にかそんなことまで出来るようになっていたらしい。

　本当にアインス達の成長が早いよな。子育てに俺なんてどう考えてもいらないよなぁ……。

　ここが境界だろう、と予測した場所の周囲を見て回り、丁度いい場所を見つけた。世界樹程ではないが、大きな大木が枝を伸ばして立っており、陽ざしの関係かその周囲には木がなくぽっかりと空いていたのだ。

　少しだけ生い茂っていた草を抜いて地面をむき出しにし、ドライが嘴から火を吹いて炙って乾かした。そこにマジックバッグに入れておいた石を取り出して竈を組み、同じく入れておいた薪用の乾いた枝を取り出すと肉を焼く準備が整った。

『なんだ、ここにいたのか。ほら、獲物だ。そろそろ集まるだろうから、この場所と向こうの空間を直接繋いで見えるようにしておくからな』

　それを待っていたかのようにアーシュが空から舞い降り、両脚につかんだ獲物をそれぞれ一匹ずつ落として一声鳴くと、すぐに目の前の空間が歪み始めた。すると直前まで森だった場所の歪みの中心に生えていた木は姿を消し、その代わりに先ほど見た世界樹の雄大な姿が覗いていたのだった。

はあぁあっ？　な、なんだよ、それ。繋げるって本当に空間自体を繋げたのか!?

　その歪みから世界樹の方へ飛び去るアーシュを呆然と見送り、走り寄るアインスとツヴァイの姿を横目に、改めてアーシュが神獣フェニックスだということをしみじみと実感していた。

　……確かに神様なら、俺みたいなちっぽけな存在に対して気に掛ける訳なんてないよな。それを思えば、あの魂の管理官さんの慈悲は、やっぱり身に余る程の幸運だったのだ。

『イツキー、イツキー！　早く、肉焼いてくれ――――！』

『おう、さっきのでは全然足りなかったからな！　腹減ったぞ！』

　……なんかアインスとツヴァイを見ると安心するよな。色々と。

　示された力に圧倒されていた空気が一気に台無しだが、まあ、今は凄く助かったけど！

　最近アインス達に手伝って貰いながら出来るようになった解体をしつつ、いつものようにどんどん肉を焼く。そうしている内に、すっかり世界樹の方は気にならなくなっていた。

　夢中で肉を食べる三人を見て自分もお腹が減っていることに気づき、味をつけた肉を焼いて果物を取り出して遅めの昼食だか早めの夕食だかを食べていると。

『……やっぱり図太いな、おぬしは。ほれ、もう皆集まったぞ。顔を上げて見てみろ』

　そう、オルトロスに声を掛けられて気づいた時には、ズラリと神域だか聖地だかの境界線にそうそうたる神獣、幻獣、それに精霊だろう尊き方々が揃って並んでいた。

「う、うわぁっ！　肉に気をとられて本気で忘れていた!!　……え、あれってペ、ペガサスにユニコーンにグ、グリフォンだろ。それに……フェンリルだかスコルだかハティー、か？　うわっ！　あれって絶対ケツァルコアトルだかククルカンだろ。それにケット・シーに……白虎に玄武に九尾の狐まで!? あとは……」

他にも名前を知らない神獣や幻獣、精霊達もたくさんいる。

小説や漫画、アニメで見た知識で照らし合わせてみても、最終ボス揃い踏みの豪華なメンバーがずらりと並んでいる光景に、つい我を忘れて叫んでしまっていた。

地球の神話などで言い伝えられている外見と似ているだけでこの世界での名称は当然違うのだろうけど、俺の言葉は類似の単語として翻訳されて発言されているんだよな?

驚き過ぎて頭が真っ白になり体は硬直していたが、逆に少しすると頭の中が冷えてどこか別の部分で冷静にそんなことを考えていた。

あまりの光景に、現実感が全くないせいかもしれない。しかもそんな豪勢なメンバーは皆揃って俺のことを見ているのだ。その視線の強さに、今すぐにでも気絶してしまいたい。

『なんだ? 聖地に気配があると思って来てみれば、皆が集まりおって。何故、我には声が掛からなかった?』

そこに空が陰ったと同時に、空から体の芯に重くのしかかるような威圧感が襲って来た。その威圧感の重圧に、硬直した体が倒れそうになっていると、ズシンと地響きと同時に巨体が視界に入る。

『フン。お前には今回は関係ないことだからな。お前には代替わりの必要などないであろう?』

あ、あああ、アーシュ――――っ!! ええっ、な、なんでそんないつも通りに上からなんだ! だ、だって、だって。

ど、どう見たって、ド、ドラゴン、だろぉ――――っ!?

そう、最後に現れたのは、プラチナに鱗(うろこ)が光るこれぞ正しく正統派ドラゴン、という世界樹のように見上げる程の巨体なドラゴンだったのだった。

18　俺が子守りをするのは確定のようです

『まあ、確かに我には寿命というものはない。だが、子を持つ、というのも楽しそうだろう?』

『フウ……。まあ、いいが。こいつを見つけて連れて来たのは俺だってことだけは忘れるなよ。俺の守護地とこの地以外への移動は、絶対に許可しない』

『この地で子守りをするのなら問題はない。では、我も子供が出来たら連れて来よう。のう、そなた。それでいいな?』

　重くのしかかるような威圧感に晒され、硬直しつつぼんやりと他人事のようにアーシュとドラゴンの会話を聞いていると、急にドラゴンの視線が自分に向けられたことで、自分に話し掛けられたのだと気が付いた。

「へ? え、ええと、その……。あの、別に俺は、こ、子守りとか……」

　ドラゴンに見つめられ、震えつつもなんとか断りたい、という思いを口にしようとした。

『決まりだな。では、じゃましたな。我の威圧に耐えられぬようだから、我は去ろう』

俺は「はい」と肯定の返事をしたつもりは全くないのに、うむ、と一つ頷いたドラゴンは、聞き返す間も与えずにさっさと飛び去ってしまった。

へ？　え？　ど、どういうこと？　俺が子ドラゴンの子守りするのは確定なの？

ポカーンと口を開いたまま、飛ぶドラゴンと世界樹、というまるで童話の世界のような光景をただ眺めていると、足に触れたもふっとした感触に我に返る。

足下に目をやると、そこにはいつの間にか真っ黒な毛並みの小さな子猫の姿があった。

「はわぁ……こ、子猫だぁ。まだ生まれたばかりくらいかな。かわいいなぁ……」

怖がらせないようにゆっくりしゃがみ、子猫の鼻先にそっと指を差し出した。

子猫はクンクン、と小さな鼻をひくひくさせるとするっと指先にすり寄った。我慢出来ずに手を伸ばして子猫の頭を撫でると、気持ちよさそうに目を細め、撫でている手に頭を寄せて来た。その姿に嫌がられていないことを確信し、壊れ物を扱うようにそっと抱き上げると立ち上がった。

『ミュー』

「おおお、ふわふわ、ぷにぷにだなぁ。ああ、かわいいなぁ。猫は家で飼ったことはないけど、よく野良猫に弄ばれていたんだよなぁ。まあ、そんなツンデレなとこも、猫のかわいさだけど」

住んでいたアパートの近くでよく見かける野良猫は、機嫌によっては足にすり寄っては来るものの撫でさせてはくれなかった。それでもいつかは撫でさせてくれる！　と信じて毎回見かけると手を伸ばしていたものだ。

猫カフェには男一人で入る度胸はなくて、結局彼女がいた時に一度だけ付き合って貰って行っただけだったが、あの時は天国だったなぁ。

腕の中で気持ちよさそうに喉をゴロゴロ鳴らす子猫の喉元を、指でそっと撫でながら笑み崩れていると、じーっと自分に注がれる視線に気が付いた。目を上げると、クー・シーと同じくらいの大きさの二本足で立つ猫がいつの間にかすぐ目の前にいた。

『あっという間に我が子を手なずける手並みは、聞きしに勝りますなぁ。フム。これなら、私どももこちらに子供を預けられますかなぁ』

どうやらこの子猫の父親らしいと気が付き、慌てて子猫を手渡そうとすると『ミューン』と当の子猫が嫌がったのを見て、『ニャフフ』と笑った父親猫はそのまま抱いていてくれ、と言ってくれた。

ご機嫌に俺の手にすりすりと頬を擦り付けた子猫は、ふぁーあ、と欠伸をすると抱っこの体勢のままあっという間に寝てしまった。

その姿を見守りつつ父親猫と話してみると、ケット・シーで間違いなかった。クー・シーと同じく実体がある精霊で、暮らしている場所の近くの人里とも交流があるそうだ。

ここととは違う森にある守護結界の中の集落で暮らしているそうだが、親達が色々と活動しているので、子猫の面倒を見るのも大変だった、というのだ。

そこで俺の噂を聞いて、今回は特別にこの聖地に立ち入る許可を貰い守護結界の主の幻獣と一緒に様子を見に来たそうだ。

いや、俺の噂って何だよ！　どこまで神獣、幻獣界隈に響き渡っちゃっているの！

『……イッキって、時々とても大物だなぁって思うけど、まあ、一言でいえば変、だよね。ねえ、イツキ。ケット・シーと和んでいるのはいいけど、今の状況は分かっているよね？』

ドライの声に、ハッと顔を上げると、じーっと、それはもうじーっとそうそうたる神獣、幻獣の皆々様に見つめられていた。

……いやぁ、さすがに今の状況を忘れられる程俺だって図太くはないけど、現実逃避をしたっていいじゃないか。必死で気にしないようにしていたのに、それを変って言われるのはひどくないか？

『……フム。本当に貴方は不思議な人ですね。話を聞いた時にはまさかと思いましたが、今日は来てみて良かったです。どうしてそんな状態になったのか興味深いですが、私達の一族ではここ何十年も子供が育たず、本当に困っていたので助かりました。次に一族に子が生まれたらすぐにでもこの地へ連れて来ますので、子守りをお願いしますね』

そう言って進み出て来たのは、額に螺旋(らせん)を描く長く美しい角を持つ白銀に輝く馬、ユニコーンだ。

澄んだ碧い瞳に心の奥底まで覗き込まれたようで、目がそらせなくなる。

『ああ、人には私の気も強すぎましたか。大丈夫ですか？』

何をした訳ではなく、目の前の光景に全く変化はなかったが、ユニコーンが纏っていた何かの気配が遠ざかり、ホッと息を吐き出す。瞳に魅入られているうちに、呼吸も止めていたようだ。

「ええと、あの……。俺に称号とスキルがあるとアーシュには言われましたが、俺自身はこの世界のことを何も知りません。それに子育ても今までしたことないので、何も特別なことは出来ないと思うのですが……」

子を預ける、と言われるたびに毎回思うのだが、皆俺に一目会っただけで何故子供を預けようとするのか。そこが本当に分からないのだ。

『ふふふ。普通の子育てとは違うのです。我ら神獣、幻獣、それに精霊の子は、肉体や能力的にはいわば親の生き写しです。ですから一番大切な自我、心の生育に貴方の存在が有効なのですよ』

な、なんだ、それ！　初めて何故か、の答えを貰った筈なのに、更に謎が深まるってどういうこと！

俺って、本当に何なの？

その後恐る恐る俺の世界に伝わる話としてユニコーンの生態についても聞いてみたが、所謂乙女じゃなくても触ってもいいらしい。ただ心が悪意に染まっているとその穢れが移るので、そういう相手には絶対に近づかないそうだ。

……うん、やっぱりなんだか分からん！　生前は彼女だっていたこともあるし、俺は別に聖人君子な訳じゃない。そんな俺が、ユニコーンの心の生育？　と本気で混乱したが、ユニコーンには笑われて大丈夫だと言われてしまった……。

いや、馬が笑った（会話じゃなくていななき）ことに驚いたらいいのか、考えていたことを読まれたことを驚いたらいいのか分からずに、頭がまた真っ白になったよ。

もう、いいか。だって、ここに居るのは神獣、幻獣、それに精霊なのだ。俺とは存在が違うのだから、理解しようと思うことが不敬なことで、ただ受け入れるしかないんだって。

そういつものように諦めて思考停止すると俺の隣に座っていたドライに寄りかかり、そのふわふわな羽毛を無心でもふもふと味わった。ドライがとても呆れたため息をついていたが、俺には聞こえなかった。聞こえなかったんだからな！

それからも様々な神獣、幻獣、精霊の方々から挨拶をされたが、俺はただ乾いた笑みを浮かべてその場を乗り切ったのだった。

19　建物を建てて貰えるようです

ひたすら顔に乾いた笑みを張り付けている間に、俺の顔見せと挨拶は終わったようで、波が引いたように神獣、幻獣、それに精霊の方々は居なくなっていた。

残ったのはまだ腕の中で寝ているケット・シーの子猫とその親御さん達、それに最初からいたオルトロスだけとなった。

ほ――――っ、と力の入っていた全身から脱力しつつ長いため息を一つつく。

皆、ファンタジー小説やアニメに出ているような神獣や幻獣達だったし、想像通りにそれは素晴らしいもふもふな毛並みだったけどさぁ。こう、威圧というか存在感がそもそも違う、って感じだったなぁ。オルトロスはその辺を最初から調節してくれていたのか、普通に会話も出来ているけどさぁ。

『どれ、そこなケット・シーだけでなく、我が子も抱いておくれ』

『そうだな。ほれ』

そう言いつつ膝の上に双頭な赤ちゃんワンコを乗せられ、思わずそっと頭を撫でつつもふもふした。

「……なあ。なんだかどんどん大事になっている気がするんだけどさ。もしかしたら、これからド、ドラゴンの赤ちゃんとか、ユニコーンの子供とか、他にも子供を俺に預けに来るかもしれないんだろ？　皆一緒でも、大丈夫なものなのか？」

俺がドラゴンやユニコーンの子供の世話を出来るのか、なんてことは、もうこの際誰にも聞いて貰えないからいったん置いておくとして。犬と猫、それにインコは前世でも接したことはあったが、馬は付き合いで行った競馬場でしか直接見たこともない。当然世話の仕方どころか、種族的なやったらダメなことも全く知らないし、ましてや虎とか幻獣とかなんて現実感なんてある訳もない。

『フム？　何を心配しているのか分からないが、我らは自我のない動物とは違う。種族的な相性は確かにあるが、それだって一緒にいられない訳ではない』

『そうだな。我らにも確かに姿形の違いから習性の違いはあるが、そなたはあまりそこを気にしなくてもいい。ただ子供らを愛しんでくれるだけでいいのだ』

オルトロスの返答に、それもそうか、と納得した。動物と一緒にしたらダメだよな。まあ、本当にただ愛でていればいいだけなら、俺も気楽に応えられるけどな。小さなもふもふ達と戯れていればいい、だなんて最高だしな！　あ、俺はもふもふした毛並みは大好きだけど、別に鱗が苦手な訳でもないからドラゴンだって接するのは問題ないぞ。子供の頃はトカゲやカナヘビを良く捕まえていたしな。

ああ、亀も平気だからな！

『そうだイツキ。やはり皆、この聖地なら、ということだったからな。このままこの地を聖地と繋げたままにして、ここにお前が言っていた屋根のある建物を建ててやろう』

「ええっ、ここに家を建ててくれるのか？　……うれしいけど、でも、どうやって？　建築の知識なんて、俺もうっすらとしかないぞ？」

アーシュの申し出自体はありがたいが、いくら魔法でもパッと家を建てるなんて出来ないよな？

俺もログハウスや小屋くらいなら、テレビの番組で建てているところを見たからなんとなく手順は分かるが、ここには重機どころかノコギリさえないしな……。マジックバッグの中には鉈や斧も入っていたが、それだって木を伐る用の物ではなく、枝を払う時に使う為の物だ。鉈と斧で素人の俺が木を伐採出来る訳もないしそれに……。

「……この森の木には、ドライアードが宿っているんじゃないのか？　小さなスプライト達もいるし、あまり木を伐採するのも気が進まないんだけど」

ドライアードの姿はまだ見たことがなかったが、スプライト達は俺たちが森へ入るといつも姿を現してくれる。薬草や野草などを採る時は根から抜かないので、スプライト達もどうぞどうぞと勧めてくれていたので気軽に採っていたが。木は、ましてや材木にする程の樹齢となると、この森ならドライアードが宿っていてもおかしくないよな。

『なら直接ドライアードに聞いてみよう。丁度、そこの大木の上にどうかと思っていたのだ』

へ？　聞いてみる、って？　それに大木の上って、もしかしてツリーハウスってことか！

アーシュの言葉を理解しようと四苦八苦している間に、聖地から飛んで来たアーシュが大木の前に降り立った。

『どうだ、ドライアードよ。俺たちの子の子守りを、この場所でそこのイッキにさせようかと思っているのだが、人は雨に濡れるのにも弱いらしくてな。木の上に雨風を防ぐ建物を建てても良いか？』

その言葉に慌てて大木の方に目を向けると、俺の背丈ほどの高さで二又に分かれていた枝が、ギシギシと音を立てて角度を変えて行くところを目の当たりにした。

「えええっ！　木、木が動いているっ!?」

唖然としている間にもどんどん枝は開いて行き、とうとう160度くらいに開いてしまった。そして分かれた枝から生える太い枝が斜め上へと角度を変え、そこから枝が見る間に広がって行く。

そうしてあっという間に大木の二又に分かれた場所は、上は枝に覆われて陽ざしを遮られたアーシュが座れる程広々とした空間へと変わっていたのだった。

『これでどうかしら？　ここに床板を並べてその間に壁と屋根を少し足せば、十分に雨を凌げるのではないかしら？』

『ほおう、さすがドライアードだ。物知りだな。それで、床と壁、屋根用の木はどうする？』

『ふふふ。私達は伐られても脇から新しい命が芽吹くけど、その優しい心遣いがうれしいわ。もう根がダメになったり、魔物のせいで倒れた木が森のあちこちにあるの。スプライトに案内させるから、その木をここまで運んで、ノームとドワーフに頼んで建物を建てて貰ったらいいと思うわ。ね、どうかしら？』

そう言ってこちらを見ながら大木の前で小首を傾げて微笑む妙齢の美人の姿に、ハッと我に返った。

「ド、ドドド、ドライアード？　う、うわぁ、透けているけど、すっごい美女だなぁ。洋物映画で見た女優さんよりも、本物の方が雰囲気からして透明感があってとてもキレイだ……。ああ、本当に現実なのかな？」

我には返ったが、流れるような深緑の蔓枝がからまった足下まである髪、透き通るような薄い翠がかった肌に金茶の瞳、体にはギリシャ神話のような布を纏ったドレス姿のドライアードの姿にぽーっと見とれてしまう。

過去、様々な映画で見たどの女優と比べても、飛びぬけて美しい。

『あら？　美女だなんて、そんなキレイな魂の方に言われると照れてしまうわね。フフフ。私の本体は今、貴方の目の前で姿を変えた木、そのものよ？　この姿は精霊として具現化した姿だもの』

「ええっ！　じゃ、じゃあ、貴方の上に俺の住居を建てる、ってことですか？　そ、そんなっ、俺は貴方の根元で大丈夫ですからっ！」

途中から自分が何を言っているのか分からなくなる程うろたえ、真っ赤に染まっているだろう顔でバタバタと手を振る。

そのせいで起きてしまった不機嫌な子猫に猫パンチを繰り出されたが、それでも正気に戻ることなく思考がどんどんテンパっていく。

だ、だって、こんな美女のドライアードが宿る木にツリーハウスを建てるなんて、そんな、そんなの同居ってことだろう？　そんなのダメ、ダメに決まっているだろうっ!?

『ウフフフ。まあ。あなた、いいわね。気に入ったわ。私がいいと言っているのだから、遠慮しないでここに住んでいいのよ？　雨期の雨は私の枝でも防げないもの。ね？　遠慮なく私の上に住んでちょうだい』

「う、上っ……ブハッ!!」

顔を寄せて、目の前で嫣然と微笑みながら告げられた言葉に、とうとう頭に上った血が沸騰して鼻から噴き出した。

その血に、膝の上から子猫と双頭の赤ちゃんワンコからミャウミャウ、クウクウと文句と犬猫パンチを腹にくらったが、その肉球の感触さえ今の俺にはダメだ……。

そのまま気付いた時には背後のドライにさえ避けられて、地面に仰向けに倒れ込んでいたのは仕方のないことだと思うのだ。なあ！　なんで皆、そんな冷たい目で見るんだよっ!!

20　建築作業が始まるようです

『クウ』

『ミャウー』

目を開けると目の前には、ケット・シーの子供の子猫と、双頭の赤ちゃんワンコの顔があった。

なんだかすぐ前と同じシチュエーションだな、と思ったが、違った。

『クオクオッ！』

『ミャウミャウッ！』

テシテシ、プニプニと顔に犬猫パンチをしきりに繰り出されているのだ。

顔に当たるのはまだ柔らかい、爪も伸びていないピンクのぷにぷにとした肉球の感触なので痛くはないし、何なら幸せな感触なのだが、何故自分がそんな状況にいるのかをぼんやりと思い出してみると。

あー、そうだ。ドライアードの魅力にのぼせて鼻血を出して……。

うわぁ、俺、最低だな。色々ありすぎてハイ状態になっていたとはいえ、あれはないわー……。

そういえば鼻血は、と手で鼻を触ってみると、柔らかな布が当てられていた。

『ああ、イツキ。気が付いたの？　ドライアードにのぼせて鼻血を出して気を失うなんて、本気でドン引きだよ……。でも、優しいシェロに感謝するんだね。布を当ててくれたのは、彼だよ』

いや、確かに自分でもドン引きだけどさっ！　本当にどこからそんな言葉が出て来るんだよ、ドライはっ!!　ううっ……。でも、手当てをしてくれたのはシェロなのか。ここはアーシュの守護する森の中だし、もしかしたら雨ではぐれた俺をずっと捜してくれていたのかな？　うわぁ、なんだかとても申し訳ない……。

首と肩に乗っている子猫と赤ちゃんワンコを落とさないようにそっとお腹の上へと移動し、鼻に添えられた布を手で押さえながらゆっくりと起き上がる。

するとすぐ傍には座ったドライ、そしてドライの奥には背丈が明らかに小さなゴツイ髭(ひげ)もじゃのおっさんが数人、わさわさと動き回っていた。その足元には楽しそうにはしゃぐノームやスプライト達の姿も見える。

「うわっ、もしかしてドワーフ、だよな？　確か物語によっては亜人だったり妖精だったり、精霊の一種だったりと様々な設定があったけど、この世界では精霊になるのかな？」

『ドワーフは精霊よ。土の属性の上位、私と同じ階級の精霊で実体があるし、物作りが大好きなの。

普段は鉱山や地下に穴を掘って石や鉱石を加工しているのだけど、今回は木の加工から家の建設までをお願いしたわ。快く引き受けてくれてすぐに来てくれたから、心配いらないわよ』

小声で呟いたつもりの独り言に返事があり、しかもその声の主のドライアードがいつの間にかすぐ後ろに立っていたことにも驚いて、文字通り飛び上がった。

「ウヒッ！　って、ああ、すいませんっ！　ドワーフは精霊なんですね。答えてくれてありがとうございます。あ、あと、先ほどは、その……大変失礼いたしましたっ!!」

心構えもないままにドライアードの声を聞いて、座ったままその場で勢いよく頭を下げた。

だって、どんな顔で会ったらいいんだよっ!!　で、でも、顔を上げない訳にはいかない、よな……。

そーっと、恐る恐る顔を上げると、いい笑顔のドライアードとバッチリと目が合ってしまった。つい条件反射のようにぺこぺこしながら謝ってしまったよ……。これぞ日本のサラリーマン、だな。心情的にはジャンピング土下座を決めたいところだがな！

とりあえずそんなしっちゃかめっちゃかな状況に気分的に一段落つくと、子猫と赤ちゃんワンコを両手に抱えて立ち上がり、改めてこちらはこちらでなんだか大変なことになっている辺りを見回した。

鼻血の具合からすると俺が気を失っていた時間はそれ程ではないだろうに、もうすでにスプライト達がわさわさと草を移動させてドライアードの大木の周辺が空き地となり、その空いた土地をノーム達が石なども砕いて土をならし、せっせと整地作業をしている。その整地作業が終わった場所では、手前ではドワーフ達がどこからか持ち込まれた木を材木へと加工しており、奥ではノームによって耕されて農地となった土地にケット・シーとクー・シー達が持ち込んだ種を蒔いたり苗を植えていて、すっかり景色を変えていた。

その全てが同時進行で行われており、目まぐるしく風景が変わって行く。まるで動画を早送りで見ているかのようだった。

『ああ、気が付いたのですか、イツキ。強い雨が降り出したと思ったら、お子様たちが貴方とはぐれたと慌てて集落へ戻って来た時には驚きましたよ。なのに、何故か聖地へ入っていて、更に神獣様や幻獣様と対面して。それでドライアード様の大木に住むことになった、なんて一体どうしたらそうなるのですか。本当に貴方は不思議な人ですね』

ハハハハハ……。そう改めて言われると、我ながらひどいな……。これが他人事なら、まさに、「そんなのありえないだろうっ!?」って叫ぶところだ。

でも、何がどうしてこんなことになっているのかは、自分のことながら全く理解不能なんだよなぁ……。

「なんだか気づいたらそういうことになっていた、としか。俺にも何が何やらだよ。あ、そうだ。クー・シーの集落の人達もあんな雨の中、ずっと俺のことを捜してくれていたのだろう？　それなのに今も手伝ってくれて。本当にありがとう。落ち着いたら改めて集落へお礼に行かせて貰うな。シェロも心配してくれてありがとうな」

なんだか本当にクー・シーの集落の皆にも世話を掛けちゃったよな。今日初めてお邪魔させて貰ったっていうのに。

クー・シーの集落ではとても歓迎してくれて、しかも子供たちを抱っこしてもふもふさせて貰ったりしたんだよな。いやぁ。クー・シーの子供たちもかわいかったなぁ。

『いや、お礼を言うのはこちらの方です。こうしてこの土地が聖地と常に繋がったうえ、畏れ多くも私たちクー・シーまでもこの地から聖地へ立ち入る許可を神獣フェニックス様からいただけました。それに、この地を通して様々な物をケット・シーから融通して貰えることになったので、集落の皆も大喜びしているので気にしないで下さい』

ほほう、そんなことになっていたのか。それがどう凄いのかはなんとなくしか分からないけど、まあ、クー・シー達もここに訪ねて来てくれるなら、俺としてもうれしいな。アーシュはいつもとんでもないことばかり俺にやらせると思っていたが、クー・シー達のことは感謝だ。

『クー・シーさん達は皆さん真面目ですなぁ。我らなど、幻獣様のところへよく押しかけて、色々頼んで融通して貰っていますなぁ。ああ、クー・シーさん達も、昼間はここに子供たちを預ければいいのではないですかなぁ。ねえ、イツキ殿』

シェロと話していると、子猫の父親のケット・シーがとことこと近寄って来てそう言った。

確かに今日会ったクー・シーの集落の子供たちは子犬のようでとてもかわいかったし、犬好きな俺としては大歓迎だけどさ。なんだかこのケット・シーのペースに乗せられると、なんでもあっという間に決まっていいそうだよな。

「そうだな。シェロ、集落の人達に話してみてくれよ。ここに家が建てば、ケット・シーの子供たちも毎日預けに来るのですよね？」

『ええ、ええ、お陰様で我らケット・シーもこの地へと立ち入ることの許可を無事にいただきましたのでなぁ。何か必要な物があれば、我らは人里とも交流がありますので、いつでもご要望下さいなぁ。例えば今蒔いている種以外の野菜の種や苗なども、入手することは可能ですのでなぁ?』

うう……。やっぱりやり手だな、この人。俺には太刀打ち出来そうにないな。くっ。いつかその見事な毛並みをもふもふさせて貰うからな! 特にその太めのふさふさの尻尾だ!

結局色々と不足している物をケット・シー達には頼むことになり、それからシェロと一緒にスプライトの案内で森の中に散らばる倒木を集めに出かけた。

マジックバッグにそのまま入らない大きな倒木は、一緒に来てくれたドワーフがあっという間に建材に加工してくれたぞ。

あのドライアードの依り代の木に住むなんて、考えただけで今でもドキドキするけど、でも、どんな家が出来るかなんだか楽しみだな!

21 あっという間に完成したようです

『おう、家はどんなのがいいんだ?』

「ええと、天井は出来る限り高くした広いフロアで、隅に小さくていいので俺用の個室があればありがたいです。正面の扉は大きなはめ込みにして、簡単に取り外すことも出来るようであれば一番いいと思うのですが」

『ほう、面白い。なら、床と柱を別にして独立させておくか』

「あ、あと外の地面の上でいいので、大きな竈と作業台のある台所とお風呂、あの、水浴び出来る場所があったらいいかな、と」

『台所はいいが、風呂ってのは確か湯を沸かして入るのだったか？　水浴びなら聖地の泉へ行けばいいが、まあ、いい。とりあえず、水が溜められる場所がある小屋を別に造るか』

「あ、ありがとうございます！」


近場の倒木を回収して戻ると、わーっと群がって来たドワーフ達によってあっという間に材木になった。それを茫然と見ていると、家の要望を聞かれ、選んだ答えがそれだった。

俺がここに住むならアインス達はどうするのかと思ったら、飛ぶ練習が始まれば崖の方へ行くようだが、通えばいいよな？　と言っていたから一緒に住んでくれるようだ。

なので、これからどんどん大きくなるアインス達も楽に出入り出来るように、ドライアードが広げてくれた枝の範囲ギリギリまで床にした、扉も外すことの出来る倉庫のような建物を思い浮かべたのだ。

この場所の近場に水場はなかったが、聖地の泉の水が流れる地下水を引き込み、地下から汲み上げる井戸をドワーフ達が一番に造ってくれたので水の心配はない。

汲んだ水を沸かす、という手間があることを考えるとお風呂に毎日入ろうとは考えてはいない。ただアインス達に頼めばたまになら火でお湯を沸かして貰えるのでは、と思いお風呂の建設を頼んだのだ。自分の魔法でも沸かせられるように、お風呂を目標にこれからも練習を頑張るつもりだ。

アーシュにも聖地の泉で水浴びすればいい、とか言われたけど、世界樹の幹を通り滴り落ちた水が溜まった泉なので、泉の水を一口飲めば疲れが吹き飛び、ちょっとした怪我なら治る！　という、とんでもない水だと聞いてしまったら、水浴びなんて無理だよな!?　井戸を掘っている時にその話を聞いて、また気を失いそうになったのだ。

井戸の水は地下を通している分他の地下水と混ざっているのでそこまでの効果はないそうで、それを聞いて逆に安心してしまった。それでも井戸から汲んだ水を飲んだらあっという間に疲れは吹き飛んだけどな！　ただ傷薬がなくなってしまったので、怪我をした時はありがたく泉の水を汲んで飲ませて貰うつもりだ。

夕方になると皆で地面の上に並んで雑魚寝し、翌日から本格的な作業になった。

主な作業はドワーフ達が、それにクー・シーの集落の人達も毎日手伝いに来てくれ、精霊たちの協力もあって一週間という短い期間で完成した。毎日手伝って作業していた俺も驚きの作業工程は次の通りだ。

一日目は、二又に別れた大木の幅いっぱいに床が張られた。枝がない場所は地面に支柱を建てて支えているが、広さはなんと、アーシュが上で丸まっても少し余裕がある程で、畳にしたら……何畳分だろうな？

二日目は床から少し離れた場所に、大木の太い枝まで倒木をそのまま使った柱が四隅に建てられた。その柱の間に地面から一メートル上に土台となる木が渡され、まずその土台から大木の枝までの柱を数メートルごとに立てる。最後に土台と大木の枝の間に板をはめ込んで行き、壁が完成した。

三日目は一番奥の床と壁の間の地面に階段と支柱が建てられて土台の木を渡し、ロフトになる俺の部屋の床が張られた。元々ドライアードが雨除けに、と枝を広げてくれた天井まではかなりの高さがあるので、ロフトとはいっても高さ的には俺が立っても全く問題ない。

四日目にロフトが壁で仕切られて扉がつき六畳程の小部屋が完成した。その後は壁の外側に、また倒木をそのまま使った柱が屋根用に何本も立てられた。

五日目は大木の広げられた枝を利用して、枝から吊り下げるように垂木を前日に立てた柱へと渡して固定された。そして雨水が中へ入らないように野地板で枝と垂木の間の隙間を塞ぎ、屋根は完成だ。垂木は大木の枝を利用しているので高低差があってかなり変則的な屋根となったが、隙間が窓の代わりとなっていた。

家としての形は、一階の床と壁の奥側は中二階のロフトで連結されているが、左右と前面は約二メートル程開いていて土間になっている。そして屋根と壁の間にも木の枝があるので壁と連結されておらず、箱型の家ではなく、大木を包むように囲っただけの家となった。

隙間風が入りそうに思うが、枝と葉が茂っているからかほぼ風は遮られ、室内は意外と暖かかったのには驚いた。それに枝の間から陽が差し込むので十分に明るかった。

六日目は床と前面の壁との間に扉の幅分の廊下が作られて壁と連結し、そしてほとんど壁がない前面の扉の代わりに大きな衝立が作られ、最後に地面までの幅広の階段が設置されて玄関が完成した。

七日目は家の前の広場に土を盛って土台を上げた上に竈や作業台が設置された。井戸の傍に風呂用の小屋も建てられ、同時作業で俺の部屋の家具が設置されて全てが完成した。

作業中はシルフが高い場所へ建材を運ぶ時や柱を建てる時に風で支えて補助をしてくれたり、スプライト達が蔓を操り釘がわりに枝に垂木や壁を固定してくれるなど、精霊達が全面協力してくれたお陰で、大きな建物でも圧倒的な短期間で建てられたのだ。


「おお、凄い！　これなら、どんな子が来ても、この家に入れますね。皆さん、本当にありがとうございました！」

完成した家を皆で見て回り、家の前の広場にある竈の前まで戻ったところで大きな声でお礼の言葉を叫ぶ。

これから神獣や幻獣の子供たちを預かる生活が始まると思うと不安だが、神獣、幻獣達の意向とはいえ、精霊達が俺の為に家を建ててくれたことには感謝しかない。

頭を下げた俺に、皆笑顔でポンポンあちこちを叩いてくれた。そんな皆へのお礼に、マジックバッグの中の採って貯めておいた果物を積み上げ、肉も食べられるというドワーフ達の為にアーシュに用意して貰った獲物を捌(さば)いて、今までで一番美味しく感じた味付けで肉を焼いた。

物を全く食べられない精霊もいるが、日々の糧としては必要なくても嗜好品として果物などを食べる精霊も多かった。

実体のあるクー・シーやケット・シーは食事が必要だが、主食は木の実や果物、野菜で肉は食べないそうだ。ただ味付けには興味があるようだったから、ケット・シーが持って来てくれた野菜を使って、塩や果物、香辛料を使った野菜料理を作ってみた。そうしたら最初は恐々手を出していたクー・シー達も、次には笑顔で食べてくれたよ！

『フフフフフ。ずいぶん面白い家が出来上がったわね』

「ドライアード！　あの、どこか痛めたところはないか？　皆気を使って建ててくれたのだけど……。それに窮屈な場所があったら遠慮せず言ってくれ」

宴会にふっと実体を出現させたドライアードに、慌てて尋ねる。

壁も屋根も、大木とは蔓を結んで固定したが、かなり大きな建物なので大木の三分の二くらいを覆ってしまっている。作業中にも声を掛けながら作業はしていたが、ドライアードは作業中に一度も出て来なかったので、きちんと聞かねばと思っていたのだ。

『大丈夫よ。根を痛めなければ、枯れることはないもの。それに聖地の泉から水を引き込んで来てくれたでしょう？　あの水で一気に活性化したわよ。この森は守護結界で守られているから強い魔物が入り込むことはないけど、お陰で魔物や動物がここら辺一帯に入れないように結界も張れたわ』

井戸を掘る時は、大木の根を傷つけないように場所を慎重に選んで貰ったが、地中を通した分、ドライアードにもよい影響があったようだ。

でも、俺がここへ来たことでドライアードの負担になるだけにならなくて良かった。けど結果的に結界を張ってくれたので、俺にとっては更にありがたいことになったのは、実はアーシュがそこまで考えていたのかもしれないな。

「ありがとう。俺はまだ魔法もあんまり使えないし、戦う力も全くない。だから何も出来ないかもしれないけど、精霊達に恩返しを出来ることがあったら全力で取り組むよ」

『ふふふ。そう、気張らないでいいわ。私達は寿命の観念もないから気が長いのよ。これからよろしくね、イツキ』

ドライアードの妖艶さが漂う微笑みに、また頭に血が昇りそうになったが、あちこちで楽しそうにはしゃぐ精霊達を見ながら、これからの生活に思いを馳せたのだった。

Zwei
ツヴァイ

３章

森の中の託児所の開設

Chapter 3

22 新しい日常が始まりました

朝。喧しくさえずる鳥の鳴き声にもめげずに、温かいふわふわな温もりに擦り寄りつつ抱きつき、心地よいまどろみを堪能する。

「……ん……ん？　いって――――っ！」

だが、その朝のまどろみは痛みと衝撃によって一瞬で消失した。

『イッキー、イッキー！　お腹減ったぞー！　ご飯にしてくれ――――！』

『そうだ、イッキ。腹減ったから、肉をくれ！』

極上な温もりから叩き落とされ、バシバシと羽で顔を叩かれつつ背中を嘴でつつかれる。

「痛いっ、痛いからっ！　こら、アインス、ツヴァイ、毎朝痛い起こし方は止めてくれって言ってるだろう！」

『だってイッキ、ゆすっても起きないんだぞー？　ゆすっている時に起きれば、痛いことはないんだからイッキの自業自得だぞ――！』

『そうそう、ほら、だからもう俺たちのお腹は限界なんだって！　肉！　肉を焼いてくれよ！』

ハア――――ッ。

ゆさゆさと乱暴にツヴァイに羽で揺すられ、諦めて大きなため息をつくとしぶしぶ起き上がった。

立ち上がるとすぐに朝日が目に入り、その眩しさに今日は晴れていることに気づく。

「おお、今日はやっと晴れたのか！　食事が終わったら、洗濯しないとな！」

衝立式の扉から出て階段を下りると、昨日までの雨で地面は池のような水たまりに沈んでいた。

幸い竈のある台所は外だが高く土を盛っているので、階段の途中から木板を渡してその上を通って竈へと歩く。

「お、ドライ、こっちにいたのか。おはよう。ここを乾かしてくれたのか。助かるよ」

『どうせそろそろ空腹に耐えられなくなったアインスとツヴァイに起こされる頃だろうと思って、準備して待っていたよ。毎朝イツキは懲りないね』

「アハハハハ……。確かに暗くなったら寝るから、寝るのは早いけどさ。でも、起きる時間としては早朝すぎるんだって」

恐らく今の時間は、明け方の五時過ぎくらいだろう。丁度朝日が昇ってきた頃だ。

早寝早起きなんて子供の頃さえしていなかったし、今でも慣れないんだよな……。

ドライが乾かしておいてくれたので、マジックバッグから薪を取り出して竈の中へ入れる。

「……着火！　……フウ。今日は一回でついたな。もうちょっと使える魔法が増えたらいいんだけどなぁ」

目を閉じて体内の魔力を意識し、火をつけるイメージで「着火」と唱え、指先に灯った着火ライターのような小さな火で、竈の中の焚き付け用の枯れ葉に火を付ける。それを見届けると魔法で送風を送り、その火を大きくして小枝を燃やす。

崖の巣にいた時から毎日少しずつ訓練していた魔法が、最近になってやっと使えるようになって来た。

まあ、使えるといっても、今みたいな火をつけるだけの「着火」、うちわで扇いだくらいの「送風」、そして水を入れた盥（たらい）に洗濯物を入れ、水をぐるぐる回して洗う「洗濯機」と自分で名付けたオリジナルの魔法しか今のところは成功していないのだが。風と火で温風を吹かせて洗った洗濯物を乾かす魔法も練習はしているが、ほんの僅かな温風さえ出せなかった。

『イツキ！　早く、早く！　腹減ったんだって！』

「あーもう、わかったって！　今急いで焼くから！」

竈の火を眺めつつ魔法について考えていると、途端に催促が来てしまった。

マジックバッグにしまっておいた作業台を取り出してそこにドンと肉の塊を載せ、まな板とナイフを取り出してドンドン分厚いステーキに切り分ける。

竈の上に置いた鉄板が十分に熱せられたら、そこにドカドカ肉を並べ、焼き目がついたらフライ返しで次々にひっくり返して行く。

この鉄板もフライ返しも、仲良くなったドワーフ達に頼んで作って貰った物だ。他にも鍋や包丁などの調理器具や鉄の道具類も、どういう風に使うかを説明して依頼した。

ドワーフ達は普段は石や鉱石を採掘して鍛冶をしているが、素材は何でも扱えるし様々な物を作るのが生きがいだそうで、俺が異世界から来たことを知ると夢中になって色々と聞かれたのだ。

それで意気投合して、とりあえず簡単に作れる物から先に作って貰い、出来上がると届けてくれるようになった。お礼は異世界の知識とアインス達やここに預けられる子供たちの抜け毛などの素材、それに今試行錯誤して作っている果実酒だ。

まあ異世界の知識といっても俺に製造の知識は皆無なので、話すのはテレビで見たことや、家電や道具についてなどだ。毎回どのように使うか、目をキラキラさせながら熱心に聞いてくる。

当然アインス達や子供たちの抜け毛などを貰ってドワーフ達に渡すことは、親たちにも説明して許可を得ているぞ！　無断でそんなことしたら、俺がどうなることか……。

「ほら、一回目の肉が焼けたぞ――。すぐに次も焼くから、喧嘩しないで食べろよ」

『『『わかった!!』』』

低めのテーブルに、ドン！　と木の板を置いてその上に肉を並べるとすぐに一斉に食べ出す三人を横目に、次の肉を焼きに戻る。

この家に住むようになって、アーシュが纏めて獲物を置いて行ってくれるようになったので、それを解体してマジックバッグへ入れている。

アーシュはアインス達の様子を見に日に何度か顔を出しに来るが、聖地とこの場所を連結したので、色々と見回りと間引き作業が忙しいようだ。

まあ、その間引いた獲物がこうしてアインス達の食事になっているのだけどな。

肉を焼き続けること十数回目で、やっとアインス達のお腹はいっぱいになったようだ。

毎回思うけど、一体何十キロの肉を食べているんだろうな……。まあ、体も俺が見上げる程になったから二メートルは越えたし、体型もより成体に近くなって来たしな。

最近では高い場所から羽ばたいて、滑空のように飛び降りることをし始めた。本格的な飛行訓練はまだ始まらないが、そんな姿を見ているととても感慨深い。俺がこの世界に来てからまだ半年くらいなのに、最初はまんま雛のフォルムだったアインス達の成長が眩しい。

　アインス達の食事が終わり、満足してひなたで三人固まってうつらうつらしている姿を見て和みつつ、次は自分の朝食の支度にとりかかる。

　崖の上の草原に植えていた芋は移植し、ここの広場の隅に作られた畑へと植え替えた。畑にはそれ以外にも、ケット・シーとクー・シーの集落から持ち寄ってくれた野菜の種が蒔かれ、最近少しずつ芽を出している。

　他にもこの森の食べられる野草も少しずつ植え替えてあり、今日は連日の雨でほぼ水没している畑に木の板を渡し、その野草を少しだけ収穫した。

「畑の水はいつになったら引くかな……。せっかく芽が出てきたのに、種が流れていないといいけど。雨期には雨が降り続けるとは聞いていたけど、これだけずっと降るとは思ってなかったからなぁ」

　雨期が来るから、と急いで家を建てて貰ったが、それを待っていたかのように三日後から雨期に入ったようで、そこから五日間、一度もやまずに雨が降り続けた。それからはたまに今日のように晴れ間が覗く日もあったが、ほぼ毎日雨が降り続けており、あと半月は雨期が続くようだ。

「お前たち、雨に負けずに、元気に育ってくれよぉ！　俺はいい加減野菜を食べたいんだよ」

　思わずしゃがんだ姿勢のまま、泥にまみれた芽を撫でてしまった。

「よし！　さっさと朝食を作って食べたら、洗濯しないとな。せっかくの晴れ間だ！」

『そうそう、せっかくの晴れ間ですからなぁ。我らも色々やることが多いので、今日は全員連れて来てしまいましてなぁ。どうぞ、よろしく頼みますなぁ』

「わあ！　今朝は早いですね。ちょっと待っていて下さいね。まだ朝食を食べてなくて。おーい、ドライ！　ちょっとケット・シーの子供たちを見ていてくれないか！」

気合を入れて立ち上がったところに、ちょうど子供たちを引き連れて預けに来たケット・シーのシンクさんに声を掛けられて、慌てて摘み取った野草を手に台所へと引き返した。

だから、野草の陰からぴょこんとスプライトが顔を出し、さっき俺が撫でた新芽が瞬く間に若葉を一枚増やしたのを、小首を傾げながら見ていたことには気づかなかったのだった。

23　すっかり託児所になりました

慌てて摘み取った野草と残っていた芋、それに細切れにした肉と何種類かのハーブを入れてスープを大鍋に仕込み、自分の分の肉を焼く。

朝からガッツリ肉はつらいが、シンクさんに小麦の種を頼んだので、自分で小麦畑を作るまでは主食は芋と肉で我慢だ。

今日は塩をふって焼いて、さっぱりした果汁でも絞るか……。色んな種類の果物が豊富に手に入るのは助かっているけどな。

シェロに案内して貰いながらこの森を回って採っていた果実は、ドワーフ達に放出したがマジックバッグの中にはまだ在庫がある。雨期が終わったら、畑と森の境に果実の種か苗木を植える予定だ。

このドライアードの宿る大木のある広場は、半径五百メートル程は聖地と連結した為に森とは別空間になっているそうだ。

とはいえ実際に森から切り離された訳ではなく、守護結界とはまた別の結界で覆ってその範囲だけを聖地と連結させているらしいが、俺には全く結界の境界線は分からなかった。

クー・シー達や精霊達はアーシュが許可しているから自由に結界を行き来出来ているが、その他の魔物や動物などは出入り出来ないそうだ。

それでも完全に安全、とは言えず、聖地の方の結界は魔物や害意ある生物は阻まれるが、それ以外の動物などは自由に行き来が可能なので、そちらの動物はこの地へも入れるらしい。

だからドライアードが結界を張ってくれたんだよな。お陰で家の周囲は完全に安全地帯になったから、とても安心していられるけど。

安全地帯だが森の中だけに大木の周囲は少し開けていたが、その周囲は当然ながら木々が生い茂っていた。そこをドライアードが声を掛けて、スプライトやノーム、ドライアードや他の精霊達と木を動かして小麦畑や果樹園を作れるだけの土地を更に開けてくれたのだ。

動く木……これがトレントか！　と興奮したが、当然木に顔はないし、根っこが持ち上がって歩く訳もなく、ただスーッと根が張っている土ごと移動していた。

それでも日当たりの問題もあるので、移動した先の苗木は他の場所へ移植したが、若木の何本かは伐り倒した。そこら辺は精霊的にも問題はないらしい。

そんなこんなやっていたらすぐに雨期に入ったので、今はまだ畑は最初にケット・シーとクー・シー達が作ってくれた場所のみなので、雨期が明けたら畑も開墾する予定だ。

『イツキ、いつまで食べているの！　さっさと食べて、戻って来て！』

ついい、あちこち見ながら感慨にふけりつつ食べていると、ドライの声に呼び覚まされた。そういえば、今日はケット・シーの子猫達が全員もう来ているのだった、と思い建物の方を振り返ると。

『にゃうー！』

『みゅーみー』

『くー、きゅー？』

『くぉんっ！』

かわいらしい鳴き声が辺りに響き渡り、小さな子猫や子犬がドライやアインスの足下にちょろちょろと纏わりついていた。よく見ると足に取り付いて上ろうとしている子もいる。

『うをっ！　ちょっと、待って！　危ないから上らないで！』

『イツキー、イツキー！　俺が走ると踏んじゃうから、さっさとこっち来て――――！』

……うわ、凄いことになっているな。いや、ドライやアインスは大変だろうが、今、俺は猛烈にスマホが欲しい！　写真をとって、是非残しておきたい！

鳴き声を上げながら広い床の上を子猫や子犬が這いまわり、ドライとアインスの上によじ上ろうとぴこぴこ跳ねつつ尻尾をふりふりしながらキャッキャと楽しそうに騒いでいるのだ！

なに、この天国……。あそこに飛び込んで俺にも上って欲しいけど、でも、ここでずっと見ていたい。相反する想いに、朝食を食べる手を止めてじっと見つめてしまった。

『『『イッキー！　早く――――っ!!』』』

ハッ！　いかん、いかん。さすがにこれ以上待たせたら、アインス達がへそを曲げそうだ。そうなったら、夜、一緒に寝てくれなくなってしまう！

それは死活問題だ！　と急いで残りをかきこみ、片付けは後回しにして部屋へと駆け込んだ。

「ごめん、ごめん、お待たせ！　いつの間にかクー・シー達も来ていたんだな！」

『シンクが一緒に連れて来ていたんだぞ――。全員ここにおいたら、さっさと帰って行ったけどな――！』

「お、おおう……。さすがシンクさん。卒がないな」

シンクさんは、最初に聖地に来た時に神獣達と一緒に来ていたあのケット・シーだ。あれからシンクさん以外のケット・シーにも会ったが、あの人ほどくせが強い人はいなかった。

ケット・シーはやっぱり浪速(なにわ)の商人なのか！　とつい先入観で思いそうになったが、シンクさんだけだったよ。まあ、二本足で立つ猫のケット・シー達はとってもかわいくて、お母さん達はもちろん、何ならシンクさんももふもふしたい！　とわきわきする腕を抑えるのに苦労したけどな！

『みゅー！　みゅー！』

「おっ、来たなー。ほーら！　高い高ーい！　からの――、ポーンだ！」

『ミャミャミャウッ!!』

俺に気づいてテシテシ寄って来た子猫を抱っこし、ひとしきり撫でてから高い高いをする。そして最後は座っているドライの上にポーンと放った。高い場所からの浮遊感と落下に、子猫は大喜びだ。

『『『『みゅーみゅー！』』』』

『『『『キャンキャンッ！』』』』

「おっ！　待て待て、順番だからなー！」

それから寄って来る子を順番に、次々にもふもふしてはドライの上へポーンと放ることを、子供たちが疲れるまでしばらく繰り返したのだった。

24　魔法の適性が判明したようです

『おお、今日は多いのだな』

『そうだな。遊び相手がいっぱいでよかったな、ロトム』

ケット・シーとクー・シーの子供たちのかまって攻撃に早々にアインスは逃げ出し、ツヴァイは外で少し大きな子供たちと遊び始めた。俺に付き合って一人、ずっと羽クッションをやってくれていたドライが不穏な視線を俺に向けだした頃、オルトロスが子供を連れてやって来た。

ケット・シーとクー・シーの子供たちはそれぞれ十人程もいて、まだ俺は覚えきれていないのだが皆それぞれ名前がある。幻獣もアインス達神獣と同じで成獣するまで親は名前をつけないそうだが、一人だけ名前がないのは寂しいので、俺がオルトロスの子に呼び名をつけさせて貰った。

いや、オルトロスだからオルト、とかも思ったけど、さすがに安直過ぎたのでロトムに決めた。アインス達の続きのフィーアとつけなかっただけ、センスのない俺にしては頑張ったのだ。

「ロトム、おいで。今日は晴れたし皆もいるから、聖地へピクニックに行こうか」

オルトロスの頭上で鳴くロトムを抱き取り、そっと頭を撫でる。

初めて顔を合わせてから一か月ほど経ち、今ではロトムもしっかりと目があき、這わずに少しずつよたよたと歩けるようになって来た。そんなロトムをオルトロスはうれしそうに見つめていたが、犬として考えると成長速度はそれなりだ。

似ていても動物と神獣、幻獣、それに精霊達は違うということは頭では分かっているのだが、つい比べてしまう。実際に俺が預かりだしてからのロトムたちの成長速度が速いかどうかは……本能的にその質問はしない方が自分の為だと感じている。

まあ、こうして俺が子供たちを預かっている形になっているが、やっているのは一緒に遊んでいるだけだしな。それでもアーシュやオルトロスからは一度も何か言われたことはないので、もうそこは開き直って気にしないことにした。ここはただのもふもふ託児所なのだ！


「おーーい、皆！　俺の見えないところへ行くなよー！　アインス、ツヴァイ、ドライ！　もし何か近づいて来たらお願いな！」

『おーー、わかってるぞ、イツキー！　ちょっと偵察がてら周囲を走って来るなーーっ』

『おう、俺にまかせとけ！　あっという間におやつにしてやるぜ！』

守護地の見回りへ帰るオルトロスを見送り、皆を引き連れて聖地へとやって来た。

世界樹がある聖地の結界に入れるのはせいぜい小動物や敵意のない虫型の魔物くらいで安全なので、アインス達の狩りの練習がてら晴れた日はこうして聖地の花畑へピクニックに来ている。

初めて見た時にとても幻想的だと感じた花畑に咲いている、陽ざしに煌めく一面の真っ白の花弁は、改めて見てもとても神秘的だった。

その中を楽しそうに走り回るケット・シーとクー・シーの子供たちを見守っていると、腕に抱いたロトムがぺちぺちと腕を叩いた。

「ん？　なんだ、ロトム。ロトムも歩きたいのか？」

『キャンッ！』『クゥ！』

かわいらしい鳴き声と小さな尻尾をふりふりと振って返答され、あまりのかわいさにぎゅっと抱きしめてから足元へ下ろす。

するとテシテシ、ペチペチと半分歩いて、半分這いながら少しずつ花の間を進んで行く。

そんなロトムを見守りつつ、辺りの様子を窺いながら歩いていると、少し先に一人のケット・シーの子がしゃがんで何かを見つめていた。

「どうしたんだ、サシャ。何かあったのか？」

『ミュウ……これ、折れているの』

「ん？　あれ、本当だな」

サシャは今来ているケット・シーの子供の中では一番の年長さんで、二本足で立ち会話も出来る身長六十センチほどの女の子だ。

クー・シーもケット・シーも生まれたばかりの頃はまんま子犬と子猫なのだが、成長するにつれて二本足で立って歩けるようになり、その頃から話せるようになるそうだ。

ある程度大きくなると集落で親の手伝いが始まるので、預けられる子は子猫や子犬の子が多いのだが、少し成長して二本足でぽてぽて歩く姿がまたかわいらしくて悶えてしまう。

サシャがじっと見つめていたのは、一本の花だった。聖地に咲くこの花は世界でもこの場所でしか咲かない花で、一年を通して咲き続ける神秘の花なのだが、その分少しくらい葉が折れたり、倒れたりしても次の日には回復している強い花でもある。

最初、この花畑を歩くのを躊躇(ためら)っていた俺にオルトロスがそう教えてくれたのだ。

それなのにこの花は、根から二つ目の葉のところでぽっきりと折れたまま、しょんぼりと下がった花も力なくしおれてしまっている。

「うーん。もしかしたら、寿命なのかな？　でも、周りの花は元気だし、この花だけなのは悲しいよな……」

サシャの隣にしゃがみ、じっと花を見つめるサシャの頭を撫でると、折れた花に手を伸ばした。

指先で折れた箇所をそっとなぞり、しおれかかった花を手の平で触れる。

「元気になぁれ。なんてな。サシャ、恐らくこの花は寿命なんだよ。寂しいけど、見守っていてあげよう？」

『……花、開いた』

俯(うつむ)くサシャの顔を覗き込むと、さっきまで寂しそうだった顔が驚きで真ん丸な目を見開いている。

ピンクの肉球のある手で俺の手の平の花を指され、慌てて見てみると。

え、花が、しおれていない？

確かに先ほどまでしぼんでしおれかかっていたのに、丸まっていた花びらはピンと伸び、心なしか張りまで取り戻したかのように見えた。

「ええ?! も、もしかして元気になぁれ、って言ったからか? げ、元気になぁれ、元気になぁれ! が、頑張れ!」

その変化に驚きつつ、つい興奮して折れた茎と花をさっきと同じように撫でながら応援する。


「『あ!!』」


体の中から何かが引き出される感覚と共にどんどん花が元気になっていき、花が開くと次は折れていた茎が力強く立ち上がって行く。

『な、治った!』

「な、治ったな! な、何が……ん? あれ、何か力が……」

そうして花が周囲の花と区別がつかなくなるくらいに完全に元気を取り戻したと同時に、俺は体から力が抜けて尻もちをついてしまった。

『イツキ、そんなとこで座っちゃって何しているの?』

「ドライ……。枯れそうな花を撫でて、元気になぁれ、って言ったら花は元気になったんだけど、なんか俺の力が抜けちゃって」

うーん。自分でも何言っているか分からないぞ。どう説明すればいいんだ?

『ああ、イツキ、魔力を無意識に使ったんじゃないの？　もしかしたらイツキは緑の魔法に適性があるのかもね。最初から攻撃に使えるような魔法は無理そうだったし』

「魔法を？　無意識に俺が今、使ったっていうのか？　……そういえば何かが体から抜けて行くような感じがしていたな。でも俺、魔法なんてかなり意識しないと使えないのに」

やっと使い慣れて来た着火の魔法でも、それなりに集中しないと発動しないのだ。

『適性がある属性とない属性の魔法とで、発動にも差が出るんだよ。雨期が終わったら畑を広げるなら、ちょうどいい機会だしその時試してみたら？』

「そ、そうだな……。後でドライアードにも話を聞いてみるよ」

緑の魔法が俺の適性、か……。いくら訓練しても火や風が大きくならないので攻撃魔法には全く才能がない自覚はあったのだが。結界とかバリアとか、実はこっそりと一人で隠れて練習していたんだけどな。結局自分の身を守ることも無理だってことか……。

そう思うと情けなさに落ち込みそうになるが、それでも自分にもきちんと使える魔法があった、と思うと、やはり心は浮き立ったのだった。

25　畑を広げるようです

「おお、今日はいい天気だな！　これで雨期は明けたかな？」

『まだ降る日もあるだろうけど、でも、これからは晴れの日が増えそうだね』

壁の隙間から差し込む強い陽ざしに、今日はすっきりと目が覚めた。夜明けの時間もどんどん早くなっているようだし、雨期は日本の梅雨と同じ季節の変わり目だったのかもしれない。

「なあ、もしかして雨期が明けたら暑くなるのか？」

『そうだね。ここは高地だからそこまで暑くはならないけど、暑い時期になるよ』

そのドライの答えに、どうやらこの世界にも四季らしきものがあるらしい、と思う。

そういえば、時間とか日付とか年間何日とか、そういう基本的なことを何も聞いてなかったな。最初はいくら神獣でも、そんな人の取り決めは知らないだろうと思ったからだが、毎日過ごす内にすっかりそんなことどうでも良くなったしな。

毎日陽が昇れば起きて、沈めば寝る。そんな生活を送っていると、昼食もお腹が減った時に食べればいいし、時間に囚われる必要がなかったのだ。

でも……。せめて気候のことくらいは後でオルトロスにでも聞いておくか。雪とか降るなら、どうにかして厚手の服を手に入れないと。

マジックバッグに入っていた着替えは枚数もそれ程なく、防寒着として使えそうな服は所謂ローブとマントが入っていただけだった。

「そうか……。暑くなるならもっと替えの服が欲しいけど、シンクさんに服を頼むにも人里で物々交換する物が必要だしなぁ。この世界の物価も知らないし」

最低下着だけでももっと枚数が欲しいが、今は人との交流はケット・シー頼みだ。そのケット・シー達も馴染みの人の集落があるというだけで、街へ出たりはしないらしい。

『とりあえず僕らには人の服の価値とかは分からないし、ケット・シーに集落で聞いて貰うしかないんじゃない？』

「そうだよな。よし！　この前シンクさんが小麦の種や野菜の種と苗を届けてくれたし。今日はこれだけ晴れたら畑を開墾出来るよな。さっさと朝食を食べてしまおう！」

『『そうそう、俺達、腹減ったしー』』

俺とドライの話をあまり興味なさそうに聞いていたのに、朝食となったらアインスとツヴァイが途端に首を突き出して来た。

その頭をガシガシと撫でると、外へ出て台所へ行きいつものように肉を焼いた。


「真ん中はアーシュが来た時に降りられるように開けておくだろ。そうなると、森との境を通路以外は畑にする感じかなー」

『そうですね。聖地の方は広めに開けておいて、他は森への通路を残して畑にしてしまいましょうか』

以前から雨期が明けたら畑を開墾する、と伝えておいたからか、今日はクー・シーの集落からシェロが子供たちを預けながら手伝いに来てくれた。ケット・シーの集落からも、サシャのお父さんのサーミさんが来てくれた。ありがたいな。

因みにサシャは茶色の毛並みでお腹と手足が白く、サーミさんは濃い茶色の虎柄だった。ケット・シーもクー・シーたちも様々な色の毛並みで、見ているだけで楽しい。

「じゃあ、土を柔らかくするのはサーミさんとノーム達にお願いします。大きめな石は俺が集めるので、無理しないでゆっくりやって行きましょう！　ロトムはそこで大人しくしていてくれよ？」

『クォンッ！』『キャンッ』

今日は小さな子猫と子犬達はドライに、アインスとツヴァイには大きな子供たちの遊び相手をお願いしている。一番小さいロトムだけはまだ目を離すのが心配なので、台所の作業台の上に置いた大きな木箱の中に入って貰った。ちょっと窮屈かもしれないが、ちょくちょく様子を見に来るつもりだ。

ノームやスプライト達は雨期に入ってからはあまり見かけなかったが、今日は久々の晴天で元気にわらわらと寄って来てくれたので、手伝いをお願いした。

お陰で土魔法に適性のあるサーミさんとノーム達でどんどん土が耕されていく。シェロには通路の位置などの指定をお願いし、スプライト達には雑草の根の処理をお願いする。

俺は耕された場所を追いかけつつ、砕いても大きめな石をマジックバッグへ回収して行った。

昼食はお礼に果物を出して皆で食べ、それからほどなく広場の外周ほぼ全てが耕されて畑になった。

午後からは森から枯れ葉を含む腐葉土を集めて来て、半分の畑にしっかりと混ぜ合わせる。この畑はこのまましばらく馴染むのを待って、それから野菜の種を蒔く予定だ。

「よーし！　じゃあ、腐葉土を混ぜていない畑に小麦の種を蒔くぞ！　ノームとスプライト達、引き続きお願いな！」

今ある畑が二つ、新しく作られた畑が十二だ。その内の半分、六つの畑を小麦用にし、三つを芋専用の畑にする予定でいる。それでも小麦は俺の主食としての一年分には到底足りないが、ずっと芋だと飽きるし小麦粉も少しは欲しいからな！

小麦の種蒔きは、ノームが開けた穴にスプライトが種を植え、あっという間に終わった。

それから井戸から水を汲み、皆で手分けして魔法も使って水を撒く。この作業は面白がった子供たちも一緒に手伝ってくれたぞ。あわや泥んこ遊びになりそうになって、慌てて止めたがな！

「さて、ここからだな……」

『これからどうするのですか？　この小麦、という作物は集落では作ったことがないのですが、種を蒔いてからすぐにする作業があるのですか？』

「ああ、シェロ。いや、俺に緑の魔法に適性があるみたいなんだ。だから、ちょっと魔法を使ってみようかなって思ってさ」

『緑の魔法ですか！　なるほど。それでスプライト達とも、最初から相性が良かったのかもしれませんね』

そう言われてみれば、初めてアーシュの守護結界を抜けて入ってしまった時も、スプライトとノームにはとても歓迎された。それを考えれば土にも適性が少しはあるのかもしれない。

日本では母親がやっていた家庭菜園の収穫の手伝いくらいしかやったことはなかったが、俺は農作業に向いているのかもしれないな。

『クー？』『キャンキャンッ』

「お、ロトム、降りたいか？　よーし、じゃあ、俺が今からちょっと魔法を使ってみるから、近くで見ていてくれな！」

木箱からぴょこりと出ている双頭の頭を交互に撫で、抱っこして地面へと下ろす。

そして、今小麦の種を蒔いたばかりの畑に両手をついた。なんとなく、そうした方が広く魔力が伝わる気がしたのだ。

「ええと、体内の魔力を意識して、両手から土へ浸透させるイメージで……」

目を閉じ、自分の両手から放たれた魔力が波のように地面へと浸透し、蒔いた種にも伝わって行く。その光景を脳裏に描きつつ、体内の魔力を注ぐ。

『これは凄いかも……。イツキにも取り柄があったんだね』

『クォンクォン！』『キャンッ』

『ほぉう……素晴らしいです。ノームとスプライト達も手助けしたようですが、ここまで魔法を使える者はクー・シーの集落にはいませんよ』

『サシャから聞いた時には耳を疑ったが、これ程までとは……。素晴らしい』

見守っている皆の声を聞きつつ、集中して端まで届くようにどんどん注いでいく。

……なんかドライって、時折アインスとツヴァイよりもひどいことをズバリと言うよな。ドライみたいなのを腹黒って言うのだろうな。

だんだんと聖地の花を回復した時のように力が抜けて行くにつれて体がだるくなり、そろそろ限界か、というところで止めて目を開けると。

「な、な、なんじゃこりゃあっ!? こ、これ、本当に俺がやったのかっ!!」

目に入ったのは、今蒔いたばかりの種が発芽し、数センチ芽をだした小麦畑の姿だった。

26　日課が課せられたようです

結局休んで魔力を回復させつつ、夕方までに種を蒔いた小麦畑を全て発芽させた。この結果には当事者の俺が一番驚いている。

翌日の朝、獲物を届けに来たアーシュが前日にはなかった小麦畑を見て質問して来た。

「なんか俺は緑の魔法の適性があったみたいなんだよ。ノームも良く協力してくれるし、こういう畑とか農業に向いているみたいだ。まあ、攻撃魔法はやっぱり全くダメだってことだろうな！」

適性のある属性の魔法は使いやすい、とは聞いていたけど、まさか一度でこれだけ目に見える成果が出るとは思ってもみなかったよな。攻撃魔法や結界なんて、毎日しっかりイメージして練習しているのに、未だにピクリとも発動しないのにな……。

『ほう。では、この畑を一日で発芽させたのはイツキなのか。まあ、スプライトとノーム達の協力も当然あっただろうが……。ふむ。お前は、来るべくしてこの地に来たのかもしれんな』

「はあ？　どういうことだよ」

来るべくしてと言われても、俺が日本で死んだのは列車事故に乗り合わせたからだし。ここにイツキとしているのは、何故か魂のまま転がり落ちて来たからだしな。これが俺の運命だったっていうのは、さすがに無理があるよな？

『……お前に子守り以外に役目、いや日課だな。日課を課そう。毎日聖地まで行き、世界樹の根元でその力を使うのだ』

「はあ？　世界樹はあれだけ巨大な木なのに、俺の魔法なんて掛けてもなんの意味もないだろう？」

あれ以上に育つのかもしれないが、俺が魔法を使ったからといってその成長の足しになるなんて、全く想像がつかない。だって、世界樹なんだぞ？

『いいからやれ。毎日だぞ。ああ、発芽させるイメージじゃなくて、枝を伸ばして葉が茂るイメージだ』

ふむ。枝の伸び方の仕組みはよく知らないが、根から水分を吸い上げて葉っぱで光合成することをイメージすればいいのか？　まあ、毎日畑にこの魔法を使うのは止めた方がいいとシェロに言われたし、他に魔法を使うこともほとんどないから別にいいか。

「わかったよ。じゃあ、今日から子守りがてら皆で世界樹まで散歩して、魔法を使ってみるよ。結果が何も出なくても、文句は言うなよ？　俺くらいの魔力じゃ、一年毎日やったって影響なんてほとんど出ないと思うからな？」

『ああ、それでいい。きちんと毎日、だぞ？　そうだな。その褒美は、お前が望んだ時に、一度だけ人の住む場所へ乗せて連れて行ってやる。ああ、当然連れて戻るがな』

おおっ！　この世界の常識がないし、面倒に巻き込まれるのは嫌だから一度も言い出せなかったけど。でもケット・シー達やオルトロスの話を聞いて学べば、いつかはこの世界の人とも交流出来るかもしれないよな！

「わかった。まあ、連れて行って貰うにしても当分先のことになりそうだが、その時はお願いするよ。

そろそろ雨期も終わりだし、頑張って毎日世界樹のもとへ通うな」

『よし。では、そろそろ戻るから、子供たちのこと、頼んだぞ』

俺の隣に並ぶアインス達の顔を一人ずつ見つめた後、アーシュは空へと飛び去って行った。

その姿を見送る三人の姿に、空への憧れが見て取れる。

「……やっぱりアインス達も早く空を飛びたいか？」

『そりゃあ飛びたいさー！　だって、空はどこまでも自由だからな――!!　早く飛べるように、ご飯食べて力をつけるから、イツキ、早く肉焼いてくれ――！　腹減ったー！』

『ふん。俺はすぐにでも飛べるようになるぜ！　だから、今は肉だ。イツキ、早く肉をくれ！』

『そうだね。まあ、今無理したら羽に負担が掛かりすぎるし、もう少し成長してからだね。僕も今はとてもお腹減っているし、ご飯なのは賛成だね！』

そう元気に応える三人の姿にもう出会った頃のかわいい雛の面影は見当たらず、体だけではない成長を感じた。

まあ、お腹いっぱい肉を食べてまどろむ姿はまだ変わらないけどな！　……成長を見守れるのはうれしいけど、寂しくもあるな。こうしてアインス達の成長を傍で見守っていられることは、あの時捕獲してくれたアーシュに感謝だな。

いつもよりも多めに焼いた肉をたらふく食べた三人が、朝日に照らされながら丸まってまどろんでいるのを横目に、手早く自分の朝食を準備して食べていると、今日は一番にオルトロスがロトムを伴ってやって来た。

「今朝は早いな。ロトム、おはよう！」

『今日は、ちょっと遠出の予定でな。早めに来たのだ』

『この子を宜しく頼む』

オルトロスからロトムを受け取り、順調に重くなっているのを実感しつつ交互に頭を撫でる。

「あ、そうだ。今度、時間に余裕があったら色々この世界のことを教えてくれないか？」

『む？　まあいいが、今さらどうしたのだ？』

そこで先ほどのアーシュとのやり取りを話して、この世界に暮らす人の常識を知りたいからゆっくりでいいから教えて欲しい、と改めて頼むと。

『ほほう。緑の魔法、か。確かにイツキは来るべくして、この地、聖地に来たのかもしれんな。我らからも頼む。是非毎日世界樹に通って、魔法を使ってくれ』

『我らも知っていることは、イツキが望むなら教えよう』

「ありがとう。早速皆が揃ったら行って来るよ。今日は少し暑くなりそうだし、皆で水遊びもいいかもしれないな」

昨日に引き続き今日も晴天で、確実に雨期がもうそろそろ明けるのだと思わせる。

『水浴びか。それは楽しそうだな。では、我らは行くぞ』

オルトロスが尻尾を振りつつ聖地へと去って行くのを見送ると、いつものようにシンクさんがケット・シーの子供たちを連れて来た。

急いで片付けて子猫達を撫でつつ構っていると、クー・シーの子供たちも揃ったので、皆で聖地へ向けて出発した。

「アインス、ツヴァイ、ドライ。今日も皆のこと、お願いな。泉についたら、溺れる子がいないか見てやってくれ。俺は先に世界樹の方へ行って来るよ」

『わかったぞ――！　俺も水浴びして遊ぶから、見ているぞ――！』

『おう！　俺も水浴びするぞ！　任せておけ！』

アインス達はフェニックスの子供だが、鳥だからか水浴びが好きだ。羽や羽毛がほぼ水を弾くので、ずぶ濡れになることもない。

「頼んだぞ！」

『じゃあ僕は、イツキについて行くよ。イツキを一人にしたら、なんか心配だし』

「……まあ、確かに俺も一人よりは心強いけどさ」

聖地へ入り、花畑を皆ではしゃぎながら歩いて行くと水音がして来る。そしてしばらく歩くと、世界樹の根元にある、幻想的な泉が見えて来た。

水面に跳ねるのは、水の精霊、ウィンディーネ達だ。そしてシルフが水面で戯れては、キラキラと飛沫（しぶき）が舞う。水はどこまでも透明で澄み渡り、水底には輝きを放つ水草と水中花が生い茂っている。

この泉には魚などの生物は棲んでいないが、精霊の憩いの場となっているようだ。

子供たちに深い場所へ行かないように言い聞かせて一番浅い場所で別れ、ウィンディーネにもお願いしてから世界樹の根元の方へドライと一緒に向かう。

「根元ならどこでもいいってアーシュが言っていたから、ここでいいかな？」

『いいんじゃない？　根に触って使えば大丈夫だと思うよ』

しばらく歩き、やっと世界樹の太い根が露出している場所に着いた。巨木過ぎて幹は目の前のように見えるが、歩くとまだ少し距離があるだろう。ここから見上げても一番下の枝でさえ遥かに高く、空を覆っている葉が風に揺れているのがかすかに見えるだけだ。

静謐（せいひつ）を漂わせる古木でも、テレビで見た縄文杉の古木とは違い、どこか透明感さえある質感の緑がかった根にそっと手を這わす。

良かった。ちゃんと触れられた。なんだか近くで見れば見る程、根の中を通る水が透けて見えるのに、不思議だよな。

ええと、なんかアーシュに頼まれたので、これから毎日来ますのでどうぞよろしくお願いします。

心の中で世界樹へ挨拶を終えると、根を通り、泉へと水が滴り落ちるのを目で追いながら、目を閉じて脳裏にイメージを描く。

枝の先端まで行き渡った水と、葉で光合成して蓄えた栄養で新芽が伸びて若葉が生い茂る……。

温かな太陽を思い浮かべた時、体から力が抜け出した。

この感覚にも少しは慣れて来たな……。ほんの僅かだろうけど、どうか俺の魔力を受け取って下さい。

そう思いつつ力を込めると、一気に魔力が吸い取られてふらつき、手が根から離れた。

『イツキ、無茶をするな！　魔力が枯渇したら、最悪死ぬこともあるんだよ！』

もふん、と倒れそうになった体を受け止めてくれたドライの怒っていても心配してくれる声に、大丈夫だと安心させる為にだるさで力が入らなかったが空元気で明るく声を上げた。

「ええっ！　枯渇すると、魔力が増えるんじゃないのか。ありがとう。これから気を付けるよ」

『なに、それ……。もう、またイツキが訳わからないこと言っているし。ほら、ゆっくりと深呼吸して、今は魔力を回復することだけ考えて安静にしてて』

確かにそういう設定の小説もあったな、まだまだ知らないことばかりだ。今まで使える魔法がほとんどなかったから、自分から魔力をここまで使ったのは、小麦畑を発芽させた時くらいだったしな。あの時は精霊やシェロ達が見守っていてくれたし、魔力が少なくなったら区切っていた。魔力枯渇のことをそこまで気に留めてなかったが、命に関わるならしっかりと聞いておかなきゃな。

ふう、と安堵の吐息を一つ吐き、深呼吸してから頭上を改めて見上げると、幹を伝う水が先ほどよりもキラキラと煌めいているように見えた。

まあ、さっきの俺の魔力の影響な訳はないだろうけどな！　でも、本当に何度見ても圧倒されるな。さすが世界樹だ。

ひとしきりのんびりと辺りを見回してから体内の魔力が回復したことを確認し、ドライに声を掛けて子供たちのもとへと戻ったのだった。

27　新しい子供が来たようです

子供たちと散歩がてら聖地へ行き、世界樹へ魔法を掛けるのが日課となって半月が経った。今ではすっかり雨期は明け、毎日晴天が続いている。

「そろそろ残りの畑に種を蒔こうかな。腐葉土も土に馴染んだ頃だろうし。よし、今日は午後から種蒔きをするかぁ！」

　毎日聖地の世界樹へ通う為、子供たちも水遊びが日課となった以外は、三日に一度小麦畑に魔法を使うだけで変わらない日々を送っている。

　ただこの半月の間に、アインス達は大分羽ばたき訓練をするようになり、アーシュからも今朝、明後日からは高い場所からの滑空の訓練をする、と言われていた。それからアインスもツヴァイもずっと興奮しっぱなしだ。

『イツキ、皆揃ったよ。ぼんやりしてないで、聖地に行かないと』

「ああ、そうだな。じゃあ行こうか！　皆ー、出発するぞー！」

クー・シーとケット・シーの小さな子供たちをアインス達の背中へ乗せ、聖地まで歩ける子供たちとゆっくりと歩き出す。

　この半月でクー・シーの子供たちにまじってよちよち歩いていたロトムは、這うこともなくしっかりと歩けるようになっていた。それでもまだ聖地までは歩けないロトムを途中で抱き上げ、寄って来たササシャと一緒に花畑を歩いて行く。

サシャはあれからずっと、花畑を元気のない花がないか見ながら歩いている。そして見つけると俺に言いに来るので、元気になるように魔法を掛けている。

この半月で緑の魔法はかなりスムーズに使えるようになった。未だに火は種火以上の威力の魔法にならないことを鑑みても、これが正しく魔法属性の適性がある、ということなのだろう。

『わはははは——！　行くよ————！』

『おらおら行くぞー！　泉の岩場が俺を待っているぜ！』

いつもは下の子たちの面倒を見ながらゆっくり歩いているのに、アインスもツヴァイも今日は浮かれて歩くスピードが速い。背に乗る小さな子供たちが落ちやしないかと、見ていると冷や冷やする。

泉の近くにある大きめな岩から跳び、羽ばたきながら滑空して泉へ着水、が最近のアインスたちの日課となっている訓練だ。泉へ着水するので着地の心配なく思い切って羽ばたけるので、三人とも夢中になっているのだ。

「こーら！　アインス、ツヴァイも落ち着けって！　俺が世界樹への日課が終わるまでは、皆のことを見ていってくれよ！　俺の日課が終わったら、羽を傷めない程度に訓練していていいから！」

『『おう！　わかったー！』』

俺の声に、走り出そうとしていたアインスも戻って来て、やっといつものようにケット・シーとクー・シーの子供たちと一緒にゆっくりと歩き出したのだった。

『こちらへ来ていたのですか。でも、丁度良かったです。この間伝えた通り、あれから一族の子が生まれましたので、すぐに連れて来ました。この子の子守りもお願いします』

丁度もう少しで泉へと到着する、という時だった。先に隣のドライが止まり、それに気づいた俺が止まって見たのは。

あの日見た、白銀に輝く優美なフォルムの体に長く美しい角、幻獣ユニコーンの姿だった。そしてその足元には、生まれたばかりと思われる小さな子供のユニコーンがいた。

真っ白な幼い体に小指程の小さな角、そしてくりっとした碧い目がきょどきょどと落ち着きなく辺りを見回していた。

ふ、ふおぉおっ！　ユ、ユニコーンの子供、きた――――っ!!　めっちゃかわいいんですけどっ！

なんというつぶらな瞳！

思わず興奮してわなわなと震えつつ、じーっと見つめてしまった。

『イツキ……。もうユニコーンの子供に夢中なのは分かるけど、とりあえず返事をしないと』

なんか変質者みたいだよ。とドライが口に出さなかった声まで聞こえるようで、慌てて目線を子供からユニコーンの長へと向ける。

「あっ！　ええと……あの、俺、子守りといっても毎日子供たちと一緒に遊んでいるだけだし、それに、こんな小さな子を昼間の間だけとはいえ預けるのは、親御さんは了承しているのでしょうか？」

この子は一族の子、と言っていたから俺はこの子の両親とは一度も面識もないということになる。

そんな俺にこんなに小さな生まれたばかりの大事な子供を預けるというのは、内心快くは思っていないのでは、と思ったのだが。

『ああ、そこは私がきちんと、誠意をもって説得しました。一族には幾人もの子供が生まれはしますが、最近では誰も成獣していません。この現状を我が一族としてもこれ以上続ける訳にはいかないのです。貴方はただ、他の子と同じようにこの子も見守っていて下さい』

神獣や幻獣達が何故俺にこだわるのかは未だにさっぱり分からないが、現状として確かにアインス達三人はすくすくと育ってくれている。

まあ、それが俺の影響だ、というより、ここにはたくさんの子供たちが集まっているから、そこで子供たち同士でお互いにいい影響があった結果じゃないかと思っている。

ここに連れて来られて、最初はとまどって別々にまとまっていたケット・シーとクー・シーの子供たちも、今では一緒になって元気に笑顔で聖地を駆け回っている。種族関係なく皆で笑って喧嘩して、そして競い合うことが、子供たちの心に影響を与えているに違いない。

シンクさんもここに連れて来るようになってから、子供たちがとても元気で明るくなったと言っていたしな！

「……わかりました。では、この子が嫌がらなければ、預かりますね。この子の呼び名はありますか？」

『はい。私が両親から説明して呼び名を預かって来ました。セランです』

「セラン……」

ゆっくりとセランのもとへと進み、手前でしゃがんで目線を合わせる。そしてそっと手を差し出した。

キョトンとその手を見つめたセランは、鼻をよせ、スンスンと匂いを嗅いでからすり寄ってくれた。

「セラン、どうかな？　今日から昼間は俺達と一緒にここで過ごして大丈夫かな？　ああ、この子はオルトロスの子供のロトムだよ。ここで一番小さい子だけど、これからはセランが一番小さい子になるのかな？」

俺の腕の中で大人しくじっとセランを見つめていたロトムに気づいたセランが、くりっとした瞳で見つめ合う。

『クォ！』『キュ？』

『ヒン？』

小首を傾げた後は一声鳴くと、そっと顔を寄せて匂いを嗅ぎ合った後は、ペロリとお互いの顔を舐め合った。

俺はその間息を潜めて見つめていたぞ！　顔を舐めあった時なんて、何故か涙が溢れそうになってしまった。

『ふふふ。セランも大丈夫そうですね。セラン、日暮れには迎えに来ますから、それまで皆と仲良く過ごすのですよ』

『ヒン！』

パタパタと振られたユニコーンの尻尾がセランの小さな尻尾と少しだけ絡み、そしてセランはこちらへと一歩を踏み出し、俺の隣へと並んだ。

『そういえば、今、貴方は世界樹へ緑の魔法を掛けるのを日課にしているのでしたか？』

「はい。アーシュに言われてから日課にしていて、今も向かっていたところなんです。その間子供たちは水辺で遊んでいますが、アインスとツヴァイ、それに精霊が見ていてくれていますから、危ないことはないですよ」

今では泉のウィンディーネ達も、俺達が行くのを毎日心待ちにしてくれている。

『……では、せっかくなので私も一緒に行きましょう』

「えっ！　あ、あの。魔法を掛ける、といっても俺の魔力はたいしたことはないので、あまり期待しないでいただけると……」

そうして皆にセランを紹介し、お互い自己紹介をしてから再び世界樹へ向かった。

「ええと、では始めますね」

いつものように子供たちとは泉で別れ、ドライ、それにロトム、そして今回はユニコーンにセランが見守る中、世界樹の根に手を触れて魔力を注ぐ。

ただ緊張からか、イメージに集中するのにいつもよりも時間が掛かってしまった。

『ほう……。確かにイツキ、貴方はこの地に来るべくして来たのかもしれませんね。良い物を見させていただきました。では、私からも祝福を送りましょう』

俺の魔法が終わり、世界樹の幹を通る水がうっすらとキラキラと輝くのをじっと見つめていたユニコーンがそう言うと、俺の隣へ進んで世界樹の根へと頭を下げて角を当てた。

『世界の守護への感謝と、守護の誓いを……』

その声と同時に、角から溢れた白銀の光が世界樹へと流れ込む。

キラキラと輝きながら幹を伝い、上へと登って行く光をじっと見ほれつつ見送った。

「……フウ。とっても美しくて凄かったです！　でも、やっぱり俺の魔法なんて全く効果なんてないように思うのですが」

そう、今の光に比べたら、俺の光なんて全然たいしたことがない。

『フフフ。貴方と私では、世界樹への影響の質が違うのですよ。やっていることの意味を理解出来なくてもいいですが、日課をこれからも続けて下さいね』

「ええ、そのつもりです。俺が出来るのは子供たちと遊ぶことこれくらいなので、これでお返しになるのなら毎日通います。それにここへ来ると、とってもすがすがしい心地がするので」

毎日魔力を注ぐたびに、俺の身体を清涼な何かが通り過ぎて行くのだ。それがとてもすがすがしく、神秘を身近に感じられる気がして、いつも役得だなと思ったりもする。

恐らく世界樹の力の一部なのだろうけどな。凡人の俺は、ただ感じるがままに受け入れるだけで精一杯なのだ。

そうしてユニコーンは自分の守護地へと戻って行き、俺達はいつものように泉で水遊びに興じたのだった。

28　のんびり皆で水遊びをしてみました

『ヒン？』

「セラン、どうしたんだ？　ああ、水に入るのが怖いかな？　ほら、この泉の水を飲んでごらん。世界樹から注がれる水だから、とても美味しいよ。それにウィンディーネ達が見守ってくれているから、ここでは絶対に溺れないから安心して入っておいで」


世界樹へ力を注ぎ、ユニコーンの長が自分の守護地へと戻ると、それまで大人しくしていたセランに目を輝かせながら俺の顔を舐め回された。

ヒンヒンと鳴きながらまだよたよたする脚でテシテシと足踏みまでして、ちょっとした興奮状態だったのでドライに通訳出来ないかお願いしてみると。

『うん……うん、そうか。イツキ、セランはイツキが世界樹へ使った魔法が凄かったって。とってもキレイだったって言っているみたいだよ』

「え？　ユニコーンじゃなく、俺が、か？　セラン、ユニコーンの方がキレイだったただろう？」

銀色のキラキラ光る輝きが世界樹の輝きと合わさって、呼吸を忘れてしまうくらいにとても美しい光景だった。

座った俺に圧し掛かるように顔を舐めるセランにそう伝えても、『ヒヒン！』と首を振ってまた舐められた。

　ドライに目を向けると。

『んー、ユニコーンのとは違う、ってさ。確かにユニコーンが使ったのは光の魔法だし、僕もイッキとユニコーンでは魔力の質が違うと思ったけど、セランが何を感じたかは分からないな』

　そういえばユニコーンにも違うものだって言われたけど、何が違うんだろう？　魔力の質って何だ？

……まあ、いいか。とりあえず日課にしろ、と言われるだけの何かがあるのだろう。そう思って日課に励めばいいよな！


　そうしたやり取りの後で泉に行ったが、短時間の間にすっかりセランには懐かれていた。子供特有の柔らかな毛並みをそっと撫でたが、アインス達の雛の時とはまた違ったふわっふわな産毛の感触にとろけそうになり、たまらず頬ずりしてしまった。

「なら、一緒に入るか？　俺も水浴びしたいしな」

『ヒン！』

　最初は畏れ多いと思っていたのだが、子供たちが楽しそうに遊ぶ姿や、ウィンディーネ達が泉の水を常にキレイに維持していると聞いて、思い切って入ってみるとさっぱりとした清涼感があってとても気持ち良かったのだ。

　それからはこうして子供たちと一緒にほぼ毎日水浴びをしていた。今は暑くなってきたこともあって、お風呂はお湯をかぶって体を洗う時くらいしか使っていなかった。

服を脱いで下着姿になると、岸で待っていたセランと一緒にゆっくりと泉の中に入る。

最初は水に入るのを少し怖がっていたセランも、すぐに脚が着く浅瀬で気持ちよさそうにピチャピチャ遊び出していた。

『クウ!』『キャウゥ!』

「お、ロトム、お前も水の中に入りたいのか? どれ、一人じゃまだ危ないからな。支えているからバチャバチャするか?」

ロトムは体は少しずつ成長しているが、双頭だからかバランスが取りづらいのか転ぶことも多い。両腕で体を支えて水の中へと浸けると、楽しそうにバチャバチャやり出した。

その後は子猫や子犬達も加わり、全員で岸部の浅瀬を楽しそうに走ってはしゃいでいたぞ。

この浅瀬も実は最初は泉の湖畔のほんの一部だったが、ウィンディーネ達が子供たちの為に水を移動して浅瀬を作ってくれたのだ。

『よ――し! 行っくぞ――――!!』

アインスの声に顔を上げると、大きめな岩の上から飛んだアインスが羽を動かし、羽ばたきながら滑空して来るところだった。

羽ばたくその姿は体も引き締まり、もう雛の面影はほとんどない。

『次は俺だぜ――っ!! 危ないからどいていろよっ!』

思わず雛の頃を思い出してその成長に浸っていると、今度はツヴァイが飛んで来た。羽の動かし方が、アインスよりも力強い。だがその分風に乗る、というよりは力業の飛行でアインスよりも少し手前に着水していた。

　バシャ――ンッ！　という凄い水しぶきと共にツヴァイが着水すると、ウィンディーネ達が楽しそうに水から跳ねて手を叩いて喜んだ。

『アインス、ツヴァイ、さっさとどいて！　どかないと僕が飛べないでしょ！』

　そこにドライの声が響き、水の中でバチャバチャ戯れていたアインスとツヴァイがこちらの方へと泳いで来る。

　そう、アインス達は火の鳥（フェニックス）なのに泳げたのだ。最初に見た時に驚いて聞いてみたが、最初から水が苦手でもないので、仲がいいシルフ達にも風で押して貰って進んでいるようだ。

　まあそれ程深い泉じゃないから、アインス達は中心部じゃなければ脚が着くんだけどな！

　再度頭上を過る影を見上げると、優美に空を飛ぶドライの姿があった。ツヴァイのように羽を動かすことなく、しっかりと足を上げて風に乗っている。羽を動かす時は、高度や軌道の修正の時だけのようだ。

　ドライはアインスとツヴァイよりも遠く、向こう岸にすぐ近い場所で着水した。

「ああ……。子供の成長はやっぱり早いなぁ。アインス達も、もうそれ程掛からず飛べるようになるのだろうな」

　そう思うと、ちょっとだけ寂しく、しんみりとしてしまった。

　それから俺も泳いで気晴らしをし、気が済むまでアインス達が飛ぶと泉から上がって一休みする。

　いつもは家に戻ってから昼食を食べ、その後子供たちを昼寝させるのだが、今日はアインス達が訓練を張り切っていたのと、ユニコーンとのやり取りで少し遅くなってしまったので、このままここで昼食を食べることにした。

子供たちの昼食は親御さんから朝預かってマジックバッグに入れてあるので、それぞれに手渡ししていく。

ケット・シーとクー・シーの子供たちには果物を、ロトムにはアインス達と同じように焼いた肉だ。最初は生肉だったのだが、俺が焼いた肉を食べるアインス達をじっと見ていたので、一度食べさせてみたらロトムも焼いた肉を好むようになったのだ。

セランは別れ際にユニコーンに確認するとこの聖地の草でいいと言われたので、セランにここの草を食べられそうか聞いてみると、泉の岸に生えていた草を美味しそうに食べ始めた。

アインス達にも焼いておいた肉を出すと、疲れたのかいつも以上にバクバクと食べ出した。

このマジックバッグは状態維持の魔法が掛かっていたので、焼いた時に入れておけば取り出しても温かいままなのでとても便利だ。

水遊びで疲れた子供たちはぱくぱくと凄い勢いで食べると、すぐにその場でうつらうつらし出した。ドライに手伝って貰い、半分眠っている子供たちを岩の陰へと移動してそっと横たえる。ケット・シーもクー・シーの子供たちももぞもぞと動いて寄り添うと、すぐにすーすーと寝息をたて出す。

このもふもふの毛玉状態で寝ている姿が、もうかわいくてたまらないよなぁ。ああ、ケット・シーの子供のお腹に顔を埋めたい!!　……さすがにやってないからな!

その様子を見ていたアインス達も、いつの間にか三人寄り添って居眠りをしていた。

先ほどのはしゃぎようが嘘のように静かになった湖畔に、シルフ達がそっとそよ風を送り、スプライトやノーム達も顔を出して子供たちを見守っている。

顔を上げると空の上まで届くかのような雄大な世界樹が目に入り、空を仰ぐと世界樹の葉が空へと広がっているのがかすかに見える。

ああ……。本当に、夢のようだよな。死んだ筈の俺が、こんな場所でのんびり世界樹を見上げているなんて。しかもフェニックスの子供や、オルトロス、それにユニコーンやケット・シーにクー・シーの子供たちも一緒なんだぜ？　精霊達も気さくに色々手伝ってくれているしな。

燦燦（さんさん）と陽光が降り注ぐ空を見上げ、少しだけ日本のことを思い出して郷愁の念を抱いていたのだった。

4章

増える子供たちとの暮らし

Chapter 4

29 飛行訓練が始まるようです

昼寝から皆が起きた後はのんびり歩いて家へ戻り、皆で畑を耕して水を撒いた。

畑の世話は子供たちがやりたがったので手伝って貰ったが、皆顔まで泥だらけになりながら、楽しそうだったぞ。まあ、作業をやったのは、ほとんどノームとスプライト達だったけどな！

セランは土を掘り起こして畝を立て、そこに種を蒔くのを不思議そうに眺め、俺が発芽の魔法を使うと大喜びして走り回っていた。

最後は皆のお迎えが来る前に泥だらけの体を井戸の水で洗って、またびちょ濡れになったけどな！

ただ世界樹の泉のウィンディーネ達と仲良くなってから、家の井戸に常駐してくれるようになったウィンディーネが皆の体の水をささっと払ってくれたので助かった。

そうしてアインス達がわくわくしながら待っていた翌々日。とうとうアーシュによるアインス達の飛行訓練が始まる日となった。

その日はまだ朝陽が差し込む前から、三人がバタバタと騒いでいる音で目が覚めた。朝食の肉もアインス達はいつも以上にもりもり食べ、それでいていつものように居眠りもせず、ドライまで一緒にアーシュが来るまで落ち着きなく広場を走り回っていた。

そんな様子を見つつ俺が朝食を食べていると、空からバサバサという羽音とともにアーシュが降りて来た。

いつもアーシュが来てもすまし顔でうれしそうな様子をあまり顔に出さないのに、今日は抑えきれず目を輝かせて駆け寄って行く三人の姿が微笑ましい。

『父さん、父さん――――！　今日から飛行訓練をつけてくれるんだろ――――っ！』

『なあなあ、早くやろう！　俺、朝からずっと待っていたんだぜ！』

『いやいや、まだ朝だから。でも訓練が待ちきれなかったのは僕もだけど』

おーおー、ドライまでキラキラしちゃって。まあ、ずっと飛びたそうにしていたからなー、三人は。

『おお、子供たちよ。元気そうだな。では、そうだな……。イツキ、まだ倒木は余っていたか？』

「ん？　ああ、薪にも使っているがまだあるぞ。使うのか？」

家を建てる時に森の中でかなり広範囲にわたって倒木を回収したので、まだまだマジックバッグの中に残っていた。

『ああ。ふむ。そうだな、そこの木の又に倒木を一本広場から立て掛けてくれ』

アーシュが示したのは、アーシュが今いる広場から聖地への道の脇に立つ、それなりに大きな木だ。丁度二階くらいの位置で木が二又に分かれている。

アインス達の早く！　という目線に負け、急いで朝食の残りをかきこんでマジックバッグを持つと丁度いい倒木を探す。

「これがいいかな？　アーシュ。とりあえず出すから、支えて上手く乗せてくれよ。出すけど俺ではきちんとそこに倒せないからな」

『ああ、わかっている。では、出せ』

言われた通りに、広場で倒木を出来るだけ上向きに斜めになるように取り出す。

マジックバッグには長さが長くても重い物でも幅がマジックバッグの入れ口に入る物なら、一部を入れさえすれば収納することが出来る。だが入れた物を出す時には、マジックバッグから最後まで引き出さなければならないのだ。

唯一の救いは、全てが出るまでは重さは出した分だけということだが、それでも長い物を取り出す時には引き出せば引き出す程本来の重さが掛かってくる。

なんとかアインス達にも手伝って貰い半分程出すと、アーシュが嘴で挟み、木の又へと差し込んだ。

木の自重でしっかりと固定されていることを確認すると。

『ふむ。こんなもんか。さて、お前達。この木に登って滑空をしてみてくれ』

『はいは――い、俺が先――！　やるぞ――――！』

アーシュが『してみて』と言った辺りから既にアインスが飛び出し、凄い勢いで木に登って行った。

まあ、いつもの訓練でもアインスはすぐに飛び出すし、ツヴァイもドライもそこは譲っていた。

ツヴァイとドライは木の横に並びに行く。

『行くよ――――!!』

木の又まで登ったアインスが、手を上げて一言鳴くと、羽を広げて少し木を駆け下り、脚で蹴って滑空する。そのままアーシュの目の前を横切り、広場の逆側の畑の前に着地した。

『フム。アインスは飛ぶ時は風の向きにもっと気をつけて羽を使え。それに着地する時に勢いがありすぎると、脚に負担が掛かり過ぎて怪我をするぞ』

『おお――――！　わかった――――！』

『よっしゃ、次は俺だぜ！　行くぞ――――!!』

アインスに対するアーシュのコメントを聞いていると、ツヴァイの掛け声が聞こえて来た。そちらを向くと、ドタドタと木の上を駆けたツヴァイが飛び立つところだった。

いつものようにバサバサと凄い勢いで羽を動かし、ドタッとアインスが着地した場所より手前で降りる。

『んー。ツヴァイよ。羽が強いのは良いが、バサバサ羽ばたき過ぎだ。空を飛ぶには羽を使うより、風に乗らないと長い距離は飛べんぞ。お前は風や風向きをこれから意識して訓練してみよ』

『おお、わかった！　風だな、風！』

お、拗ねるかと思ったら前向きだな。まあ、ツヴァイは脳筋だから、教官の言葉には従うか。

『では、僕の番だね。行きます！』

ドライはいつも風に乗ってキレイに飛んでいるから、アーシュの目にはどう映るのかな？

前の二人とは全く違い、スマートにすーっと風に乗って滑空し、広場にストンッと着地したドライに、思わず拍手を送りたくなってしまった。

『ほう。ドライは飛ぶ基礎は既に出来ているようだな。ただいつも穏やかな風の中飛べる訳ではないし、すぐに風を捉えられる時ばかりでもない。もう少し羽を鍛えておいた方がいいだろうな』

『はい、父さん！』

確かに嵐の中だって飛んでいる鳥の姿を見るし、ある程度風に逆らう羽の強さも必要だよな。

そうこうして何度もアインス達が飛んでいる間に、いつものように集まって来たケット・シーとクー・シーの子供たちの相手をしていると、ロトムとセランもやって来た。

『よし、今日はここまでだな。無理せず訓練を続けるんだ。様子を見て、もっと高い場所の訓練に移ろう』

『『『わかったよ、父さん！』』』

そうしてアーシュによる第一回目の訓練が終わったアインス達と、いつものように聖地へと向かったのだった。

30　どんどん増えているようです

聖地に通って世界樹に魔力を注ぐ日課をこなすこと早三か月。アーシュによるアインス達の飛行訓練も、そろそろ崖へと移動となる。

広場の訓練では、最初は畑の手前までの横断しか出来なかったが、半月後には羽を傾けてカーブしてぐるりと一周出来るようになり、一月後には右に左に自由に進路をとれるようになっていた。

その後は地面から飛び立つ練習が始まり、これにはさすがに三人も少し手間取っていた。アインス達は体が大きいので、風を上手く読んで捉えて飛び立たないと、ただのジャンプになってしまうのだ。

ただこの訓練も一月後には形になり、飛ぶ距離も少しずつ伸ばしていた。そこで来週からは崖へ移動し、より上空で長い距離を飛ぶ訓練となるようだ。

他には、ユニコーンの子のセランの後に、一週間後に幻獣サンダーバードの子供のライが、その更に二週間後に神獣ペガサスの子供のフェイが、そして一月前には——……。

『キュアーンッ！　キュキュッ!!』

「おはよう！　今日も元気だな、クオンは。ほら、ここかなー？　それともここかー？」

『アンッ！　キュキュンッ!!　クゥ——ン』

一目散に俺に駆け寄り、そのまま飛びついて抱っこをねだったのは、神獣九尾の狐の長の子のクオンだ。

子供なので尻尾はまだ一本だがもこもこのふわふわだし、毛並みも素晴らしくふかふかでもっふもふなのだ！

そのクオンを抱きしめ、耳の後ろや頭、そして首の下を撫でまわすと、甘えるように頭をすり寄せて来た。もう、かわいくてメロメロだったりする。

当然九尾の狐が正式なこの世界の神獣名ではない。ただ言語の自動変換で、俺が九尾の狐だと思ったのでそう変換されたようだ。恐らく向こうも聞こえているのは九尾の狐ではなく、この世界での種族名になっている筈だ。それは他の神獣、幻獣達にも適用されているだろうから、もしかしたら正式な種族名を俺は知らないままになるのかもしれない。

まあ、俺としてはありがたいけどな！　長いカタカナの種族名を全て覚えろ、と言われても無理なのは目に見えているし、かといって神獣や幻獣の種族名を間違って発言するのも……だしな！

クオンが一番甘えん坊だが、ライも小ぶりの鳩程の大きさなので俺の肩に乗るのが大好きだし、フェイは恐らくアインス達に近い年齢だからか落ち着いている。でも自分より小さな同じ馬型のセランを、そっと鼻でつついたり舐めたりしてかまう姿はとても微笑ましい。

フェイはペガサスの長の子ではなく一族の子で、アーシュが聖地に神獣達を集めた時から様子を見ていたらしい。まあ、親からしたら不安なのは当然だよな。いきなり異世界から来た素性も分からない人に大事な我が子を預ける、だなんて。

実際に今、俺はこうしてたくさんの子供たちを預かっているが、結局していることは抱っこしたりもふもふしたりして、一緒に楽しく遊んでいるだけだ。毎日聖地に行っているから水遊びもしているけど、子供たちを主に見てくれているのはウィンディーネ達だしな。

それでも何がいいのか、こうして子供が生まれるとすぐに預けに来てくれる神獣や幻獣もいるので、どんどん子供の数は増えている。

サンダーバードのライは、生後なんと一週間くらいでここに来た。ライは同じ鳥型のアインス達にすぐに懐いて、最初から『ピィピィ』かわいく鳴いては寄って行っていた。その鳴き声を聞くとアインス達の雛の頃を思い出して凄く微笑ましい。

『おーい、イッキ――！　聖地に行かないのかー？　行かないなら、飛んで訓練に行っちゃうぞ――？』

「おー、アインス、皆揃ったし今から行くぞ。さあ、皆！　今日も聖地へ行くぞー！」

アーシュによるアインス達の訓練は三日に一度なので、訓練のない日は相変わらず聖地まで子供たちを連れて一緒に歩いて行ってくれている。聖地へ着いたら飛行訓練だ!!　とあちこち飛び回っているけどな！

ドライに構って貰っていたライを肩に乗せ、まだ甘えているクオンを腕に、のんびり皆で泉を目指して歩いて行く。ライも滑空は出来るようになったが、まだ自由に飛び回れないのだ。

『イツキ、パチャパチャ!!』『クゥ……水、泳ぐ！』

「お、ロトム、今日は泳ぐ練習をしたいのか？　じゃあ俺の日課が終わったら、一緒に泳ごうな！」

この三か月でロトムは大きめの中型犬程の大きさに成長し、言葉も少しずつ話せるようになって来た。もう抱っこをするには厳しくて、ちょっと寂しい。オルトロスが成長がかなり早いと喜んでいたから順調なのだろう。

『セラも！　セラ、も、フェイと、泳ぐ！』

「おー、セランも泳ぐのか。フェイ、飛行訓練もしたいだろうけど、セランのことお願い出来るか？」

『はい。では、今日はセランと泳ぎましょう』

ペガサスの子供のフェイは、背中に大きな羽がある。因みにペガサスというと白毛のイメージだったが、この世界では様々な色がいる。最初に挨拶したペガサスの長は白く輝く毛並みだったが、フェイは灰色がかった銀の毛並みだ。体長はほぼサラブレッドと同じで、その背から生えた濃い色から白銀へとグラデーションになっている羽がとても美しい。

セランも最初は俺の腿までくらいだったのに、今ではほぼ胸元に届く程になった。最近ではたどたどしい様子ながらロトムもセランも話し出したし、子供が大きくなるのは本当に早いな！

小さな子猫や子犬だったケット・シーやクー・シーの子供たちも、今では普通の猫サイズや小さめの中型犬サイズに成長していて、中にはそろそろ二本足で歩き出す子もいる。まあ、子供が生まれて新たに預けられた子もいるから、赤ちゃんの子猫と子犬もいるんだけどな！

因みにサンダーバードのライは羽は朱金でお腹側が薄い黄色の羽毛で、九尾の狐のクオンは薄い金色の毛並みで大きさは成猫くらいだ。

皆で和気あいあいと歩き、泉に到着すると年長のフェイとサシャに子供たちを任せ、俺はいつものように世界樹へと向かう。

『一緒、行く！』

「お、セランも今日は行くか？　じゃあ一緒に行こう」

泉をぐるりと周り世界樹の根元に着くと、いつものように根に手を添えて目を閉じる。

そういえば、最近涼しくなって来たよな。暑くなったと思ったら、あっという間に秋っぽくなって。日本のように蒸し暑くなく、暑くても過ごしやすかったから良かったけど、もっと寒くなったら水遊びも出来なくなるかもしれないなー。世界樹の泉に氷は張らないだろうから、スケートって訳にもいかないし。日課をしている間の皆の遊びを考えておかないとなー。

寒くなったら世界樹は紅葉するのかな、なんて考えがちらっと頭を過ったからだろうか。いつも思い描く光合成する青々とした緑の葉っぱではなく、黄色や紅に紅葉した葉っぱをイメージしてしまっていた。

『んー？　なんか、いつもと、違う』

「へ？」

セランの言葉に閉じていた目を開けると、いつもキラキラと輝いている光が、今日は赤く煌めいていた。

「おお。紅葉をイメージしちゃったからかな？　……大丈夫だよな、これ。アーシュに文句を言われる前に、明日来たら聞いてみるか」

『いつもと、違うけど、キラキラキレイ、だよ！』

「おお、セランありがとうな。セランは俺のこの日課を見るの、好きだもんな」

『うん！　イツキ、魔力、好き！　あったかい！』

んん？　俺の魔力をセランが温かく感じて好き、ってことかな？　……最初より少しは扱える魔力は増えたけど、今でも魔力のことはあまり分かっていないからな。まあ、好き、って言ってくれているからいいか。

「うれしいよ、ありがとう、セラン。じゃあ、戻ろうか。フェイに泳ぎを教えて貰うんだろう？」

『ヒン！　フェイと、泳ぐ！』

キャッキャと楽しそうに跳ねだしたセランを微笑みつつ見守り、のんびりと皆のもとへと戻ったのだった。

31　とても凄い物をいただきました

『紅葉をイメージしてしまったらキラキラが赤かった、と？　フン。世界樹は紅葉せんが、まあ、気にするな。その調子できちんと毎日魔力を注げ』

世界樹が昨日赤く煌めいたのがずっと気になっていて、翌朝獲物を届けに来たアーシュに聞いてみたのだが。

「わかったよ。紅葉しないなら、緑の葉でイメージするな。……そういえば世界樹って落ち葉が落ちているのを一度も見ていないな」

もう三か月毎日通っているのに、枝どころか葉っぱも落ちているのを一度も見たことがなかった。

『怖いことをいうな。世界樹から落ち葉がほいほい落ちるようになったら大変だろうが。お前は余計なことを考えずに、日課として魔力を注げばいいんだ』

この世界の世界樹は、成長はしても落葉も枝が折れることもないパターンだったのか。もしかして、世界樹に気に入られるかお願いすれば葉っぱが落ちて来る、とかいうアレか？　この分だと、葉っぱにも凄い効能が秘められていそうだな。

ふむふむ、と勝手に脳内でお約束を思い浮かべて納得していると、アーシュに胡散臭い物を見る目で見られて念押しされてしまった。当然、今日行ったらちょっと拝んでみよう、と思っていることは内緒だ。

『クォ――――ン！　キュッ！』

「おー、おはよう、クオン。今日も元気だな。ほーれほれ、もふもふー」

最近の日課になりつつある、クオンの飛びつきから抱っこ、そして存分に撫でまわしてもふもふを堪能する。ふわっふわな尻尾もこっそり撫でたりな！

アインス達はアーシュによる飛行訓練の日なので、今日は別行動だ。

皆が集まるのを待っている間に訓練を始めたのか、空を飛ぶアインス達の姿を見上げつつ皆で聖地へ向かう。

『私、一番お姉ちゃんだから、頑張る』

「サシャは小さい子のことを気に掛けてくれているから、いつも助かっているよ」

歩きながら最初よりも大分身長が高くなったサシャの頭を、少し屈んでそっと撫でる。目を細めてごろごろ喉を鳴らすのがかわいすぎる!!

「フェイも飛行訓練の方をするか？　アーシュならペガサスの飛び方も教えられると思うけど」

最近上空を飛ぶアインスたちを見上げるフェイの背が、少し寂し気に見えるんだよな。

『ピピピ!!』

「お、ライもやりたいかー。そうだな、ライのことはドライに頼んでみようか。ドライの飛び方はスマートだからライと相性が良さそうだしな」

この世界のサンダーバードは成獣になっても大きさは最大サイズの猛禽類ほどなので、大型のフェニックスより風に乗った飛行をするイメージだ。

『群れでは訓練を始めているのですが、そうですね……。後で少し、飛び方を見ていただこうと思います』

そう言ってバサッと翼を広げたフェイの優美な姿に思わず見とれていたら、肩にとまったライがパタパタと羽ばたいてフェイの方へと飛んで行く。

その飛行はまだ頼りないが、小柄なだけに上手く風に乗れていた。

そのまま行けるか、と見守っているとフェイのもとへ到着する前にライがグラリとバランスを崩し、急降下しそうになった。危ない！　と思う間もなくすぐにフェイがそっと頭を差し出して受け止め、そのまま背中へと乗せる。

「おお、フェイさすが！　ライ、大丈夫か？　ライはまだ小さいのだから、焦らなくてもいいんだぞ？」

ちょっぴりしょんぼりして見えるライの頭を優しく撫で、胸元の羽毛をくすぐる。

『……ピィ』

『フフフ。我々は急いで成長せねばならない動物とは生態が全く違いますからね。ライ、イツキの言うように焦ることはないのですよ』

『ピ！』

フェイの言葉への返事は力強く、少しだけ元気を取り戻していた。

そのまま小さい子が遅れていないか見守りつつのんびりと歩き、泉に着くとフェイとサシャに子供たちを頼んでいつものように世界樹へ向かう。

『キュンッ！』

「お、今日はクオンが一緒に行くのか？　いいぞ、一緒に行こうか」

足を肉球でポンポンと叩かれて下を見ると、クオンが立ち上がって小首を傾げて俺を見上げていた。

あまりのかわいさに思わずギューーッと抱きしめたくなったが、そこはぐっと我慢だ。

クオンをずっと抱っこして離せなくなりそうだしな！　クオンも歩きたいだろうし。

『クー、キューアッ！　キャウー！』

「くくく。楽しそうだな、クオン」

スキップするようにご機嫌に鳴き声を上げつつ跳ねながら歩くクオンの微笑ましさに、思わず笑みをこぼしてしまいながらのんびり歩き、いつもの場所に着く。

「日課をする間、ちょっとそこで待っててな」

でも、今日はその前に。

見上げても葉っぱどころか枝すらもうっすらとしか見えないが、上を見上げて手を合わせると目を閉じる。

（お願いします。世界樹の葉っぱを見てみたいので、葉っぱを見せてくれませんか？）

ただ下さい、というよりも、魔力を注ぐ時のイメージを具体的にしたい、と望んだ方がいい気がして、素直にそう祈ってみる。実際に何かに使う訳ではなく、見てみたいという好奇心からだしな！

しばらくそのまま祈り、ゆっくりと目を開けると遥か上空からヒラヒラと舞い落ちてくる何かが見えた。

うおおぉおっ！　マ、マジか！　もしかして本当に、願うと叶う系なのか!?

そのまま唖然と見上げている間に、風に舞いながらもゆっくりと落ちて来た物、それは、楓の葉のように切れ込みが入った手のひらよりも大きな一枚の葉っぱだった。

ヒラリ、ヒラリと空中を舞うように降りて来た葉は、俺の顔の前で揺蕩(たゆた)うように一度停滞し、そしてゆっくりと広げた手の平の上に着地した。

その葉は葉脈が透けるような透明感をもつ新緑を思わせる萌黄色で、陽ざしを透過して柔らかに光る様は、まさに神秘的だった。

「あ、ありがとうございますっ！　毎日、誠心誠意心を込めて魔力を注がせていただきます!!」

両手に載せた葉を捧げ持つように頭上に掲げ、思いっきり頭を下げてお礼を叫ぶ。

するりと頬をそっと撫でていった風に、まるで世界樹が微笑んでいるかのような錯覚を覚えて更に深く一礼して祈りを捧げた。

『キュゥー？』

「お、クオン、ごめんな、待たせて。ホラ、これが世界樹の葉っぱだぞ！　凄いな！」

『クー！』

ピョンピョン飛び跳ねながら俺を見上げているクオンに、しゃがんで貰ったばかりの世界樹の葉っぱを見せると、クオンも興奮したようにクルクル回り出した。

ふりふり揺れるもっふもふの尻尾に目が釘付けだ！

ひとしきり二人ではしゃいだ後は、いつもの場所で世界樹の根に右手で触れ、左手に貰った葉っぱを載せて目を閉じた。そうして今頂いたばかりの葉を、しっかりと脳裏に思い浮かべた。

いつものように葉が光を受けて光合成する様子を脳裏に描きながらイメージすると、精一杯感謝の気持ちを込めて魔力を注ぐ。

『キュオン！』

普段よりも心持ち限界ギリギリまで魔力を注ぎ、クオンの鳴き声に目を開くと。

「うわっ！　凄い、いつもよりもキラキラ輝いて……」

昨日は赤く煌めいていたが、今日は広い範囲ではっきりと金色にキラキラと光り輝いていた。うっすらと透けて見える幹が、光に照らされて更に透けて内部まで見えるようだ。

キラキラが収まるまで、クオンと一緒にその光景にうっとりと見惚れていたのだった。

32　ついにとんでもない子が来たようです

「あーあ。アインス達張り切って行っちゃったなぁ。初日くらい見守りたかったけど、子供たちのことがあるからなぁ」

今日は、とうとうアインス達が崖へ移動しての飛行訓練の初日だ。

先ほどアーシュが迎えに来て、目をキラキラと輝かせたアインス達は、意気揚々と飛んで崖へと移動して行ってしまった。

今までは一緒に聖地へ行かない日も、空を見上げればアインス達が飛んでいるところを見られたが、今日からはそれも見られないと思うと、少し寂しく感傷的になってしまう。

アインス達は本当に順調に育ったよなぁ……。地上から飛べるようになった頃から更に体がシュッとして、今では大きさは大分小さいけど姿はアーシュとそっくりの体型だしな。

あのぷっくらした雛の姿がなつかしい……。もっと育つのは遅いと思っていたのに、案外早かったなぁ。

つい巣立ちを連想してしんみりしてしまうが、今日は夕方前には三人とも戻ってくるし、当然飛行訓練もまだまだ続くのだが。

思わず飛びついて来たクオンをギュギュっと強めに抱きしめ、首筋に鼻を埋めて思いっきり吸い込んでしまった。うん、おひさまの優しい匂いがしました！

そうしていつものように子供たちと聖地の花畑を歩いていると。

『おお、いたな！　約束通り、子を作って大急ぎで孵化させてきたぞ！　ホレ、我が子だ。かわいいじゃろ』

ゴオォーというもの凄い轟音と共に近づき、ドスンと着地したのはあの日のドラゴンだった。

キラキラと陽ざしに輝くプラチナの鱗が眩しい。

それまで楽しそうにはしゃいでいた子供たちも、一塊になって一歩下がって恐々とドラゴンを見上げている。

ああ、いや、子供たちの中でも大きな子たちは座り込んで……あれはひれ伏しているのか？　このドラゴンは神獣の中でも特別みたいだしな。俺もひれ伏したい、というか、会いたくなかったのだが!?　いくら友好的でも、迫力だけで気絶しそうだって！

「え……あ……あの、子供、ですか？」

も、もしかしてアーシュに言っていた通りにわざわざ子供を作ってきたのか？　ええ――……。本来なら代替わりの必要がない竜なんだろ？　ってことは、もしかしたらこの世界が出来た当初からずっと世界の守護者として存在しているんじゃ……。その子供って、どれだけ貴重なんだ？　そんな子供を本当に俺が預かるのか？

内心でワタワタしながらドラゴンの威圧感に怯えつつも周囲を見回したが、肝心のその子供の姿は見えない。どこに……？　と思っていると、ズシっといきなり頭に重さと衝撃が来た。

「うわぁっ！　な、何が……！」

『おお、我が子よ。そなたも気に入ったか。それは良かった。そなたを急いで産んだ甲斐があったぞ』

いやいやいや。なんで俺に面倒をみさせるのに産み甲斐とか！　もう、訳分かんねぇって!?

『ギュ、ギュウッ!!　ギャウゥ！』

『ふむふむ。そこが居心地がいい、と。よし、では気が済むまで一緒にいるといい。そなた、確か名前はイツキと言ったか？　我もたまに我が子の顔を見に来るから、世話を頼むぞ』

「へ？　え、えええぇぇっ！　毎日連れて来るんじゃないんですかっ！　他の子は皆、夜は家族と過ごしていますよ!!」

ドラゴンの鳴き声は想像通りだったな、なんてこんな状況でも一瞬逃避していたら、とんでもないことを言われていた。

慌てて遠慮している場合じゃない！　と恐れを振り切って声を上げると、当の本人の子ドラゴンは俺の頭の上で『ギャウギャウ』と大はしゃぎしている。

『ん？　我ら竜は、時間の感覚などないからな。時はいくらでもあるし、一度寝ると一か月寝ていることもざらだぞ！　本格的に寝たら、一年だってあっという間だしな。今回は早くそなたに我が子を預けようとずっと寝ていなかったから、戻って寝たら何か月かは寝ているかもしらんな』

「え、こんな小さな子供を俺なんかにずっと預けるなんて……。え、えぇと、それで大丈夫、なんですか？」

頭の上に恐らく顔、頭の後ろにポコンとしたお腹。そして肩の上に後ろ脚が乗っているから、体長は三十センチ前後だろう。そんな生まれたばかりの子ドラゴンを預かって、俺はどう世話したらいいっていうのだ！

『ああ、大丈夫だ。竜の子は強い。最初の半月は親の魔力が必要だが、後は肉を食べていれば放っておいても育つ。それにここは聖地だ。尚更心配なぞいらん。何かあったらフェニックスに言えば、我を呼びに来るだろう』

え、えええ――――っ！　こ、これってもしかして、育児放棄、とか言わないよなっ!!

そんなことを心の中で叫んでいたのが顔に出たのか。

『フム。まあ、そこまで心配なら、そうだな、では五日後にまた顔を出そう。長く寝るのはそなたが安心するまで我慢しよう』

と、恐らくかなり譲歩してくれたのだろうが、なんだかそれも違う気がするんだけどっ！

ど、どうしたらいいんだ……。でも、俺にはどうにも出来ないよな、と一人頭の中が真っ白になって狼狽えていると、羽音と共にアーシュが来てくれた。

『なんだ、やっぱりお前か。本当に急いで子供を作ったのか』

『そうだ。我は冗談など言わんぞ。ほれ、我が子はかわいいだろう？　このまま預けてしばらく寝るかと思ったのだが、イツキが心配するのでな。とりあえず五日後に様子を見に来るが、まあ、何かあったら我の寝床に起こしに来てくれ』

『お前な……。無理に子供なぞ作る必要はなかったではないか』

そう、そうだよなっ！　なんでそこまで俺にこだわるんだよ!!

『いや、イツキは面白い魂をしているし、今のこの世界には必要だろうと思ったからな。それに世界樹のことまでとなったら、我が子は護衛にいいだろう？』

『ハア……。まあ、俺の子供たちは俺の後継になる為の修行もあるから、確かにずっと一緒という訳にはいかんからな。フン。まあ、いい。イツキには俺が言い聞かせておく』

って、ええっ！　そんな、決定なのか？　それに俺の護衛って、俺に護衛なんていらないだろうっ！　ましてやドラゴンだぞ？　最上位の竜の子供を俺の護衛の為に産んだとか、何がなにやら……。

もう理解のキャパシティーを遥かに越えてただ茫然と立ち尽くす俺の頭上では、当事者の子ドラゴンが楽しそうに鳴きながら、腕の中にいるクオンとのんきに挨拶などをしていたのだった。

33　子ドラゴンが家族になったようです

『ではな！　五日後に様子を見に来るから、何かあったらその時に聞いてくれ。元気にしているんだぞ、キキリ』

『ギャオウッ!!』

俺が茫然としている間にドラゴンとアーシュの間で話がつき、結局子ドラゴンのキキリをずっと預かることになっていた。

いや、預かる、っていうか、これ、里子とかじゃないよなっ!? なんか、そんな感じで今、話してなかったか!!

それを当の本人の子ドラゴン、キキリは、というと。

『ギャウギャウー♪ ギャウー♪』

と、全く気にしてないどころか、とても楽しそうな様子だった。

「なあ、アーシュ。結局どうなったんだ?」

『ん? ああ、その子供、キキリはお前の護衛として預けるそうだ。子供といってもドラゴンだからな。ここら辺の魔物や動物なら敵にならん。それに成体になるまでどうしたってそれこそ何十、何百年も掛かるから、当分このサイズのままだぞ。飯は聖地の魔力でほぼ足りるだろうが、俺が獲って来る獲物を出してやれ。自分でも獲って来るだろうがな』

うわっ、そうだよな、ドラゴンだもんな……。生後一月経たずでも、狩りも自分で出来るのか……。それに当分このサイズ、って言われても、俺は未だに姿を見ていないんだけどな!!

両手でクオンを抱っこしているので、肩に乗るキキリを抱っこする訳にもいかないし、本人が何故か気に入って下りて来る様子もない。

ただ親ドラゴンが飛び去ると威圧が緩んだのか、周囲で縮こまっていた子供たちもやっと一息つけたようだった。

「……ふう。まあ、じゃあキキリはこれから家族として一緒に暮らす、ってことでいいんだな? 俺、ドラゴンのことなんて何にも知らないけど、そこは大丈夫なんだよな？」

『フン。あいつはあんなだが、この世界最古の原初の竜だ。イッキには俺達、神獣や幻獣の生態を確かドライが説明していなかったか？　親の知識を継承して生まれるのだ。生後間もなくともドラゴンともなれば全て自分で分かっているさ』

「こ、こんなに小さいのにっ！　す、凄いな……。じゃあ尚更子守りなんていらないんじゃ……」

だって、生まれながらに何百、何千年分の知識があるってことだよな。俺の方が色々教わりたいくらいだぞ！　あ……そういえば子守り目当てじゃなくて、俺の護衛なんだっけ？

『知識はあるが、性格はまだ子供だからな。戦闘面でお前はからっきしなんだから、それ以外はお前が色々と面倒をみてやれ。とても気に入られたようだしな』

「……う、わ、わかったよ。じゃあ何かあったらアーシュに聞くからな」

『ああ、それでいい。まあ、子供たちもそろそろ俺の知識に馴染んでいるし、ある程度のことは分かるから、何かあったらとりあえず子供たちに聞けばいい。では、俺は子供たちが待っているから戻るからな！』

　はあ？　なんか今、さらっと重要なこと言わなかったか！

　言うだけ言うとさっさと飛んで行ってしまったアーシュに内心で盛大に文句を言ってから大きくため息をつくと、気を取り直して頭上のキキリに挨拶をすることにした。

「じゃあ、キキリ。今日から家族だな。俺はイツキだ。よろしくな！」

『ギャウー!!』

顔は見えないが挨拶すると、楽しそうに頭をポンポンと叩かれた。全く痛くはないが、肉球とは違った柔らかい感触がした。

「今日からキキリは俺と暮らすことになったから、皆も宜しくな！　な、キキリ。皆のことも守ってくれるか？」

『ギャウギャオウ！』

まかせて！　とばかりに力強い返事が来て、萎縮していたケット・シーとクー・シーの子供たちもホッと息を吐いていたぞ。

『キキリは家に帰らないの？』

「ああ、サシャ。なんか、寝るとずっと寝ちゃうから、送り迎えが出来ないんだって」

『お父さんに会えなくて、寂しくない？』

『ギャウッ！　ギャウギャウ♪』

「ああ、寂しくないみたいだな。皆もいるし、楽しいんじゃないか？」

『ギャウゥ！』

うんうん、と頷く気配がすると、サシャも安心したようだ。すると。

『キュアッ!!　キュア――ンッ！　ンナウッ!!』

いきなり鳴きだしたクオンが腕の中でバタバタと暴れ出した。

「おっ、どうしたんだ、クオン。今まで大人しかったのに」

『おそらく、ずっと一緒なんてずるい、自分もずっと一緒にいたい、って言っているのかと』

「フェイ、通訳ありがとうな。クオン、きちんとお母さんが毎日迎えに来てくれているだろう？　帰らないと、家族が悲しむぞ」

『クキュ――ッ……キュオンッ!!』

いやいやと首を振るクオンの姿に、そっとフェイを見ると。

『そうなんだけど、ずるい！　ですね。クオンは貴方とずっと一緒にいたいみたいですよ？』

『キュンッ!!』

そうなの！　とばかりに腕の中で大きく頷いたクオンがかわい過ぎて、頭に頬ずりする。もふもふな毛並みと耳の少し固めの感触がまたたまらないのだ。

「んー……、じゃあ、お母さんの許可がとれたら、たまにならお泊りしてもいいぞ。ただし！　ちゃんと許可を貰ってからな！」

『キュアンッ！』

クークーキューキュー不満気に唸(うな)っていたクオンが、お泊りしていい、と言った瞬間うれしそうに尻尾をパタパタ振り出してご機嫌になった。

くっ、かわええ。本当にかわいすぎるぞ、クオン！

またギューッと抱きしめてクンクンしてしまった。その間キキリは俺の頭上でバランスをとって落ちる気配は全くなかったぞ。

ドラゴン襲来！　という驚きのイベントがあったが、そのまま世界樹へ向かいいつものように泉に到着した。

「そろそろ水が冷たくないか？　大丈夫か？」

『まだそこまで冷たくないから大丈夫だよ。ねー？』

『『『ニャウ！』』』『『『ワンッ！』』』

サシャの声に子猫と子犬達が元気よく鳴いて返事をした。ふ、と気になって泉に目を向けると、ウィンディーネ達が楽しそうにクスクス笑っている気配がした。どうやら彼女達が子供たちの為に水温を調整してくれていたようだ、と気が付いて慌てて頭を下げる。

『ギャウ！』

いきなりの動きにバランスを崩しそうになったのか、キキリにテシテシと頭を叩かれて抗議されてしまった。

「ごめんごめん。ホラ、キキリ。顔を見せておくれ」

そのままクオンを下へ降ろし、手を頭上へ上げると、素直にキキリが移動して来てくれた。

そうして両手で抱えて目の前にプランと下げたキキリは、全体的には鈍い青銀色の鱗で覆われており、お腹側の柔らかい部分はクリーム色をしていた。くりっとしたつぶらな瞳は金色だ。そして頭上には小さい二本の角と、その間には短いが金の鬣(たてがみ)がちょこんと生えていた。

うわぁ、本当にドラゴンの赤ちゃんだ!!　うん、後頭部で感じた通りぽっこりお腹でとってもかわいいな！　まんま西洋ドラゴンって感じだ。

『グウ？』

じ——と見つめていると、何？　と言わんばかりに小首を傾げた姿には、ドラゴンと聞いて想像する獰猛さは欠片もなく、ただただかわいいだけだった。

「くー、キキリ、かわいいな!!　これからよろしくな!」

思わずさっきクオンにしたように、ギュッと抱きしめてしまった。因みに鱗はまだそれ程固くないのかトカゲのような感じで、柔らかで少しだけ温かかったぞ!

『ギャウギャウッ♪』

楽しそうにバタバタ手足を振る姿を見ていると、ドラゴンの子だということを忘れそうになりながら、これならこれから家族として一緒に楽しく暮らして行けそうだな、と思ったのだった。

34　とんでもないことを聞いたようです

『おお、スゲ――――!　ドラゴンだ――――!』

『ドラゴンか!　今度狩りを一緒にやろうぜ!!』

『へえ。竜の子供なんて滅多に、というかほぼ見ることなんてないのに。さすがイッキだね』

聖地でいつもの日課をこなし、家へ戻って皆がお昼寝をしている時にアインス達が戻って来た。初日から長時間飛ぶのは羽に負担が掛かるので、今日の訓練は午前で終わりだそうだ。

そこで一人寝ておらず、気に入ったのか相変わらず俺の頭の上にいたキキリをアインス達に紹介した。

いつものように走り回るアインスに何故か張り切るツヴァイ、そして冷静に分析するドライに、キキリは片手を上げて返事をした。

『ギャウッ！　ガウン！』

『おうっ！　よろしくな！』

……ツヴァイが満面の笑みってことは、狩りに一緒に行くってことか？　生まれたばかりなのに、やっぱり本能か何かなんだろうか。

「なあ、ドライ。会話は出来ているのか？」

『ああ、通じているよ。というか、ドラゴンだし。確かに生後一月も経っていないようだけど、人格はしっかりあるようだしね？』

「ほおー、そうか。キキリ、凄いな！」

『ギィギャゥ！』

『フフフ。照れているみたいだよ？』

おお、照れているキキリ、かわいいな！　子供たちにも怖がらせないように、そっと優しく接していた。気遣いも出来るし、もうしっかりと人格があるんだなぁ。あれ？　でも……。

「なあ。キキリってまだ飛べないよな？　ツヴァイと一緒に狩りをするにも、そうしたら動くのが大変なんじゃないか？」

聖地では子供たちと遊んでいる時は後ろ脚で立って歩いたり、四つ足で水辺をピチャピチャしたりしていたが、帰りは皆と一緒にポテポテと動いていた。

『ギューギャウッ！　ギャウーンッ!!』

『イツキ……まあ、そりゃ飛べるようになるまではまだ掛かるけど、走ることは出来るからね』

キキリに頭をペチペチ叩かれながら抗議されたが、でも、いくらドラゴンでもこれだけ小さいのだ。走って飛んでいるツヴァイ達に追いつく、なんてやっぱり想像出来ないな。

と、思っていたら、いきなり頭上の重みがなくなった。

「えっ、キキリ？」

慌てて後ろを振り返ると、四つ足でしっかりと着地したキキリがいた。そして俺の顔を見つめ、『ギャウ！』と一言鳴くと、一瞬で姿がブレた。

「へあっ!?　なっ、どこにっ!!」

狼狽えてあちこち見回していると、右、左、と残像のように一瞬だけ姿がはっきりと見える。

うわぁ、全く目で追えないんだけど……。ハア、凄いな。さすが小さくてもドラゴン、なんだなぁ。

昼間は本当に子供たちに合わせて、かなり気を遣って動いてくれていたのか。キキリが優しいのは少し接しただけで分かったし、怖いとは思わないけどな。

『ギャオウッ!!』

「すっごいな、キキリ！　ごめんな、キキリの力を侮っていたよ。俺の護衛をしてくれるんだよな。これからよろしくな！」

『ギャウギャウッ！』

うれしそうにくねくね動くキキリがかわいすぎる。でも、アーシュに護衛だと言われてそうか、とは思っていたけど、こうやって力の一端を見せてもらうと納得だな。

まあ、本当は護衛なんて必要な状況にならないのが一番だけどな！

思わずしゃがんで、後ろ脚で立ち上がっても小さいキキリの頭をなでなでしてしまった。キキリはうれしそうだったぞ！


そうしてキキリが一緒に家で暮らすようになって十日後。すっかり涼しくなり、朝起き出すと肌寒く、一枚多く上着が必要になっていた。

因みにキキリは寝る時は俺の隣で寝ている。アインス達に囲まれた真ん中に埋まって、キキリもほっかほかで寝ているからか、朝起きてもご機嫌だった。

五日前にドラゴンがまたいきなり聖地に現れて、キキリのそんな顔を見ると満足気に頷いて、ちょっとだけ触れ合うとすぐに帰って行った。

『次は一月後でいいな！』と言われた時は、さすがに今度は「はい」としか言いようがなかったよ。

キキリが一緒に暮らすのに支障は全くなかったからな。

「さあーて！　今日は聖地から戻ったら、麦の収穫をするぞ！　しっかりと穂が実って、一安心だよ」

『それはいいけど、お腹減ったぞー！　早く朝食の肉を焼いてくれ――！』

「はいはい。キキリは今日はどうする？　肉、焼くか？」

『ギャウン！』

最初キキリは生肉を食べていたが、アインス達が美味しそうに焼いた肉を食べるもんだから、今ではアインス達と一緒に焼いた肉を食べるようになっていた。

いつものように竈でどんどん分厚いステーキ肉を焼き、それを皆の前に並べて置く。

キキリも体の大きさの割には大きくて分厚いステーキ肉を二枚はペロリと食べる。それなのに最近焼いている肉の量が減っている気がするんだよな？


『どうしたの、イッキ。なんか不思議な顔をしているけど』

「ああ、ドライ。なんか最近食べる量が少なくないか？　いや、飛行訓練の時に狩りをして食べているのかもしれないけど」

『ああ――。俺達も、大分大きくなってきたからな――。やっと力が馴染んで来たから、少しずつ食べる量が少なくても良くなってきているんだぞ――！』

「はあ？　なんで大きくなってきたら少なくなるんだ？　普通、大きくなったら食べる量は増えるだろう？　お前達、どんどん体が成長しているし」


最初は俺と同じくらいの大きさの雛だったのに、今では俺の倍近くある。顔を見て話すには、この頃は首が痛いほどだ。

『いやイッキ、父さんは食事、ほとんど食べてないだろ。あの体に見合う分だけ食べたら、大変だって』


そのツヴァイの言葉に、この世界に来て最初にしたアーシュとの会話を思い出した。

「ああっ！　そういえば、成獣になれば必要ないって言っていたよな！　……じゃあ、アインス達も、その内食事はいらなくなるのか」

うわぁ……。確かに元々アインス達の子守りとしてアーシュに捕まったのだから、アインス達の成長は歓迎するべきなのだが、こうして改めて終わりを突きつけられるとなんだか寂しいな……。

『いやいや、全くいらなくなるまでには、あと何十年も掛かるぞ――！　ただ、体が成長してもこれ以上は食事の量はいらなそうだけどなー！　風の精霊の力も大分馴染んで来たし、後は水と土だけだしな――！』

へ？　どういうことだ？　風の精霊、シルフの力を感じて飛べってアーシュが飛行訓練の時に言っていたのは何度か聞いたけど。他の属性の力も使えるとは最初にアーシュが言っていたが、でもフェニックスだし主属性は火だよな？

『ああ、イツキ。フェニックスは神獣だから、どの精霊とも親和性があるんだよ。でも、生まれた時は自分の種族特性の力、火の力はそれなりに使えるけど、他の属性の力は身体に馴染んでいないからあまり使えないんだ。使い方は親から継承しているけど、ほら、子供がやり方を知ってもすぐに自在に使いこなすことは不可能だよね？』

「あ、ああ。そう言われたら、そうだよな」

俺もテレビで見ていたから味噌も醤油も作り方は知っているけど、実際に作れるかと言ったら無理だしな。そうか。知識だけがあっても、使えるようになるには実地での訓練が必要だよな。それが「身体に馴染む」ってことなのか。

『風の力が馴染んだから、俺達もこれだけ大きく成長したんだぜ！　水と土の力に馴染んで行けば、父さんと同じくらいになるんだぞ！』

「はあ？　ど、どういうことだ、ドライ」

今、さらっとなんか、とんでもないことをツヴァイが言わなかったか!!

35 神獣、幻獣の成長過程を知ってしまいました

『あー……、イッキ。神獣、幻獣はですね』

そう、しぶしぶドライが説明してくれたことは、今までの俺の疑問が解消する答えだった。

1　子供は親の能力を潜在的に引き継いで生まれる。いわば能力だけみれば分身のようなものだが、生まれながらその能力を全て使える訳ではない。
2　種族の主属性にかかわらず全ての属性の力に親和性があり、各属性の力をそれぞれ使いこなすごとに身体が成長する。親から引き継がれた能力を、全て十全に使えるようになると成獣となる。
3　成獣しなければ一族で神獣、幻獣とは認められず、真名を授かることもない。

そして最後に。神獣、幻獣ともなれば空気中の魔力を吸収するだけで生存可能で、属性の力が身体に馴染んで行けば行く程、食べなくても魔力で補えるようになる。

という神獣、幻獣というこの世界で神の使いのような種族だというのに、超厳しい現実だった。つまり、能力が成長すると身体もそれに合わせて成長するのだ。逆に言えば能力が成長しなければ身体が成長することもない、ということだ。

俺としては子供が育つのは当たり前で、しかも動物のことを考えると、一年で大人になる、なんて当然のことだと思っていたから、これを聞いて本当に驚いた。

そりゃあ神獣、幻獣なのだし、普通の動物とは生育も違って成長に何年も掛かるのか、とは思っていた。それでも何十年経っても成長せず成獣にもなれない、などとは考えたことがなかったのだ。

「……な、なあ。聞いていいのかは分からないけど、答えられたらでいいから聞くな。成獣出来なかった神獣、幻獣の子供はどうなるんだ？」

アーシュも最初、成獣しなくて困っている、と言っていた。だから、アインス達には兄や姉にあたる存在が過去には何人もいた筈なのだ。

あの時は自分のことで精いっぱいで、「ふうん」なんて流しちゃったんだよな……。考えてみたら、すぐに分かりそうなことだったのに。

『ああ、成獣になるのが無理だと判断されると守護地からは出されるから、恐らく、周囲の山に棲み着くことになると思うよ？』

「ああ、そうか。成長出来なくても別に死ぬ訳じゃないもんな……。フウ、良かった」

『まあ、それでも成獣しないと子をなせないから、自分一人で終わりだけどね』

……安心したところだったのに!?　そ、そうか。成獣しないと子供を作れないのか。まあ、人間として考えても身体が未発達ってことだから、それが当然なのか？

だから、代替わりが必要なのに次代がいない、子供が成長しない、というのは、本当に重大な問題だったのだ。

「……なんか、そう聞くとやっぱりなんで俺にそんな大事な子供を預けるのか分からないな。だって俺、何も特別なことはやってないよな？」

『まあ、普通の子育てとは違うしね。能力を使う訓練は親とするし。でもただやみくもに訓練だけを進めても、身に付かないんだけどね』

「え？　だって、ドライ達だって、飛行訓練を頑張ったからこうして成長したのだろう？」

思い返してみれば、成長期か、とかしか思ってなかったが確かに飛行訓練をし出してから、アインス達の体の成長速度は増して行っていた。

それに、ドライも最近説明とかを頼むと、いつの間にかなんだか敬語交じりの大人びた話し方をするようになっていたしな。いや、雛の時からしっかり話していたけど、なんだか最近腹黒に磨きが掛かったような？

『そうですね。例えて言うならば魂の器があるとして、生まれた時は親の能力だけで許容量が限界で、そこには自我さえも入る余地はないのです。そこから育つ上で、器を拡張して自我を成長させていかないと、能力と人格を供えた成獣にはなれないのですよ』

は？　魂の器？　……ちょっと待ってくれ。人で考えてみると、生まれながらになんでも出来る能力を持った子供がいる、とすると。……ああ、それだと一番大変なのが心の成長、ということになるのか？　勉強が出来ても頭が良いということとは違う、ってヤツのことか。

「ま、まあ、なんとなく言っていることが分かるような、分からないような？」

『ふふふ。イツキはそれでいいのですよ。何故かイツキと一緒にいると、自我が出て来たので』

『そうだよな――。なんか、俺達三人をイッキがそれぞれしっかり別々の個体として接してくれた時、自分のことを自覚したっていうかな――』

『そうそう。俺は、俺だな！　って思ったもんな！』

「そうなのか？　だって、初めて会った雛の時だって、最初から三人はそれぞれ違っていたぞ？」

確かに初日はなんとなくだったけど、二日目にはきちんと区別ついたよな。特にドライなんて、アインスとツヴァイとは全く反応が違ったからな！

『うん、そこだよ。イッキは皆ときちんと個別して向き合っているからね。それだけでいいんだよ』

「へ？　それだけでいいのか？　……んー、まあ、よく分からないけど。ドライがそれでいいっていうなら、それでいいのかな？」

『ギャウーギャウ！』

『フフフ。キキリもそれでいい、って言っていますよ？　キキリはイッキを一目見た時から、気に入ったみたいだし。イッキはそれでいいんじゃない？』

ん――？　でも魂に関することなら、確かに自分は普通とは違うよな。魂の状態でこの世界に転がり落ちて来たのだし。それこそアーシュが言っていた、俺が持っている【魂のゆりかご】っていう称号に関係しているのかもしれない。結局は、いくら考えたって分からないものは分からないってことだろう。なら。

「わかったよ。じゃあ俺は、皆をこれまで通りにかわいがればいいいってことだな！」

もふもふするのは得意だからな！

そうして朝食が終わり、今日の午後の麦の収穫について打ち合わせをしていると、タタタッという軽い足音ともに近づいて来たクオンが飛びついて来た。

『キャウッ！　き、今日、お泊り！』

「おお、今日はクオンは泊まって行くのか。ちゃんとお母さんに許可は貰ったのか？」

『キャンッ！』

うれしそうにブンブン尻尾を振っているクオンから、目線を離れたところにいる母親の九尾の狐の方へ向けると、コクリと頷いた。

「わかりました。では、今日はお子さんをお預かりしますね。明日の夕方に迎えに来て下さい」

そうしっかりと目線を合わせて応えると、一声鳴いて聖地の方へと優雅に九本の尻尾を振って去って行った。

「よーし、よし、クオン。今日は昼寝したら皆で畑の麦を収穫するからな。手伝い、頼んだぞ？」

『クゥンッ！　が、がんばる！』

最近少しずつ片言で話し出したクオンを抱きしめて、思いっきり頭と体をもふもふすると、キャッキャと楽しそうに笑った。

うん、こうしていることが、この子の成長に繋がるなら、いくらでももふもふしてかわいがるぞ！

そうこうしている内に子供たちが揃い、いつものように聖地で日課をこなした。

家に戻って子供たちが昼寝をしている間に、小麦を脱穀する用の杭を立てた板を用意する。これは稲の脱穀機を思い出して、ドワーフ達に頼んで作って貰っておいた物だ。

麦は粉にしないと食べられないから工程が多くて大変なんだよな……。でも、これも俺が穀物を食べる為だ！　頑張るぞ！

昼寝から目覚めた子供たちとわいわい騒ぎながら小麦を収穫する様子を思い描き、三日に一度魔法を掛けて早く成長させた、黄金色に色づく小麦畑を見回したのだった。

36　皆で麦の収穫をしてみました

麦の収穫の準備が終わり、家へ戻って寝ている子供たちの姿をそっと見回す。

何度見ても、子猫と子犬が毛玉になって寝ている姿は眼福だ。

家の入り口のすぐ傍で寝ていたフェイが俺の気配で目を開けたが、しーっと口に人差し指を持って行くと無言でそのまま目を閉じた。そのちょっとした動きで身じろぎしたセランが、隣のフェイのぬくもりを確認するようにすり寄ってそのまま寝息をたてるのが、とても愛おしい。

そうしてクー・シーの傍で、お腹を仰向けにして脚をピクピク揺らし、尻尾をたまにゆらゆらと動かしつつ寝ているクオンの姿が目に入る。

あまりのかわいさに、ついそっとそのもっふりとした尻尾をつついてしまったら、『ううーん』と寝言を言いつつコロンと寝がえりをうったが、そのまま寝てしまった。

くぅう――――っ！　か、かわいすぎないか、なあ、かわいすぎないかっ！　もう、たまらないのだがっ!!

今すぐにでももふり倒したい！　という欲望にわきわきする両手を抑えつつ、フルフル震えながら耐えていると、背中にドライの冷たい視線が突き刺さった。

うっ……。傍目から見たら、そりゃあ怪しいとは思うけど、でも、子供たちがかわいいのだからしょうがないだろうっ!!　決して俺は変質者じゃないぞっ！　ないからなっ!?

ドライの冷たい視線に耐えかねて、そーっと入り口へ引き返すと、丁度広場へ入って来たシェロと目が合った。

音を立てないようにゆっくりと階段を降り、広場の真ん中でシェロと挨拶を交わす。

「シェロ！　もしかして小麦の収穫の手伝いに来てくれたのか？」

『ええ。今日収穫すると子供たちに聞いたので。小麦は集落で作ったことがありませんので、参考までに手伝いに来ました』

クー・シーの集落で食べられているのは、主に森の果物と芋、それに野草と少しの畑で作っている野菜だ。菜食の精霊としては、小麦が気になっているようだ。

「小麦はなぁ。食べるまでに結構手間が掛かるんだよ。芋もお腹にはたまるけど、いずれはパンかお米が食べたいからな」

稲は元々地球でも自生していた植物なので、ケット・シーのシンクさんに探すのを頼んではある。でもケット・シーも活動範囲がそれ程広い訳ではなく、森の外での活動は近くの交流のある人の集落までなので、今のところ何の手がかりもなかった。

ドライアードに聞いてみたら、この世界にもそれっぽい植物はあると確認はとれたけど、この辺り一帯には自生していないようなんだよなぁ。はあ……お米がそろそろ恋しいな。

さすがに近くに現物がなければ、精霊に頼んでもどうにもならない。風に飛ぶような種で増えるなら無理を承知でシルフに頼む手はあるが、稲は種籾がなければ増えないと思うしな。

『そのパンという物は、確か小麦の実を粉にした物を加工して火で焼くものでしたか？　私達は火を使う習慣はありませんが、とりあえず食べられる状態へ加工するのを見学させて貰います』

「俺も自分で粉にしたことがないから、全部手探りの作業だけどな！　シェロが一緒だと心強いよ」

そうして収穫の手順をシェロに話していると、子供たちが起きてきた。

ああ、シェロ達クー・シーの集落の人達にはキキリのことを紹介してあるよ。最初は跪いて顔を上げてくれなかったけど、今はなんとか慣れてくれている。

俺の感覚が麻痺しているだけで、キキリは原初の竜の子供なので、精霊達にとっては崇める対象なのだ。


「じゃあ、まず小麦を刈るぞ！　根元から刈って、何本か束にして茎で縛ったのをここに並べてくれな！　その後穂を乾燥させてから脱穀する予定だ」

皆の前でとりあえずうろ覚えな記憶を頼りにやってみせてみる。洗濯物を干している物干し替わりの木の枝に、束の真ん中から分けて穂を下にしてかけて干すと完成だ。

確かこのまま二週間くらい干してから脱穀するとテレビで見た気がするが、今回は全部干すだけの干し場もないし、三分の一はドライに乾燥を頼む予定にしていた。

小麦の収穫について相談した時に、乾燥なら火と風で出来るからやってみると言ってくれたのだ。

どうせ適切な実の水分量など分からないし、どのくらい乾燥したら一番いいかの検証にもなるだろう。粉にして食べてみないと味に変化があるのかも分からないからな！

粉にするのに使うのは石臼だ。なんとなく覚えていた田舎の祖父母の家の物置にあった石臼の構造を説明して、これもドワーフ達に予め作っておいて貰った。

『『『はーいっ！（キャンッ！）（ミャッ！）』』』

念話と鳴き声、それぞれで応えてくれた子供たちは、新しいことに目をキラキラと輝かせている。

作業に参加出来ない、としょんぼりしているセランには、フェイと一緒に木の枝に干す時に他の子供達を背に乗せて貰えるか頼んでみた。

いや、一応ダメだろうな、とは思ったんだよ？　でも、何も参加出来ないとセランが残念がるのは分かっていたし、風の魔法で刈り取るのもフェイなら出来そうだが、セランにはまだ無理そうだったからさ。

そう思って小声で聞いてみたら、うれしそうにセランは『やる！』と言ってくれた。フェイもそんなセランを優しそうな目で見ると、しっかりと頷いてくれた。

うん、本当に皆いい子達だよな‼

それからは子供たちが楽しそうに刈り取り作業を開始し、そんな子供たちの声に寄って来たノームとスプライトも手伝ってくれ、そしてシルフもそっと風で補助をしてくれた。俺とシェロ、それにドライで皆を補助しながらどんどん刈り取っては束にして干して行く。

そのお陰でそれなりの広さの小麦畑の収穫は、夕方前には全て終わったのだった。

因みにキキリとクオンも、皆と一緒に楽しそうに収穫をしていたぞ！　ライも木の枝の干場で補助してくれていたしな！

ここからどうするのか、とキラキラと目を輝かせる子供たちの前で、立つと三メートル程になったドライが、座って皆の前で魔法を使ってくれることになった。

『じゃあ、危ないから手を出さずにそこで見ているんだよ？』

『『『『はーい！（キャンッ！）（ミャッ！）』』』』

羽で身振り手振り説明するドライに、子猫と子犬、それに他の子供たちが声を揃えて返事する姿がとってもかわいらしい。

目の前に穂を下になるように並べた小麦の束に向けて、ドライが『ピュイッ！』と一声鳴くと、熱すぎない温かな風が吹きつけた。

おおっ！　火花とか火だけでなく、いつの間にか温風も出せるようになっていたのか！　雨の日の洗濯物も乾かせるし便利そうだな……って、もしかして、泉で水遊びした子供たちを乾かして温める為に覚えたのか？　最近肌寒い日がたまにあるし、そういえばウィンディーネ達と一緒に子供たちを急いで乾かしてくれていたもんな。ドライはちょっと腹黒だけど、やっぱり優しいよなー。

遠巻きに囲むようにして並ぶ子供たちに温風が当たらないように火力を調整しつつ、一気に小麦の色が変化して行くのを見守る。

「うーん、もうそろそろ、かなぁ。確か水分が程よく抜けて、茶色くなってきたくらいでよかったんだったかな」

黄金色だった穂と茎が、渇いて茶色になって来たところでドライに止めてもらう。触ると、乾燥しているがカピカピという程でもなく、丁度いい頃のように思えた。

「よし、脱穀してみよう！」

皆が見守る中、布を敷いた上に用意しておいたドワーフ達に作って貰った脱穀用の板を立て、上から小麦の束を入れて引く。すると、少しずつ穂から実がぽろぽろと落ちた。

『『『おおおおー。落ちた——！（ニャンッ！）（ワフォッ！）』』』

何回か繰り返すと、すっかり実が落ちた茎の束を横の地面へと置く。すると、子供たちが一斉に『やりたい！』と言い出し、交代でやってみることになった。

子猫と子犬達は一人では小麦の束は持てないので、大きな子と二、三人で組んで交代でやって貰う。そこにノームとスプライト達も手伝いに加わり、また皆でわいわいと作業を進めた。

そうして親御さんたちが迎えに来る頃には、木の枝に干されたたくさんの小麦の束と、実と茎に分かれた小麦の山が出来上がっていた。

その日の作業はそこまでとなり、粉にするのもやりたい！　と言われたので翌日にまた皆で一緒にやることになり、俺とアインス達、それにキキリと今日はお泊りのクオンは楽しそうに帰る皆の姿を見送ったのだった。

37　冬の準備を始めるようです

麦の収穫を終えて子供たちを見送った後は、後片付けをしてから夕食の準備にとりかかった。

「アインス達とキキリには焼くけど、クオンも焼いた肉を食べてみるか？」

『キャンッ！　た、食べる！　おにく、焼くの！』

今日はクオンの初めてのお泊りなので、皆が帰って辺りが暗くなってもこの場所にいることに興奮しているのか、さっきからずっとはしゃいで跳ね回っている。

「よし、わかった。今から支度するから、クオンはいい子でキキリとアインス達と待っていてくれな」

『キュウッ！』

『ギャウッ！』

俺の言葉を聞いて、キキリがクオンと一緒にあちこち案内し出したのを見送り、いつものように肉の準備にとりかかる。

クオンは狐なだけに雑食で、果物も肉も何でも食べる。お昼は母親に持たされた果物が多いが、皆が肉を食べるのでクオンも肉が食べたいかもしれないと思い聞いてみたのだ。

『キャウゥ？』

『ギャギャウ！』

台所で二人のやり取りするかわいい鳴き声を聞きつつ、どんどん肉を焼いて行く。

するといつしか鳴き声が聞こえなくなり、後ろを振り返るとアインス達も含めて全員が涎(よだれ)をたらさんばかりに並んで待っていた。

「今日は新しいことをしたからお腹減ったか？　おかわりはあるから、存分に食べてな！」

『待っていたぞ、イッキ――！　お腹減ったぞ――――！』

『おうっ！　早く肉をくれ！』

前のめりになるアインスとツヴァイを押しのけて、いつものように台に大きな皿を載せ、その上にどんどん焼いた肉をおいた。

「キキリとクオンはこっちな。小さく切っておいたから、おかわりが欲しい時は言うんだぞ」

『キャウッ！』『ギャウッ！』

二人揃った鳴き声の返事に、思わず笑ってしまった。

それからもどんどん肉を焼き、最近は少なめになっていた肉の量も、今日は以前と同じくらい焼き続けたのだった。


皆が満足するまで肉を食べ終えた後、自分の夕食を用意して食べていると、お腹いっぱいになって眠くなったのか、寝ぼけまなこのクオンが俺の足をテシテシと叩いた。

「お、もう眠いのか？　先に寝ていてもいいぞ？」

『う、ううん。膝！　膝でちょっと眠る……』

少しだけ大きくなったクオンを抱き上げて膝に乗せると、のそのそといい場所を探してくるくる回った後、丸くなって尻尾に鼻をうずめ、すぐにスースーと寝息を立てだした。

か、かわいすぎるやろぉおっ！　な、なんだ、これ。これは、何て天国ですかっ！

思わず呼吸が荒くなり、目を見開いて膝の上のクオンの姿を凝視してしまった。

『……イツキ。さすがにそれはダメだ。変態だよ、変態。アインスかツヴァイに言って、ちょっと背中に乗せて崖下まで駆け下りようか？　そうすれば頭も冷えるだろうし』

ドライの冷たい声に、反射で正座しそうになったが、膝の上にクオンがいるのでガバッと頭を下げた。

「……すいません、止めて下さい。俺が悪かったよ。クオンがあまりにもかわいくて、つい……」

『キキリ、頭に乗っていいですよ。で、クオンに怪しい目を向けたら頭を叩いてやりなさい』

『ギャオッ！』

キキリの返事のすぐあとに、肩と下げていた頭にずっしりとした重みが乗った。

……なんか俺の扱い、ひどくないか？　いや、確かにさっきはちょっと変態っぽかったと、自分でも思うけど。

結局そのまま夕食を食べ終え、しばらくクオンを寝かせてから体を濡らした布でふき、皆で一緒に寝たのだった。

因みにクオンは俺の腕の中がいい、と言って俺の腕の中で寝たが、朝起きた時には、何故か俺の顔の上にお腹があった。ついムフーと吸ってしまい朝からドライに冷たい目で見られたが、これは仕方ないと思うのだ！

翌日は子供たちと石臼を交互に回して小麦粉を引いた。出来上がった小麦粉は真っ白とは言えなかったが、ドライの乾燥具合が丁度良かったのか、うどんを手探りで作って食べてみたがもちもちとしていてそれなりに美味しかった。

それから二週間後に自然乾燥させた小麦も脱穀して粉にし、しっかりとマジックバッグへ保管した。

その間にもどんどん気温は低くなり、たまにポツポツ雨が降る日などは、ローブとマントを纏っても寒いくらいだった。

子供たちは自前の毛皮があるからか、元気に走り回っていたけどな！

このまま冬を迎えたら、家も風通しが良すぎるしどうしようか、と思っていたある日、ドワーフ達が大勢で訪れた。

「今日はどうしたんだ？」

『このまま冬になったらさすがに寒いだろう？　家の壁を塞ぎに来たんだよ！』

「冬支度の為にわざわざ来てくれたんですか！　ありがとうございますっ!!」

朝聖地へ行って日課をし、昼食を食べて子供たちが昼寝から目覚めた後は、アインス達三人がいる時は森へ散歩に行っている。その時に果物を収穫したり、野草を採ったりしながら薪用に乾いた枝や倒木もマジックバッグへ保管しておいたので材木の心配はない。

その木を広場に並べつつ、ドワーフ達一人一人にお礼を言うと、豪快に笑いながらまた美味い飯と酒と面白い話を聞かせてくれ！　と言われた。

ううう。精霊達は皆優しいなぁ。なんか本当にありがたい。

毎日の畑の世話もスプライトやノーム達が手伝ってくれているし、洗濯にはウィンディーネやシルフ達がそっと手を貸してくれている。

俺のここでの生活に、精霊達の助けはなくてはならない物になっていた。

『おう、そうだっ！　なんかケット・シーどもが、どうしても布が手に入らないって言っていたからよ。俺達と小人らとで一緒に作った布も持ってきたぜ！　あと毛皮も小人らに鞣(なめ)して貰って来たぞ！』

「えっ、布まで作ってくれたんですか！　ありがとうございますっ！　それに毛皮も。小人さん達には後でお礼に果物と素材を用意しますから、持って行って下さい！」

ケット・シーのシンクさんに頼んでいた着替えや下着、それに防寒着、または布の入手の交渉は難航し、結局人の集落での入手は出来なかった。今の情勢では集落では食べるのが精いっぱいで、布を織る為の糸さえも入手困難な為、布はとても貴重品らしい。集落の人もボロボロの古着を使い回しているのだそうだ。

……俺は一度もこの世界の人と接したことはない。だから人里の暮らしぶりも知らないが、かなり物資が乏しいのだろう。この世界に来てから神獣や幻獣、精霊としか会ってないから、ずっと戦乱が続いていると神獣達から聞いていてもほとんど実感なんてなかった。でも……。

マジックバッグに入っていた物から中世ヨーロッパよりも時代的に文明は進んでいると思っていたが、続く戦乱に技術が失われてかなり後退していそうな感じだ。シンクさんが最近また集落の近くの街で戦いがあったと聞いたと言っていたので、俺が想像していたよりも遥かに長い期間この世界では戦乱が続いているのかもしれない。

日本に生まれ育ったから戦争のことは遠くのことで自分とは関係ない、と思っていたから実感がなかったんだよな……。でも、テレビで見た中東の混乱を思えば、地球だって生活している国によって生活水準には歴然とした差があったよな。

シンクさんから集落の話を色々聞いた時に、この世界で戦闘技術を持たない普通の人は生きにくいだろうな、と予測はしていた。ある意味、俺はアーシュにすぐに発見されたから、今もこうしてのんきに生きていられたのだろう。

なのでそんな貴重な布なら人里から手に入れるのは今後も無理だと断念して、最近ではアーシュが持って来てくれる獲物をそれなりにキレイに解体出来るようになったので、毛皮を鞣してくれる人はいないかドワーフ達に頼んでいたのだ。

そうしたらドワーフ達の住んでいる洞窟の近くで、ドワーフと同じで物作りが好きで手先が器用な精霊の小人、トントゥ達が暮らしていると聞いたので、十枚渡して二枚鞣した毛皮を貰う、という取引をお願いして貰っていたのだ。

なんといったって毛皮だけは山程あるからな！　脂肪を剥がして水でよく洗うまではなんとか出来たが、肝心の鞣しがな……。マジックバッグがなかったら、腐らせて廃棄するしかなかったし。

うろ覚えの知識を引っ張り出しても、毛皮の鞣しには何かの木の実だか何かを浸した液を使うことだけは思い出したが、それ以上は無理だったのだ。

凍えずにすむように、鞣してもらった毛皮でどうにかコートか何か作らないとなぁ。服なんて自分で縫ったことはないけど、冬の間に頑張ろう。あと半月もすると、雪がちらついてもおかしくないってアーシュにも言われたし。

ここがフェニックスであるアーシュの守護地なだけに、周囲よりは雪が降る期間はそれ程長くはなく、何メートルも積もることはないと聞いたが、それでもここが高い山の上には違いがない。冬支度を出来る限りはしておくべきだろう。

……確か俺が落ちて来たのは春頃だったよな。冬を越えればもう一年、か。早いような、遅かったような。

ドワーフ達がわいわいと作業するのを見ながら、ぼんやりと今までのことを思い出していたのだった。

38 雪がちらつき出したようです

ドワーフ達による家の改装は、二日で終了した。

寒くなりドライアードの大木の葉が落ちて空いた隙間を、枝の高低差に合わせて細かく垂木を足して野地板を渡して屋根を広げる。更に枝と枝の間の上下の隙間には板を蔓で枝に結んで下げることで、ほぼ完全に隙間を塞ぎ、隙間風が入るのを防いでくれたのだ。

その分陽ざしが入らなくなって薄暗くなるので、明り取りの小窓を天井近くに設置してくれた。これも窓に覆いをつけることで、直接雨や風が入らないように工夫してくれている。

それと外の竈とテーブルのある台所に、東屋のように柱を建てて屋根を付けてくれた。雨期は室内の壁と床の間の土間に設置した小さな竈で肉を焼いていたが、これなら大雨や大雪でなければ外で肉が焼けそうだ。

今回もさすがドワーフだ！　という職人仕事で、素晴らしい完成度だった。

改装工事が終わった後は当然のように宴会となり、ドワーフ達へのお礼に作っておいた果実酒を放出したらとても喜んで貰えた。

果実酒は最初の頃はマジックバッグに入っていた空き瓶を使い、たくさん果物を見つけた時に少しずつ仕込んでいた。今回は寒くなり始めた頃に森で大量にリンゴに良く似た味の果物を見つけたので、シードルを目指して大き目の樽に仕込んでみた物だ。

シードルを飲んだことがある俺としては酸味が強く、濁りが有って味はいまいちだと感じたが、ドワーフ達には今まで飲んだことのない酒だととても歓迎された。このリンゴに似た果物の木は畑の外周に何本か植えてあるので、何年後かの収穫が今から楽しみだ。

因みに酒用の樽は注文していないのに、ドワーフ達が頼んだ物を納品しに来た時に毎回ついでと言っては小さい物から大きい物まで置いて行くのだ。

ドワーフ達の期待に応える為にいつか蒸留酒やブランデーも作ってみたいが、今は蒸留するだけの酒を仕込めないのでまだ秘密だ。絶対騒ぎになりそうだからな！

そうこうして畑の野菜の収穫も一段落し、ケットシー達に頼んで手に入れて貰った冬にも強い野菜の種蒔きを終えた頃、あまりの寒さに目を覚ますと雪がちらちら舞っていた。

「おお、寒いと思ったら初雪かー……。さすがにいくら浅瀬でウィンディーネ達が配慮してくれていても、もう水遊びは無理だよなぁ。花畑の方で遊んで待っていて貰うか」

寒さからか起きだすのが遅いアインス達の傍から出ると、暖かな羽毛との落差にぶるりと震える。もそもそと鞣してもらった毛皮で作ったポンチョ風のマントを纏い、屋根がついた台所でいつものように肉を焼いた。

そうして朝食を食べ、子供たちを待っていると。

「そっかぁ。サシャは卒業かぁ」

『うん。これから、頑張って家の手伝いするの』

しっかりと歩き、はっきりと話せるくらいまで成長すると、子供とはいえ手伝い要員となる。そのことはシェロからもシンクさんからも予め聞いていた。

「寂しくなるけど、手伝い頑張ってな！　でも、いつでも遊びに来ていいんだからな？」

『うん！』

最初の頃の幼さがなくなりしっかりと話すサシャの成長をうれしく思いつつも、別れを寂しく感じてしまう。笑顔のサシャの頭を名残惜しく思いながら撫でると、うれしそうに耳をぴぴと動かした。

ケット・シーの集落がある地はここよりも寒く、もう雪が積もり出しているそうで、明日から春までここに子供を預けに来るのはお休みになるそうだ。

そんな話をシンクさんとしていると、クー・シーの集落から子供たちがやって来た。

クー・シーの集落はここから近いので、雪が積もった時に来ないくらいかな、と思って付き添いで一緒に来たシェロに聞いてみると。

『冬は大人も森での作業が減るので、集落で家の修繕や新築をしたりするのです。だから子供たちはこれ以上寒くなったら、預けに来る日はあまりないかもしれません』

クー・シーの集落では、普段は森へ食べ物を交代で採りに出たり、森の見回りをしている。でもやはり冬は動物も冬眠に入るし、森の食べ物も少なくなるので見回りの人数も減るそうだ。

「そっかぁ。親とずっと一緒にいられた方が子供たちもうれしいよな。晴れた日とか、たまには遊びに子供たちを連れて来てくれな！」

なんだか子猫や子犬達がいるのが日常で、アインス達とキキリはずっと一緒なのに他の子供たちが来なくなると思うと無性に寂しくなってしまった。

ただその後神獣、幻獣の子供たちは訓練の都合によっては休む日はあるが、冬だからと休むことはない、と言われて安心してしまった。まあ、雪の積もり具合で休む子はいるだろうけど、誰かは来ると思うと、不思議と先ほどよりも寒さが薄れた気分だ。

日本で働いていた日々よりも、今こうして子供たちとのんびり過ごす毎日の方がとても充実している。そう気づいた時に、最初は子供を預かるなんて、と思ったが案外自分に向いていたのかもしれないと思い始めていた。

最後だからと俺の腰下まで成長したサシャと仲良く手を繋いで泉へ向かい、今日は寒いから泉の周囲で遊んで待っていてくれるようにアインス達に頼んで世界樹へ向かう。

『今日は最後だし、一緒に行ってもいい？』

「お、サシャ。勿論だよ。じゃあ、一緒に行こうか。ただ無理だと思ったらそこで待っているんだぞ」

『うん！』

ケット・シーやクー・シーの子供たちは、世界樹は畏れ多いと泉より奥へは近づかないのだ。俺には分からないが、精霊には世界樹から放たれる後光のように輝くオーラが見えているらしい。

だから無理していないか、とサシャの顔を伺ったが、顔の表情からは軽い興奮しか感じ取れなかった。

手を繋いで話しながらゆっくりと世界樹へ向かうと、いつもの場所の少し手前でサシャの足が鈍ったので止まり、そこからは一人で向かう。

世界樹の葉を頂いてから、効率良く世界樹へ魔力を注げる気がして魔力を注ぐ時には手に持つことにしている。

マジックバッグから取り出した世界樹の葉を手に、いつものように目を閉じる。

そこで思い描いたのは、雪が舞う中でも葉っぱを広げ、冬の曇天の隙間から注ぐ柔らかな陽ざしで光合成をする世界樹の姿だ。

もう今朝ちらついた初雪は止んでいたが、何故か心にその光景が浮かび上がったのだ。

ああ……。透けた幹に雪の白さが映って、とてもキレイだ。

自分の頭の中に描いた光景にぼんやりと見とれながら魔力を注いで目を開けると。

「うをっ！　こ、今度は白いっ!!　……けど、キレイだな」

世界樹の葉を貰った時のように激しくキラキラしてはいないが、ぼんやりとした白い淡い光が優しく輝いていた。心なしか世界樹の幹も、淡く光っているようだ。

光が止むまでそんな光景に見入った後、戻ろうとサシャの方を振り返ると。

「サ、サシャ、どうしたんだっ？」

『……今、とても神聖な光がパアッて世界樹から放たれたの。その光が神々しくて、立ってはいられなかったの』

座り込み、土下座するかのように頭を下げているサシャに、慌てて近寄る。

「ええっ！　確かに今日は白っぽく輝いていてキレイだったけど、そこまで強く光ってなかったし神々しいって感じとは違ったような？」

そうして二人で顔を見合わせて、お互いに見えた光景を話し合ってみると。

どうやらサシャには俺が見ていたような光の煌めきではなく、世界樹のオーラが光を放ってぶわっと膨張し、パアッと辺りに広がった光景が見えたようだ。

これも精霊との違いなのかな。セランやクオン、それにキキリには俺と同じ物が見えていたみたいだし、精霊だと世界樹の感じ方が違うのだろうな。

それがなんとなく気になって、サシャと手を繋いで皆の方へ歩きながら聞いてみると。

「なあ、サシャ。アーシュに言われて日課として世界樹に魔力を注いでいるけど、精霊的にはどう感じているのかな？　世界樹に不敬だ、とか思われていないか？」

『ううん、全然！　お兄ちゃんが畑に掛けている魔法の魔力は、いつも心地いいってスプライト達も

言っているよ？　世界樹様だってとっても喜んでいるように見えたよ』
「そうか。そう言って貰えると、うれしいな。じゃあこれからも日課、頑張るよ」
これから迎える冬は、子供たちが少なくて寂しいと思っていたけど、なんだか寒い中でも聖地へと日課に通うことが苦にはならなさそうだ、とそう思えたのだった。

39　雪と共に新しい子が来たようです

「今日はロトムとクオンとライだけだったな。じゃあ、キキリと俺と五人でのんびり世界樹まで行こうか」

『『ガウッ！』』『キャウッ！』『ピュイッ！』『ギャッ！』

見事に揃った返事と、返事と同時に上がった前脚に、身もだえずにいられなかった。

初雪がちらついた日から半月。最近では毎日のように雪が降るようになった。それにつれて預けられる子供たちは少なくなっている。

今朝は弱まったが昨夜から雪が降り続いているので、今日はセランとフェイ、それにクー・シーの集落の子供たちもお休みだ。

アインス達は雪の中でも飛行訓練はやっているので、最近雪が降った日は大体このメンバーにアインス達がいるかどうかになっている。

「結構積もっているなぁ。聖地は大丈夫だろうけど、足下に気を付けるんだぞ」

この四人は大きさ的には、ロトムが大型犬サイズ、クオンが中型犬サイズ、それにキキリはずっと変化はなく小さめな中型犬サイズだ。ライは鳩サイズから小さめな鳥程に成長している。

育てばライ以外は三メートルを超えるサイズになるので、今のところは順調に成長しているようだ。

通路に積もった三十センチほどの雪を踏みしめながら、ザクザク聖地へと進む。

俺が踏んだ深い足跡にわざと嵌(はま)ってピョンピョン飛んで歩くクオンの横で、キキリが自分の重みで沈んだ雪をそのままお腹で押して力強く進む姿が微笑ましい。

大きくなったロトムは、積雪に足をとられることなく楽しそうに進んでいる。次々と下の子が預けられるようになり、年上としての自覚からか、あっという間に双頭のバランスがとれずに転がることもなくなっていた。かわいいロトムが見られなくなってしまって、ちょっとだけ寂しい。

『ピィ……寒い』

「お、ライ。やっぱり雪も降っているし、飛んでいると寒いよな。ほら、俺のフードを開けるから、ここに入るといいよ」

『あり、がと』

ライは寒くなり始めた頃から、大分安定して飛べるようになっていた。ただ雨の日や風が強い日、こうして雪が降る日などはまだ不安定になってしまうようだ。

頭の脇に飛んで来たライに、被った毛皮のローブのフードを広げ、肩へととまらせた。そして上からフードを軽く被る。

『あたたかい……』

「ふふふ。ライがくっついていると、俺も温かいよ。日課が終わるまでは、ちょっと我慢していてくれな」

すりっと頬にすりよるライの柔らかな羽毛の感触に、アインス達の小さかった頃を思い出して笑みがこぼれた。

『キャウゥ……いい、な。わたしも、抱っこ！』

「いやクオン、雪で足下が悪いから転んじゃうかもしれないし、抱っこは後でな」

『ええ――――……』

『ガウッ！』『わがまま、ダメ』

『むぅー。わかった』

クオンは相変わらず甘えん坊だが、最近ではずっと抱っこして歩くにはつらい大きさに育っているのだ。

キキリにポンポンと慰められたクオンが、また気を取り直してピョンピョン飛び跳ねだした。

オルトロス、九尾の狐、それにサンダーバードは主にする属性はあるにはあるが、どちらかというと複合の属性になる。

オルトロスは闇だが、闇は全てを内包する属性な為、全てをバランス良く訓練しないと成長に繋がらない。

九尾の狐は属性的には火だが、狐火はどちらかというと幻がメインなので、こちらもバランス良く全ての属性を成長させることが必要となる。

そしてサンダーバードはいうまでもなく雷だが、雷は火と風の複合属性なだけに全ての属性のバランスが肝心なのだ。

キキリは全属性の竜なのでどれだけ頑張っても成長には何十年から何百年は掛かるので、こうして改めて考えてみると、今日のこのメンバーはしばらくこのまま一緒に過ごせるのかもしれない。

まあ、子供たちからしたら、早く成長して成獣したいと思っているかもしれないけどな！

楽しそうに揺れるロトムとクオンの尻尾を見て和みつつゆっくりと歩き、聖地へ到着すると聖地の花畑も真っ白に染まっていた。

ただ積雪はそれ程ではなく、雪に埋もれることなく真っ白の花が変わらずに咲き誇っている。

本当に聖地はいつ見ても幻想的な光景だよな……。でも、冬が一番好きかもしれないな。

真っ白な花畑にしんしんとふり積もる雪を見ていると、どこか犯しがたい神聖さが漂い、物音を立ててその静寂を破るのを一瞬ためらってしまう。

じっとそんな光景を見つめる俺を、子供たちもそっと見守ってくれていた。

「よし、じゃあ、行こうか。ありがとうな、待っていてくれて」

足跡も何もない真っ白な世界へ一歩を踏み出すと、ピョンッと横をクオンが駆け抜けて行った。

『あっ！　クオン、待って！』『俺も行く！』

そこをロトムが追って駆けて行き、そんな二人を微笑ましく見送って、俺は残ってくれたキキリと一緒にライを肩に乗せたままのんびりと歩いていると。

『ガウガウガァッ!!』

今まで聞いたことのない鳴き声を上げつつ、ビュンッと目の前を白い何かが横切って行った。

「ん？　今、何か横切ったよな？　キキリは見えたか？」

『ギャウゥ。ギャギャ！』

ふむ。キキリには見えたけど、危険がない相手だったみたいだな。

キキリは俺の護衛に、というだけあって気配に敏感だ。以前俺が全く気付かずに蜘蛛の巣に突っ込みそうになった時にも、上から襲って来た大きな蜘蛛をあっさりと倒していた。当然蜘蛛の気配なんて、俺にはさっぱりだったが。

そんなキキリが慌てていないのなら、大丈夫なのだろう。

とりあえずそのまま歩いていると、周囲を走っていたクオンとロトムがさっき見た白い影に向かって行っていた。

「ありゃ。キキリ、あれは大丈夫だよな？」

『ああ、大丈夫だ。まだ生まれてそれ程経ってないが、雪の上なら遅れをとらんよ、俺達は』

キキリに尋ねたのに、キキリとは逆側から返って来た答えに、これも前に同じことがあったよな、と思いつつ、そーっと振り返ると。

そこにいたのは、顔の大きさが俺の身長程もある白銀のもっふもふの毛並みの狼、フェンリルだった。

うわぁっ！　さ、触りたいっ！　絶対今までで一番ふかふかな感触を味わえそうだっ！

鋭い銀の瞳のことは気に掛けず、冬毛なのかもこもこの毛並みに見入ってしまった。

『おいっ、こら、そう興奮するなって』『落ち着け！』

『キャウッ！　待つのっ！』

『ガウッガウッ!!』

ついフラフラと近寄りそうになった瞬間、子供たちの鳴き声が聞こえてそちらの方を振り返ると。

『ほおう。楽しそうにはしゃいでおるな。これなら預けても大丈夫そうだ。俺はフェンリルだ。フェンリルは基本雪がある場所で暮らす。だからこの季節しか子供を預けられないのでな。ここだとあと約二か月、といったところか。その間は置いて行くから、面倒を見てやってくれ』

「えっ、もしかして今日からですかっ!?　あ、あの、お子さんの呼び名は……」

『ああ、そうだったな。ここに連れて来る前に呼び名はつけたのだ。ハーツという。食事は肉だ。雪が降らなくなる頃、迎えに来る。では頼んだぞ』

「えっ、ちょっと！　お子さんに、ハーツに何か声をって、もういないっ!!」

お互いの尻尾を追いかけて二匹でくるくる回っているクオンとハーツのかわいい姿に一瞬目を奪われている間に、確かに先ほどまで横にいた筈の姿が消えていた。

「いっつも思うんだけど、子供を預けるって、育児放棄とは違うんだよなっ!!」

子供を大切にしていることは分かっているが、心の内で思っていた言葉がつい口から出てしまったのは、仕方がないと思うのだ。

少し強くなってきた雪が舞う中、うれしそうに高速で走り回ってはしゃいでいるワンコにしか見えない新しい同居人となる狼の元気いっぱいの姿を、ぼんやりと眺めつつ遠い目をしてしまったのだった。

40　雪遊びをしてみるようです

興奮して走り回るハーツを落ち着かせて自己紹介をするまで時間が掛かり、それだけでお昼前になってしまった。

「俺はイツキだよ。これから冬の間は一緒に暮らすことになるから、よろしくな！　ロトムとクオン、それにライは夜は家に帰るけど、キキリは夜も一緒だよ。家には他にもフェニックスの子供たちがいるから、後で紹介するな」

『ワオンッ！』

お座りして尻尾を高速回転させて雪を飛ばしまくっているハーツは、狼というよりも見た目はまんまサモエド犬だった。

子供特有のむくむくした体に、真っ白のふかふかの毛が冬毛なのかかなりもっさりとしていて、その毛の分膨らんでころころとしている様がとてもかわいらしい。

そうはいっても狼なので大きさはクオン程だが脚は太くてがっちりしているし、目だけ見れば鋭い。でも、今もお座りしながらもはずむように首を左右に楽しそうに振っている姿は、かまってかまってと訴えているサモエド犬の子犬にしか見えなかった。

思わず手を伸ばして頭を撫でたら、ふさぁっとした感触が地肌に近づくにつれてふかふかな手触り

に埋もれ、もうたまらん！　とそのまま抱き着きながら全身でもふもふしてしまった。

　すると、最初は楽しそうに『キュンキュン』鳴いていたが、次第に興奮したのか、気づくと押し倒されて顔をべろんべろんに舐められていた。

「うわわっ！　ちょっ、ちょっと待てって、ハーツ！　……もう、目が開けられないからっ!!」

　俺が撫で始めた頃から何かを感じたのか、しっかりライは飛んで避難していたぞ！　でも、おいっ！　見てないで助けてくれっ！

　そう思ってチラチラとキキリ達の方を見ているのに、キキリは澄まして見ているし、ロトムは座ってブンブン尻尾を振っている。あれ、次は俺の番！　とか思ってないよな？　そしてクオンは……。

『キャウゥウッ！　ず、ずるいっ！　私もまざるのっ!!』

　俺が撫でている時から落ち着かずにちょろちょろ動いていたクオンがそう叫ぶとピョーンッと飛んで俺の腹の上に着地し、ハーツの隣に顔をねじ込んで俺をペロペロ舐め出したのだ！

「お、おいっ、やめろ、やめろってばっ!?」

　結局、ハーツとクオンが満足するまでそのまま舐められ続け、起き上がった頃にはすっかり雪が積もっていたのだった。

　雪をなんとか魔法で溶かして顔を洗い、まだ落ち着かないハーツを連れて世界樹に魔力を注いで家に戻ると、聖地よりも雪が積もっている広場にまた興奮したハーツが走り出し、それにつられたのかロトムとクオンまで駆け出した。

「……なあ、キキリ。皆元気だなぁ。もしかしていつもは運動足りていなかったのかな？」

寒くなるまでは泉で水遊びしたり、その後も聖地の花畑で走ったりしていたが、ここでの遊びといえば畑仕事か森への散歩くらいだった。それもこのところの雪でほとんど行けていない。

いや、最初は色々考えたのだ。遊びといえば追いかけっことかかくれんぼ、それに缶蹴りとかな！

でも、子猫と子犬達もいるから大きさに差がありすぎて追いかけっこは無理だし、かくれんぼも小さい子達がどこに入り込むか……。缶蹴りも同じ理由で無理だし、なら、だるまさんがころんだとかはどうか？　と提案したら、まだしゃべれない子は鳴き声なので、動きを止める、という説明も小さい赤ちゃんたちには難しいだろうってドライに言われて断念したのだ。

ああ、でも、ドライとツヴァイに縄を嘴で回して貰って、皆で大縄跳びなんかいいかもしれないな！温かくなって皆が揃うようになったら提案してみようかな。でも今は冬だし……。ああ、でもこのメンバーなら雪遊びするのもいいかもな！

「おーい、皆！　ただ走っているなら、どうせなら雪遊びをしないか？」

『雪』『遊び？』

『キュ？　雪で、遊ぶの？』

『ピィイ？』

『ギャウゥウ？』

『クーーーン？』

声を掛けると、ピタッと止まって皆で揃って小首を傾げる姿が、もう……。くうぅ。うちの子達、かわいすぎるよなぁ。

「そうだよ。雪合戦……は、俺が危ないから、そうだ！　かまくらを作ろう！　皆で入ったら温かくていいよな！」

おおきなかまくらの中でちびっこもふもふ達がじゃれて遊ぶ姿を想像しただけで、かわいさに悶えそうになる。雪ダルマもいいけど、やっぱりかまくらだよな！

『かまくら』『って何だ？』

『入るー？　何に？』

『雪、なのに？』

『ギャーウ？』

『アウン？』

あああ、また……。かわいさに、もう既に俺の心はぽっかぽかになったがな！

「かまくらはね、雪をたくさん積んで固めて、そこに穴を掘って中に入れるようにしたものだよ。えと……これの大きいのを皆でここに作るんだ。どうかな？」

口でどう説明していいか迷って、しゃがんでその場で小さなかまくらの見本を作って見せる。寄って来た皆が囲んで、ふんふんと頷きつつ見ている姿もかわいい。

『やる！』『やるぜ！』

『おもしろそうなの！　やりたいっ！』

『……僕にも、できる？』

『ギャウギャウッ!!』

『ワンッ、ワンッ！　ハフハフ、ワンッ!!』

「ライには、空から監督をして欲しいんだ。こういう形じゃないと、崩れちゃうからな。しっかりと上から見て、皆に指示を出してくれな！」

『ピィッ！　や、やるっ！　僕、がんばる』

自分も一緒に出来ると聞いて、興奮したライが『ピィーイ』と鳴きつつあちこち飛び回る姿を見て和んでから、号令を掛けた。

「よーし！　じゃあ、ロトムとクオン、それにハーツは向こうから雪をかいてこっちに寄せてくれ。キキリは皆が集めた雪を押してここに積んでいってくれな。そしてライはその監督だ！　細かい場所は俺がやるから、積み終わったら皆で穴を掘るぞ！　よし、やるぞ――――！」

『『『『お――――っ!!（ワンッ!!）』』』』

おー！　と右手を上げて号令すると、皆も揃って右脚を上げて返事をしてくれ、かまくら大作戦の開始となったのだった。


それからは大騒ぎだった。ロトムは戦車のように広場中の雪をかいて集めて来てくれたが、クオンとハーツは途中で雪をかくのが楽しくなったのか、しっちゃかめっちゃかにあちこちで雪かきをし出し、それをキキリが走り回って集めてくれた。

その雪を俺が固めながら積んでライの指示のもと土台を丸く形を整えていると、飛行訓練から戻って来たアインス達に『昼食！』と言われてご飯となった。

昼食後はキキリとアインス達以外の子供たちは興奮して疲れてしまったのかすぐに昼寝に入り、その間にアインス達に説明して、重ねた雪の表面を少しだけ溶かして固めるのを手伝って貰った。

そして昼寝から目が覚めた子供たちが次々と作業に戻り、なんとかアインス達もかがんで寝そべれば入れるくらいの小山に雪を積み上げた。

「よーし、次はここから掘るぞ！　掘る場所の雪はあまり固めていないけど、硬いから爪を剥がさないように気をつけてな。あと外側はある程度の厚さを残して掘るように指示するから、興奮して張り切りすぎないように！」

『『『『『『お————っ!!（ワンッ！）（ギャウっ！）』』』』』』

最初に雪山に飛びついたのは、ハーツとクオンだ。二人は小さいので一番下を雪かきのように前脚で掘って行く。その二人をまたぐように上をツヴァイが嘴で高速でつついて掘り、その隣で下はロトムとキキリが、上はアインスが掘り始めた。

「ライも監督お願いなー。変な方向に掘り進み出したら警告してくれな」

『ピュイッ！』

疲れたら抜けて休憩しつつ交代で掘り進め、暗くなる前に無事にかまくらは完成した。

ただ高い場所をキレイに掘るのはさすがに無理だったので、アインス達は一人が寝ころんで入るのが精いっぱいの大きさとなったが、アインス達以外は全員入れる大きさだ。皆でぎゅうぎゅうにくっついて入ると、何故か楽しくなって笑ってしまった。

そうしてロトム達にお迎えが来て皆が帰った後、夕飯を食べて寝るか、となった時、ハーツは寝る

のも雪の上がいい、ということで、結局かまくらはハーツの寝床に決定したのだった。

あのもっふもふな毛並みを抱きしめて寝られないのは残念だったけどな!!

41　皆でお泊りするようです

皆でかまくらを作った日の翌日も雪がちらつき、今朝は久しぶりに雪がやんでいた。

ここら辺でこれだけ雪が降るのは珍しい、とアーシュが言っていたが、かまくら作りでほぼ雪がなくなった広場もまた雪化粧したのでハーツが喜んで走り回っている。

かまくらを皆で作ったのが楽しかったのか、昨日ももう一つ隣に小さめのかまくらを作った。そしてそちらがハーツの寝床となり、最初に作った大き目のかまくらは皆の遊び場となっている。

「お、クオンとキキリ、それにライもかまくらで食べるのか？　じゃあそっちに運ぶなー。ハーツも走ってないで、ご飯だから戻っておいでー！」

『『『わーい！　（ギャウッ）（ワンッ！）』』』

今日もセランとフェイはお休みだ。クー・シーの集落の子供たちもこの積雪が溶けるまではお休みだろう。だから今日も通って来たロトムにクオンとライ、それにキキリとハーツにアインス達三人といったメンバーだ。

雪が降らなくなるまでは、ほぼこのメンバーになるのだろうな。フェイは最近では軽く浮けるようになったと言っていたから雪でも平気だろうけど、セランが雪の中を跳ねまわるには、ちょっとまだ幼いからなぁ。

「じゃあアインス達の肉はここに置くな。おかわり分は今焼いているから！」

アインス達の前に、いつもの大皿にドン！　と肉を山盛りにし、子供たちの個別に用意した昼食を木の板のお盆にのせてかまくらへ運ぶ。入り口から覗くと、皆が身を寄せ合って、キラキラした瞳でご飯を待っている姿がかわいい。

「じゃあ、ロトムとクオンとキキリ、それにライとハーツのご飯はこれな。慌てないで食べるんだぞー」

『『『『うん！　（ギャウッ）（ワンッ！）』』』』

皆がうれしそうにご飯を食べだす姿を見守ってから、台所へ引き返してまた肉を焼いた。

そうして子供たちが食べ終わってから自分の昼食を作って食べていると。

いつかのようにクオンが目をしょぼしょぼさせながら俺の膝に飛び乗って来た。最近では自分で飛び乗れるようになったので、撫でて欲しい時などはこうして飛び乗って来るのだ。

「クオン、眠いならかまくらか部屋で昼寝しておいで。どうせ今日は皆でお泊りだし、まだ時間がたっぷりあるんだから」

『ん――。お泊り、みんな一緒、うれし……キュー』

膝の上でくるくる回ることなくそのまま丸まって寝てしまったクオンに、これはかなり眠そうだとそのままにしてご飯を食べ終えた。

そうして食後の片付けの為にそーっと膝の上のクオンを抱き上げ、そのまま揺らさないようにかまくらまで運ぶと、丸まって寝ているロトムとお腹を出して眠っているハーツの隣に毛布を敷いてその上にクオンを寝かせた。それを見ていたキキリが、クオンにそっと寄り添ってくれた。

そのままキキリに目線でクオン達を頼み、寝ていなかったライを連れて台所へ戻る。

「ライは今日は昼寝をしないのか？　眠くないか？」

『ねむく、ない。ドライに、飛び方、教わる！』

ライは俺の顔の横をスーッと飛んで、食事用のテーブルへストンと着地した。

「ライの飛び方はどんどん上手になっているよな、ドライ」

『はい。空中での静止など、今でもアインスなんか苦手ですよ。きちんと静止も出来ているし、この短期間にかなり上達していますね』

最初は小さい体でヨロヨロ飛んでいたライも、今では風の影響の少ない低空を飛ぶ分には何の支障もない程だ。生後一年も経っていないことを考えると、幻獣としては大分成長が早いのでは、と俺も思っている。

『で、でも、僕、体が小さいから……。もっと飛べるように、なれば、もっと成長できる』

そうか。幻獣は神獣と同じで力が馴染まないと体も成長しないからな。でも最初は鳩くらいの大きさだったのが、今では烏くらいになっているのだから、十分成長している。

「サンダーバードは元々それ程大きくないし、ライは順調に育っているだろう？」

ライを毎日送って来る父親は、羽を広げて二メートル程だろう。鳥としては大きいが、他の神獣や幻獣と比べるとそれ程大きな種族ではない。

そうか、ライは成獣しても今のアインス達よりも小さいのか。なんか大きい種族が多いから、俺的にはちょっとホッとするけどな！

『ええ、成長具合としてはかなり早いですね。イツキが来る前は、神獣や幻獣は生まれて何年も雛から成長出来ないのが普通でしたから。僕たちのような大型だと、十年単位でほぼ雛のままでしたし』

「へ？　え、えええぇえっ!!　神獣とか幻獣って、そんなに成長に時間が掛かるものなのか？」

成長の仕方を教えて貰い、普通の動物よりも時間は掛かるだろう、と思ってはいたが、雛のまま十年単位とか！　なら、成獣するには百年以上掛かるってことか？　……想像の上をいったなぁ。せいぜい十年、二十年くらいだと思っていたよ。さすが神獣、幻獣ってことか。スケールが違うな。

「じゃあ、生後一年もたたないでそれだけ大きく育ったライは、とんでもなく成長が早くて凄い、ってことじゃないか。もう話せるようになっているし、尚更焦ることなんてないだろう？」

『で、でも、僕は飛べないと、移動もあんまり出来ない、し』

それは、なぁ。アインス達はずっと脚で歩いていたけど、体が大きいから俺よりも移動速度は早かったしな。その点は確かに小さいと、皆と一緒に行動するのは大変か……。

「でも、誰でも雛の頃はそうだろう？　もうライは移動くらいなら安定して飛べるんだし、成長のことは気にせずにもうちょっとゆっくりと子供時代を楽しんでもいいんじゃないか？」

思えばライは生後すぐにここに来たが、いつもアインス達を気にしてしきりに羽を動かしていたし、他の子供たちのことも羨ましそうに見ていた。

ほんの小さな雛の時代なんて、ここに来てから三か月くらいしかなかったかもしれない。幻獣の成長速度を考えると、いくら鳥系だと考えてもかなり早すぎだろう。

『そうだぞ――！　ライは、俺達が飛行訓練をしてどんどん飛べるようになったから、焦らせてしまったかもしれないがなー。俺達はイッキが来るまでほとんど成長してなかったからな――！』

『そうそう。朧気にしか覚えてないが、何年もずっと雛のままだったよな？』

『そうですね。恐らく僕達は生まれてもう、二十年にはなりませんが十年以上は経っているのではないですかね？　確かにここ一年でぐっと成長しましたが、それもイッキが来てからですし』

……はあ？　アインス達って、生まれてからもうそんなに経っていたのかっ!?

「ええっ、最初は雛だったから、俺は生まれてそれ程経ってなかったのかと思っていたよ！　親が大きいから、雛まで大きいんだなって」

『わははは――！　イッキはそういうとこ、気にしないもんな――！　俺らも、さすがに生まれたばかりはあんなに大きくはなかったぞ――』

……言われてみれば、俺と同じ大きさの卵と考えれば、さすがに大きすぎるよな。キキリなんてドラゴンの赤ちゃんなのに、そういえば小さいし。

「そうかー。アーシュに何度聞いても子供と一緒にいればいい、としか言わなかったのは、アインス達がどんどん成長していたからなのか。まあ、俺には自覚なんてないけど、子供たちの役に立っているならいいか」

『フフフ。そういうところが、いいのかもしれませんね。イッキのおおらかさが僕たちに感染して成長を促しているのでしょう。だからライ、貴方も急がずにじっくり一つ一つ出来ることを増やしてゆっくりと成長していけばいいのですよ』

おおらかさが感染って、俺はおおらかっていうか、過ぎたことにこだわらない気質なだけだがな！　何事にも執着しないからやり込むこともなく、何をやっても程ほどで流して来たから特段秀でたところも一つもないんだよなぁ……。そこは子供たちには似て欲しくないけど、まあ、皆は真面目でいい子だし心配ないか！　でもドライにおおらか、って言われると、何故か悪口に聞こえるのは俺の被害妄想なのか？

『……わかった。じゃあ、今は、もっとじっくり風をとらえてみる、よ』

『そうそう、それと羽も鍛えておけよ！　筋肉も自分の体を自在に動かすには必要だからな！』

ハッハッハー！　ってツヴァイ……。やっぱり相変わらずなんだなぁ。その内、じっくりと訓練の様子を見に行こうかな。

机の上のライの頭をそっと撫でると、気が抜けたように気持ち良さそうに目を閉じた。

そんな姿を見ながら、大切な子供たちを預かっているのだから、ただかわいがるのではなく、一人一人きちんと見ないとなー、と改めて思ったのだった。

「なあ、アインス達はこの一年で急成長したってことだよな。そこら辺はどう思っているんだ？　神獣の成長としては、本来はゆっくり時間を掛けて成長するものなのだろう？」

『ああ、でも成長してうれしくない、なんて思う訳ないぞ。俺はのんびり成長するより、こうして日に日に成長を実感出来る今に、満足しているぜ！』

もっと成長が早くてもいいがな、ガッハッハ！　と笑うツヴァイに、まあ、ツヴァイはそうかもな、と思っていると。

『本来神獣、幻獣は自分の守護する土地を出ませんから、皆で集まる、なんて聖地での会合くらいでした。でも今、こうして子供たちで集まって過ごしていると、こういう刺激も成長に繋がるのだな、と実感していますよ。種族は違えても、お互いを意識しますしね』

そうだよなぁ。最初は甘えただったロトムも、ケット・シーやクー・シーの集落の小さな子供たちと一緒に遊び始めてからあまり甘えなくなったし。それに話し出したら『俺』とか言い出したしな。保育園とかも、確か同世代の子供と一緒に過ごすことで、自分のことを意識し出して自我が確立されて行くんだよな。それと同じ感じだろうな。

「まあ、それで皆が喜んでくれるならいいんだけどな。ただ、ライのように無理に成長しよう、と意識しすぎてないかは心配だな……」

『そこは皆で気に掛けるしかないですね。本当にここに来ている子供たちは、今まではありえない程に成長が早いですから。ただ、ある程度身体が成長すると、きちんと訓練して自分の属性以外の力が馴染まないとそれ以上は成長しなくなるので、そろそろ止まる子も出て来ると思います。そういう子はイツキも気に掛けてあげて下さいね』

「そうだな。成長しないのが普通なら、急いで成長しなくても大丈夫だって、安心させないとな」

こうして一つ一つ子供たちのことを考えるごとに、自分も一緒に成長している気がする。俺も子供たちに置いて行かれないように、一緒に一歩一歩進まないとな。

そう改めて決意し、今日はせっかく皆でお泊りなのだから、寝る前に話をしてみよう、と思ったのだった。

皆が昼寝から起きて来ると、広場から聖地へ続く道の雪かきをすることにした。

その途中で興奮したハーツが勢いよくかいた雪が皆に掛かり、気づくと雪合戦のように雪の掛け合いになったりしたが、皆で楽しく作業を続けた。

ライも楽しそうに笑っていたから、ちょっと安心したよ。

そうして夕食も皆とわいわいと楽しく食べ、そして夜はハーツが興奮しすぎたのかすぐに寝床のかまくらで一人寝てしまったので、他の皆で家へと入って寝る前に団らんをする。

ドワーフ達が家の改装をしてくれたお陰で隙間風が減ったので、毛皮を敷いてアインス達に寄り添っていれば寒いということもない。

座って丸まったドライに寄りかかって座り、隣にロトム、逆側にはキキリ、膝の上にはクオン、そしてドライの上にライがとまり、ドライの両脇にアインスとツヴァイがいる。

「ロトムも大きくなったよなぁ。最初はまだ歩くのもやっとだったのに。もう抱っこ出来ないのが残念だよ。なあ、ロトム。無理はしてないか？」

聖地に通い始めた頃は、ロトムを抱いて行くことも多かったのに、今ではもう大型犬ほどに成長している。

思い返しても、しっかりと歩き始めてから、あっという間に大きく育ったのだ。幻獣的にはかなり急成長していることになるのだろう。

『無理、してない』『成長、うれしい』

そっとすり寄って来た双頭の頭をゆっくりと撫でる。本当にいつの間にかこうして撫でる頭も、片手で余る程に大きくなっていた。

「そうか？　ロトムはもっともっと大きくなるだろうけど、俺が寂しいからゆっくりと大きくなってくれな」

『イツキ、寂しいの？』『大きくなった方が、いいだろ？』

「いやいや、だって、ロトムの子供時代は今だけなんだぞ？　そりゃあ訓練は大事だし、成長するのも大事だろうけど、でも、そんなに急がなくてもいいんだ」

俺には神獣や幻獣の跡継ぎがいない、ということがこの世界にとってどれだけ重要なことかの実感は全くないが、でも、それと子供たちが無理して成長することとは違うよな。今すぐに代替わりしないと世界が滅ぶ、という訳でもなさそうだし。

『いいの？　私がずっとこうしてここに来てイツキに甘えても？』

「お、クオン。いいぞ。俺は皆がいてくれると楽しいし、クオンがあっという間に来なくなったら悲しいぞ？　それにクオンに甘えられるのは大歓迎だからな！　だから自分のペースで一つ一つ訓練して出来るようになればいいんだ。他の子供たちと比べたり、慌てる必要はないからな？」

『キュ――ン。うん、わかった！』

うれしそうに胸元にすり寄るクオンを撫でながら言うと、肩にそっととまって頬にすり寄って来たライも撫でる。ロトムも更にピッタリと寄り添ってくれた。

「皆が急いで大きくなっちゃったら、俺が一人残されちゃうだろ？　皆で色々なことを経験して、色んなことを遊んで楽しみながら成長して行けたら、それが一番だよ」

こうして皆でくっついていると、家族になったかのようで温かい。今、こうやって皆で種族関係なく寄り添っていられることこそが、奇跡みたいなことなのだ。

だから、世間と隔絶されたこの場所では、まどろむように皆がゆったりと過ごして欲しい。大人になって外の世界へ出れば、この子達が背負うのは世界の命運なのだから。

だからもっと急成長を、と親御さんが望んで子供たちにそれを強制する時があったのなら、俺は子供たちに寄り添って前に出よう、そう新たに決意する。実感のないこの世界の命運よりも、俺には目の前のこの子たちの方が大事だからな。

それから甘えて来る皆を存分にもふもふしつつ、ゆっくりと冬の長い夜を温かく過ごしたのだった。

42　アインス達の飛行訓練の見学

「やった、今日は晴天だな！　これなら良く見えるだろうな。な、皆、良かったな！」

『『『『うんっ！（ギャウッ）（ワンッ！）』』』』

皆でお泊りした翌朝、久しぶりにすっきりとした青空が広がっていた。これなら雪も少しは溶けそうだ。

昨夜は皆でひっついておしゃべりしていたら、いつの間にか寝てしまっていた。

目を覚ますと、俺の頭はロトムのお腹に乗り上げ、お腹にはクオンが丸まっていた。キキリはきちんと俺の隣で寝ていたし、ライはドライの背中の上にいたけどな！

そんな俺たちをアインス達三人が囲んで、羽毛で包んでくれていたからほっかほかで、皆ぐっすり眠ることが出来たようだ。

そして今日は、アインス達の飛行訓練を見学する予定だ。

昨夜、思い立ったその場でアインス達に頼み、今日はアーシュが同行する訓練日ではないので、飛行訓練を聖地でやって貰うことにしたのだ。

最近ではアーシュの訓練日ではなくてもアインス達は崖で自主訓練をしているので、飛ぶ姿をきちんと見るのは久しぶりだった。子供たちを引率してくれる時は、今でも子供たちに付き合って歩いて聖地へ行ってくれているのだ。

子供たちも楽しみなのか、はしゃぎながら朝食を済ませると皆で聖地へ向かった。

『よ――し！　じゃあ、上空を飛び回るから、首を痛めないように見ていろよ――――っ！』

『おうっ！　俺の格好いいところをバッチリ見せてやるぜ！』

『あー……。あの二人が調子に乗って突っ込んで来たら構わず避けていいから。その時はシルフに頼むから気にしないで』

アインスとツヴァイも子供たちの期待したキラキラした眼差しを向けられて、かなり張り切っているようだ。その様子を見てドライが何やら不穏なことを言っていたが、止めてくれよな！

「くれぐれも無理しないでいつものように飛んでくれよ！　俺もアインス達の成長を見られるのは楽

しみだけどな！」

そう声を掛けると、返事をしてアインス達が順番に助走を付けて空へと飛び上がって行く。

以前はかなり長い距離を助走しなければ飛び立てなかったし、上空へ上がるにももたついたり、風を読み切れずに上がり切れなくて着地したりしていたのに、全員がスムーズに風を捕まえて上空へと昇って行く。

「おお、凄い！　かなり安定した飛行になっているじゃないか！」

『すごい！』『あんなに飛べるなんて』

『キュウーンッ！　すごい、すごい！　私も、飛びたいっ！』

『……ピィ』

『ギャウギャーウッ！』

『ワンッワンッ、ワンッワンッワンッ!!』

「ハーツ、上見てそんなに走ったら転ぶぞ……って、ああ、ホラ。大丈夫か？　ってまた走っているし。ハーツは本当に元気いっぱいだなぁ」

上空を飛ぶアインス達を走って追いかけて行った勢いのまま、ハーツが前方不注意で雪の上を吹っ飛んで転がって行く。それでもそんなことはお構いなしに、起き上がるとすぐにまた吠えながら楽しそうに全力疾走して行ってしまった。ハーツはいつでも元気いっぱいだ。

かなり上空まで一気に昇ったアインス達は、そこから旋回しながら高度を変えて戻ってくる。その姿をハーツが走って追いかけて行った。

「もうあんなに飛べるようになっていたんだなぁ。青空に赤が生えて、凄くキレイだ」

雲一つない青空に舞うように飛ぶアインス達は、太陽の陽ざしを受けて羽が朱金にキラキラと輝き、後ろに聳え立つ世界樹と相まって、とっても幻想的な光景だった。

『すごい……僕もいつか、あんな風に飛べる、かな』

「ライ……。絶対にライは自由に空を飛べるようになるよ。その為に、一つ一つ頑張ろうな。一人で無理しなくていいんだ。アインス達だっていくらでも教えてくれるからな」

『うんっ！　僕、がんばる』

最初は俺の肩にとまってアインス達が飛び立つのを見ていたライは、空を自在に舞う三人の姿に引きずられたように、俺達の周囲を飛び出した。

しばらく上空を飛んでいたアインスが、太陽をバックに俺たちの方へいきなり急降下してきた。それに追随するようにツヴァイまで急降下してくる姿に、飛ぶ前のドライの言葉を思い出す。

あのドライの言葉で、アインスもツヴァイも急降下する気になったんじゃないよな！　おい、本当に大丈夫なのか？

「皆、落ち着けよ。大丈夫、大丈夫だからな！」

『おお！』『かっこいい!!』

『ビューン、ギューーンッ！　いいなぁ！　私も飛んでみたいっ！』

『ギャギャギャ！』

『ワウーンッ！』

『すごい、角度！　いいな、いつか僕もやりたい！』

内心で俺がわたわたしつつ、取り繕って皆を安心させるべく声を掛けたのに、子供たちは全くもって怖がりも動揺もしていなかった。

あれぇ――？　なんで皆、そんなのんびり？

つい呆然とアインスとツヴァイから目線を外して子供たちの方を見てしまったが、鋭いアインスの鳴き声にハッと顔を上げると。

『ピュ――――――――ッ！』

俺達のすぐ上を、急降下から急上昇したアインスが一瞬で横切って行った。

『『『わ――――っ！　すご――いっ！（ガウ――――ンッ！）』』』

急上昇の時にかなりバサバサと羽ばたきしていたのは、まあ、ご愛敬だろう。

そして飛び去るアインスを見送ると、今度はツヴァイが迫って来て――――。

「っ!?　ちょっと、ツヴァイ！　危ないって!!」

俺たちのすぐ上まで急降下して来ると、アインスのように急上昇することなくそのまま超低空飛行のまま横を通りすぎて行った。

その際に暴風が巻き起こり、転がりそうになったがロトムが前に出て体で風を遮ってくれてなんとかやり過ごすことが出来た。

ライは！　と思って急いで探すと、俺たちとは離れたところを飛んでいる姿を発見してホッと息を吐く。

『うわっ、うわぁっ！　落ちる――――っ！』

　そしてそのツヴァイはといえば、さき程の超低空飛行は風の制御に失敗した結果だったのか、そのままの勢いで花畑へと突っ込む！　となった寸前で不自然な逆風に煽られて勢いが弱まり、なんとか不時着していた。

『まったく、その場ののりで出来もしないことをやろうとするから』

『お前が挑発したからだろう!!　でも急降下までは出来たじゃねぇかっ！』

　着地したツヴァイのすぐ傍にドライがストンと着地して、呆れたようにツヴァイをからかいだす。言い合いをし出した二人をポカンと見ていると、そこにアインスも疲れたようにドンッと着地した。

『いや――――っ！　勢いでやったけど、さすがに羽に負担が掛かって大変だったぞ――――！　わははは！　まあ、成功したし、なんとかなるもんだな――――！』

「っておい、二人とも！　なんだよ、子供たちの前だからって無茶していたのか？　危ないことはするなよ。俺は普段通りの訓練の様子を見せて貰えたらそれで良かったのに！」

　今の飛行が全てその場の勢いだけでやったのだったら、失敗したら大事故だぞ!!　まあ、ドライの言葉からすると、シルフ達がなんとかフォローしてくれるのかもしれないけど、それでもあんまり無茶はして欲しくないな……。

『まあ、父さんがいればこんな無茶をやったら無茶苦茶怒られるからねぇ。子供たちの前でかっこつけたいのは分かるけど、イツキ、父さんには今日のことはちゃんと言いつけておくから心配しないで』

『『おいっ、ドライっ！　お前が焚きつけたんだろうが――――っ!!』』

どこか楽しそうに言い合いをしだした三人を見て毒気を抜かれて脱力していると、子供たちは皆キラキラした笑顔のままアインス達の方へ走り寄って行く。

『すごかった!!』『かっこよかったぞ!!』

『キュアンッ！　すごいすごいっ！　いつか私も乗せてねっ！』

『ギュアッ！　ギャゥゥウ！』

『ワウンワウン！　ワオ――――ンッ!!』

『すごい、すごい、すごかった！　かっこよかったよ!!』

ロトムとクオンは興奮してアインスに飛び掛かり、キキリもツヴァイの健闘を称えて脚を叩いているし、ハーツは三人の周りをぐるぐる走り出した。そしてライも三人の周りをくるくる飛んでいる。皆大興奮だ。

『おう、待っていろよ！　もっと大きくなってもっと安定して飛べるようになれば、イツキと一緒に乗せてやるからな！』

聞こえてきたツヴァイのそんな言葉に、ちょっとうるっと来たのは内緒だ。

ああ、本当にあの雛たちがこんなに育ったんだなぁ。

そうしみじみ噛みしめながら、子供たちのそんな幸せな光景をそっと見守っていたのだった。

43 雪解け間近なようです

雪が降ったり止んだり、たまの晴れ間があったりしながらの日々をいつもより少ない人数の子供たちと親交を深めながら送っていると、あっという間に雪がちらつく日も少なくなり始めていた。積もって歩行を邪魔していた雪も、所々に高く積み上がっているだけとなり土が見えている。

何度も雪を積んで補強を重ねていたかまくらはまだ溶けてはいないが、そろそろ大きいかまくらは維持が難しいだろう。

そんな中、いつも元気に走り回っているハーツを預かる期限の終わりが近づいて来ていた。

「ハーツ！　朝食だよー。戻っておいでー」

『ウォンッ!!』

朝起きてから朝食を作っている間もずっと走り回っているハーツに声を掛け、アインス達の前に先に皿を並べる。

「はい、ハーツ。ゆっくり食べるんだぞ？」

『ガフガフッ！』

ハーツに出しているのは生肉だ。フェンリルは雪と氷に閉ざされた場所で普段は暮らしているので、暑さが極端に苦手で焼いた肉は熱くて食べられなかったのだ。

それでもガフガフと夢中でお皿に顔を突っ込んで食べている姿を見ていると、実家で飼っていた犬のジロウを思い出して懐かしくなる。

まあ、当然犬ではなく神獣の子供なので、俺の言っていることもちゃんと理解しているけどな！

それでもドライにハーツの通訳を頼むと、いつもため息をついて『無邪気な子供が騒いでいるだけです』としか教えてくれないから、まあ、ちょっと犬っぽいと思っていても仕方ないよな。

だからそんなハーツとそろそろお別れだと思うと、もうすぐ春になるという喜びも半減してしまう。

「ハーッ！　今日は聖地まで、俺と一緒に歩いて行こう」

『ガウ？　ワンッ！』

朝食を食べ終え、また走り出そうとしたハーツにそう言うと、うれしそうに返事をして俺の手をペロペロと舐めた。

「くすぐったいって。皆が来るまでは走っていてもいいぞ？」

『ワッフゥ！』

ポンポンと頭を撫でてつつそういうと、うれしそうに駆け出して行く。

『なんであんなに走るのが好きなのかね……。食後くらい、ゆっくりすればいいのに』

『いや、走りたくなる衝動は分かるぞ！　まあ俺も食後はゆっくりするがな！』

やれやれと言わんばかりのドライの言葉に、笑いながらツヴァイが答えるのを聞きつつ片付けを終えた。

そうして今日もいつものように、ロトム、ライ、クオン、それにキキリとハーツ、アインス達と一緒に聖地へ向かう。

『ガウガウー』

弾むように俺の隣に並んで歩くハーツについ手が伸びて頭を撫でると、うれしそうに手に頭をすり寄せてくる姿がとてもかわいくて、ニコニコ笑顔になってしまう。

『ムウ……。なんか今日はイッキ、ハーツとべったりなの！』

「ははは。だって、そろそろ冬が終わるから、ハーツとお別れになっちゃうからな。今日は俺が一緒に歩こうって誘ったんだ。な、ハーツ」

『ウォンッ！』

ピョンッと飛び上がって抱き着いてきたハーツをかがんで抱き留め、そのまま抱いて体全体を撫でまわす。

柔らかいふかふかな毛がとても気持ち良く、ずっともふもふしていたくなる撫で心地だ。

『ズルイ！　ズルイのっ！　私も撫でるのっ！』

そんな俺達に嫉妬したのか、クオンがピョンとハーツの背に飛び乗り、俺の手にぐいぐい顔を押し付けた。

「おお、クオン。クオンも入りたいのか？　よーし、クオンももっふもふだぞー！」

そのままハーツとクオンを両手で思いっきりもふもふ撫でまわしていたが、二人の勢いにとうとう押し倒されて、花畑へと倒れ込んでしまった。

まだかすかに残っている雪と花がクッションとなって痛くはなかったが、一気に胸元に掛かった重みに一瞬息がつまる。

「ぐえっ……。お、重いっ！　二人ともは無理だって！　うわっ、ハーツっ！　とりあえずどいてくれって！」

まだ興奮が収まっていないのか、ハーツが苦しさに喘ぐ俺の顔を舐め出した。

『あ――っ！　ハーツ、ずるいっ！　私もっ！』

「グフッ……」

クオンがハーツの上から俺の胸の上に飛び降り、とどめを刺されて喘ぎさえ出なくなった俺を気にせずに、ペロペロとクオンも俺を舐め出す。

あれ？　これ前にもあったような……。

意識が朦朧となりながらそう思っていると、今度はベシッと脇腹に衝撃が加わり、ハーツとクオンを胸に乗せたまま横へ転がった。当然ハーツとクオンはさっと飛びのいているから、俺だけがそのままの勢いで転がり、三回転してから花畑の上でうつ伏せ状態で止まった。

『ほら、イッキ――！　いつまでも遊んでないで早く行くぞ――！』

……この雑な助け方はアインスか！　助けるなら、もうちょっと優しく助けて欲しい……。

そう思いつつ少しジンジンと疼く脇腹を押さえて起き上がると、ドライが離れた場所でやれやれとばかりにため息をついていた。

顔を雪で洗って気を取り直すと、今度は左側にハーツ、右側にクオンと並んで歩いて世界樹の方へと向かい、今日は全員でいつもの場所へと到着した。

「じゃあ、行って来るな！」

座って待つ体勢の皆に声を掛け、世界樹の根に近づいて行くと、その後ろをハーツがトコトコついて来た。

「お？　今日は世界樹の根元まで一緒に行くか、ハーツ」

『ワンッ！』

「よし、じゃあ俺が止まったら隣で待っていてくれな」

いつものようにマジックバッグから世界樹の葉を取り出して手に持つと、もう片方の手を世界樹の根に乗せる。

目を瞑ると、先ほど見た雪が解けて土がむき出しになり、新芽が顔を出し始めていた泉の周囲の様子を思い出した。

もうすぐ春、か……。ハーツとのお別れは寂しいけど、春になればまたケット・シーやクー・シーの子供たちも来るようになるし、セランとフェイも来るよな。春は別れと始まりの季節、か。世界が変わっても、それは変わらないな。

そんなことをしみじみ思ったからだろうか。その時世界樹の葉を手に思い描いたのは、温かな陽ざしを取り戻した太陽の光に照らされ、光合成をしてぐんぐんと新芽を伸ばす春の光景だった。

魔力を注ぎ終わって目を開けると、カッと辺り一面を染め上げるような眩い光が世界樹の遥か上の方から放たれた。

「うわっ！　な、なんだ……？」

驚いてその場で周囲や上下をキョロキョロと見回しても、何も変わったことはなく、ただ目の前の世界樹の幹はキラキラと輝いていた。

さ、さっきの光はなんだ？　今はいつもより煌めきが増しているかな？　くらいだけど……。色は変わる時はあったけど、一瞬でもあんなに光ったことなんて今まで一度もなかったのに……。なんだったんだ？

うーん、と首を傾げつつ煌めきが消えるのを見つめ、とりあえずドライにでも聞いてみるか、と振り返ると。

『ワッフゥ――――ッ!!　ワフワッフ！　ウォオ――――ンッ!!』

ドーンと腰に衝撃が走り、ついさっきもあったな、と思い出しつつ片方の足を引いて腰を落とし、後ろに倒れかかるのを何とか踏ん張った。

さすがにさっきと同じことを繰り返したりしないぞ！　後でドライに何言われるか分からないからな！

「お、おい、どうしたんだ、ハーツ。何でそんなに興奮しているんだ？」

何度もピョンピョンと飛び跳ねながら、俺の腰に頭をすり寄せて舐めまわそうとするハーツを落ち着かせようと頭を撫でてみるが、全く興奮が収まる気配がない。どうしたものか、と思っていると。

『ん――――。なんだか、凄い、キラキラ、生まれる？　とかなんとか言っているけど、興奮していて何を言っているのか分からないな』

ドライが近づいて来て通訳してくれた。

そうか、そうぃえばハーツは俺の日課につぃて来たことはなかったっけ？　初めて見て興奮してぃるのか？

「そうぃえば、今、一瞬すっごく光ってぃなかったか？」

『ああ、確かになんか上の方で光ってぃたけど、僕にも何が起こったかは分からなぃよ。案外陽が差して光っただけだったのかもしれなぃし。まあ、嫌な気配はなぃから、気になるなら後で父さんに聞ぃてみたら？』

「ああ、そうだな。そうするか」

結局ハーツの興奮はしばらく収まらず、やっぱりクオンも飛びついて来たので、二人を落ち着かせるまでが大変だった。

44　ハーツとお別れのようです

『ほほう？　春の芽吹きを思ぃ描ぃたら、世界樹の上の方でキラッと強ぃ光が輝ぃた気がする、と。ふむ』

ハーツと並んで日課の世界樹へ行った翌日の朝。獲物を届けに来たアーシュに、早速昨日の光のことを聞ぃてみた。

「すぐに消えちゃったから、見間違えかとも思ったんだけど、でもドライ達も光を見たって言ってぃたし」

あの後他の子供たちにも聞いてみたら、全員があの光を目撃していた。

一瞬の晴れ間から陽が差したのだったら、全員が光ったと言う程の光量はないだろう。そうなるとあの時見たあの光は見間違えではなかった、ということだ。

「その後幹がキラキラしていたのは、いつもと同じ感じだったんだけどな」

『……では、そろそろなのかもしれんな。思ったよりも早かったか。まあ、イツキに関しては予測出来ないことばかりだからな』

「ん？　あの日課には、やっぱり何か目的があったんだな。思ったより早いって、何が早いんだ？」

『いいからお前は気にするな。気にせず今まで通り日課に励め。いいな！　……ああ、ただ。もうそろそろ雪解けだし、イメージは春の芽吹きでやれ』

なんだよ、まだ俺には秘密なのか？　いやまあ、確かにこうして気安く話しているけど、アーシュは神獣フェニックス様で守護地の管理者だしな。そりゃあ世界の一大事を魂はこの世界産だけど？な俺に、全て話せとは言えないが。でも、俺がやっていることの意味くらい、教えて欲しいものだ。

「ああ、わかった。今日から昨日と同じイメージで魔力を注ぐよ。でも、その結果くらいは出てからでもいいからきちんと教えてくれよな」

『……まあ、その時になれば分かる。何か変わったことがあったら、すぐに報告しろ。あと、フェンリルが明日、子供を迎えに来ると言っておったぞ。ではな！』

「って、ちょっとっ！　それはついでで言うことじゃないだろうっ!!」

フェンリルがハーツを迎えに来る、ということは、来年の冬まではハーツとはお別れってことじゃないかっ!!　そりゃあもうそろそろか、とは思っていたけど、明日だなんて急すぎる！

「うわぁ、どうしよう！　今日はお別れ会をやった方がいいのか？　いや、でもお別れ会なんてやると、もう会えないって感じになるか……」

ハーツは他の子達より預かった期間は短くても、毎日一緒に寝起きしていたので過ごした時間は長い。それに確実に来年の冬まで会えないことが分かっているし、何かしたくなるのは仕方ないよな？

うろたえてブツブツ言いながら広場を右往左往していると。

『なあー、イツキー。それより朝食にしてくれよ——。俺、腹減ったってー！』

『そうだぞ、イツキ。俺たち今日は訓練の日だから、気合入れてたくさん食べとかないとな！』

「ええ——っ！　アインスにツヴァイも、お前たち冷たくない？　冬の間ずっと一緒に暮らしていたハーツが、明日帰っちゃうんだぞ！」

『ワフゥ？』

自分の名前を呼ばれたことに気づいたのか、走り回っていたハーツが寄ってきて小首を傾げながら俺を見上げる。

「くぅ。ハーツはかわいいなぁ……。ハーツ、明日お迎えが来るってさ。お父さんに会えるぞ」

思わず座ってハーツを抱き寄せ、その毛並みをもふもふ撫でながら告げると。

『ワッフゥ！　……クーーン。キュゥーーー』

最初はうれしそうだった鳴き声が、寂しそうな声に変わり、ハーツも俺たちとの別れを寂しく思ってくれているのかとギューッと抱きしめた。

「でも、これでお別れじゃないもんな？　今はお別れでも、また来年も雪が降る頃には来てくれるよな？」

『ワンッ！　ウォンウォフッ！』

ベロンッ！　と顔を舐められて笑うと、更に舐められる。

そうしてじゃれていると、しびれを切らしたドライに襟を嘴でつままれて、吊り上げられた。

『イツキ、朝食にして下さい。もうクオン達が来てしまいますよ！』

「ああ、そうだった！　ごめん、今すぐ焼くから！」

慌てて火を入れておいた竈へ駆け寄り、切ってマジックバッグへ入れておいた肉を鉄板に載せて行ったのだった。


『イツキ！　来た、よ！』

『お久しぶりです。今日からまた、よろしくお願いします』

必死で肉を焼き、せっせとアインス達へ食べさせて訓練へと送り出し、ようやく自分の食事を食べていると、一番先にやって来たのはセランとフェイだった。雪が積もり始めて以来ほとんど来ていなかったので、久しぶりの再会となる。

元気に駆け寄って来て、椅子に座る俺に首筋を擦り寄せるセランがかわいくて、箸を置いてセランの首筋や鼻先を撫でる。気持ちよさそうに目を細めるセランが愛おしくて、そっと抱きしめた。

「久しぶりだなぁ。セラン、会いたかったぞ」

『僕も！　僕もイツキ、会いたかった！』

ひとしきりセランの気が済むまで撫で、フェイにも声を掛ける。

「フェイも久しぶりだな。なんだかまた大きくなったんじゃないか？」

『はい。雪が降る間は群れでじっくり飛行訓練をしていました。しっかりと力が馴染み、成長したようです』

「それは良かったな！　でもあまり根を詰めすぎないでくれよ。もっとフェイと一緒にいたいからな。今日からまた、セランを見ていてやってくれな」

『はい』

そっと鼻先を撫でると、うれしそうに眼を細めてくれた。

フェイは元々ここに来た時から大きかったが、今ではすっかり馬として重種で大型なばんえい競馬の馬程に成長していた。ペガサスはもっと大きいので、これからも更に成長していくのだろう。

『フェイ、ずるい！　どんどん大きくなる！』

「ふふふ。セランがそんなにすぐに大きくなっちゃったら、こうしてぎゅって出来なくなっちゃうよ。そうなったら俺が寂しいから、ゆっくり成長してくれな。ホラ、セラン。明日には帰っちゃうけど、冬の間ずっと預かっていたフェンリルのハーツだよ。セランより小さい子なんだ」

セランのまだ細い首をもう一度ぎゅっと抱きしめ、鬣を撫でてから離すと、うれしそうにしながらも前脚をタシタシしてまだ怒るセランを、そんな姿もかわいいけどな！　と思いつつ見慣れない顔に寄って来たハーツを手招きして紹介する。

するとその時初めて知らない顔に気づいたのか、セランが驚いた顔でじーっとハーツを見つめた。ハーツの方も、そんなセランのことをじーっと見つめている。

『うわぁ、もこもこ！　ふわふわだ！』

「そう、ハーツはとってもふかふかなんだよ。フェンリルは雪がある場所で生活しているから、温かい毛皮なんだ。ここの雪がもう解けてしまうから、来年までお別れになるんだよ」

『ふうん……』

『ワンッッワンッ！』

観察が終わったのかセランの周りを走り回ってじゃれだしたハーツに、セランもうれしそうに一緒に駆け出した。

そんな二人を見守りつつ朝食を食べ終え、片付けをしている間にクオンとライ、それにロトムがやって来た。久しぶりのセランとフェイに、子供たちも楽しそうにじゃれている。

「皆ー、今日も聖地へ行くぞー！　あと、明日ハーツのお迎えが来るそうだから、ハーツとは来年の冬までお別れになるよ」

そう告げると、いつも一緒にはしゃいでいたクオンが残念そうに『えーーー！』と声を上げていた。

それからロトムも同じ犬系だからか、寂しそうにハーツに挨拶に行く。

よし！　今日は思いっきり皆で遊ぼう！　来年の冬までお別れなのは寂しいけれど、だからこそ楽しい思い出を作らなきゃな！

子供たちが団子となってはしゃぎながら歩く姿を見つつ、そう決意したのだった。

5章

春の目覚め

Chapter 5

45　冬の終わりと春の気配を感じたようです

セランとフェイを加えて七人となった子供たちは仲良く歩いて聖地の花畑へ着くと、今度は追いかけっこを始めた。

はしゃいで走り回るハーツを皆で追いかけ、追いついたら飛びついて押し倒して転げ回っては笑い、また起き上がると走り出す。

そんな皆の様子を微笑ましく見守りつつ、俺は一人で世界樹へと向かった。

アーシュにも春の芽吹きのイメージで、って言われたし、今日もまた光るか見てみよう。聖地への道沿いの森でも、あちこちで新芽が顔を出していたしな。ハーツも迎えが来る筈だ。冬の終わり、か……。

思い返してみれば、俺がこの世界に来たのはちょうどこのくらいの時期だった。目に入る場所には雪はなかったが、最初は洋服が着ていた一枚しかなかったからかなり肌寒くて、アインス達にくっついて暖をとっていたんだよな。

空から落とされた時に受け止めてくれたし、すぐに懐いてくれていたから自分と同じくらいの大きさの雛でもアインス達のことは最初からあまり怖いとは思わなかった。アーシュとは言葉は通じたけど次は何をされるかと怖くて、肉を焼いている時以外はずっとアインス達にひっついていたのだ。

あの時は気候のことなんて考える余裕はなかったけど、そろそろ丁度一年、になるのか……。日本では一周忌、と考えると、なんだか不思議だよな。

死んでこの世界に来たことから順に思い返してみても、不安だったのは最初の頃だけで、アインス達が片言で話し始めた頃には、俺がアーシュやアインス達に害されることはないと確信に変わり、安心して暮らし出したのだ。

まあ、崖上に行くたびにアーシュに池に落とされたのは、本気で凍えて溺れるかと思ったけどな！

その後もアインス達に乗って岩山を登って森を探索したり……フフフ。やっぱり日本で暮らしていた時より充実しているよな。今もかわいい子供たちに囲まれて、毎日楽しく暮らしているし。アーシュがいう、巡り合わせ、っていうものなのかもしれない。

今でも俺が神獣や幻獣の子供たちの役にたっている実感はないし、死んだことを良かったとは当然思わないが、ここで子供たちと暮らせて良かったとは思っている。もう子供たちがいない生活なんて考えられないし、日本で暮らしていた時よりも、毎日生きていることを実感していた。

でもこの一年で、こんなに状況が変わるとは思ってもみなかったな。崖の上の鳥の巣生活から、まさかこれほど早く家を持てるなんて思っていなかったし。ああ、でもアインス達がすくすく育ったことだけは、最初はただの鳥の雛だと思っていたから予想通りだったかもしれない。

ついこの間見たアインス達三人の飛行訓練の様子を思い出しつつ、しみじみとこの一年のことを噛みしめながら歩いていると、いつもの場所へと到着した。

よし！　アーシュには何も気にするな、って言われたけど、俺だけ何も知らないっていうのはさすがに悔しい気持ちもあるからな。今日は気合入れてやってみるか！

意気揚々とマジックバッグから世界樹の葉を取り出し、じっくりと見つめて世界樹の若葉のイメージを作り上げる。そして目を閉じると根に触れながら、雪が解け、あたたかな陽ざしが大地を照らし、新芽がぐんぐん芽吹いていく様を映像で脳裏に思い描く。

芽吹いた若葉が春風にそよいだところで、いつもよりも勢い良く、体内の魔力が世界樹へと注がれ始めた。

えぇっ！　ちょっ、こんな勢いで注いだら……！

その懸念はすぐに当たり、あっという間にいつも注いでいる魔力の量を過ぎ、更に絞りとられるように魔力が吸収され出す。

うわっ！　もう、無理、だって……。くっ、ぐらぐらして来た……!?

毎日この日課をこなし、更に料理や畑仕事、洗濯などで魔力を使っていることで、少しずつ自分で扱える魔力量が増えて来てはいるが、元々がなかった物だからか総量はそれ程多くはないのだ。

魔力を使い過ぎると貧血のように眩暈が襲い、更に無理をすると倒れてしまう。

ああっ、まずい、倒れ……。

一度だけお風呂を沸かそうとして調子に乗り過ぎて倒れたことを思い出しつつ、もうダメだ、と思った瞬間、フッとスイッチが切れたかのように魔力の流出が止まった。

「はあ……と、止まった。ギリギリだった……。一体、どうなっているんだ？」

ガクガクと震えて力が抜けて倒れそうになる身体に活を入れ、なんとか上体を起こして目を開けると。

「ひ、光ってる、光っているよ！　やっぱり昨日見たのは見間違いじゃなかったのか！」

くらくら来る程の眩しい光が、空を覆う世界樹の上の方で煌々と輝いていた。昨日のような一瞬ではなく、見せつけるかのようにしばらく留まった光がパッと消えると、幹もいつもよりも激しくキラキラと輝き出した。

「……な、なんか。満足、ごちそう様、とかいう声が聞こえてきそうな……。いや、妄想だってわかってはいるんだけど」

一体これはどういうことなのか。またアーシュに聞かないと、と思いつつキラキラ煌めく幹をじっと見つめていると、ドーン！　と背中に衝撃を受けた。

『イツキ！　大丈夫なの？』

その衝撃がとどめとなり、バタッと倒れ伏してしまった。気を失いそうになるが、なんとか気力で意識を保つ。

「クーオーンー！　心配してくれたのはうれしいけど、飛びついちゃダメだって言わなかったか？」

いつも飛びついて来るクオンに、時と場合を考えるんだぞ、とは常に言っていたのだが。

『ううう。でも、だって、イツキ、フラフラしていたの！　なんかすっごくピカッ！　って光っていたし！』

「うん、だからフラフラしていたと気づいていたのなら、飛びつくのは止めような。ほら、ちょっと起き上がるのも大変だから、とりあえず背中から降りようか」

キュンキュン鳴きながら心配してくれるのはとてもうれしいが、背中に乗ったままは今は止めて欲しい……。さすがにもふもふを楽しむ余裕もないからな。

クオンが背中から降り、なんとか上体を起こして座った頃には幹の煌めきも止まり、魔力を注ぐ前となんら変わりのない世界樹の姿があった。

そして心配した子供たちが並んでこちらを窺っている。

何だったんだろうな、今のは……。まあ、俺ごときが世界樹のことなんて推し量れる訳もないか。

でも、子供たちにも心配掛けちゃったし。ハーツとは最後の日だ。皆で楽しく過ごさないとな。

よし！　と自分に気合を入れて立ち上がると、皆に心配を掛けたことを謝り、少し休んでから家へ戻って森でかくれんぼをしたりして皆で盛り上がったのだった。


翌朝。アーシュがいつ来てもいいようにと早めに起き出し、外に出て目にしたのは赤い大きな鳥ではなく毛並が白銀に輝く大きくてもっふもふなフェンリルだった。

『ワンッ、ワンッワンッ、ウォオ――――ンッ！』

そして尻尾をブンブン振り回しながら父親の周囲をクルクル走り回るハーツの姿で。

『世話を掛けたな。子供も楽しく過ごしていたようだ。感謝する』

「えっ、いや。この冬は、ハーツが居てくれて賑やかに過ごせました。感謝するのは俺もです」

『フフフ、そうか。では、また来年も冬に預けに来よう。ハーツ、ほら、挨拶をしなさい』

『ワッフゥ、ク――ン……』

『寂しいか？　でもお前はまだ雪がない場所では過ごせないからな。その寂しさを糧に、戻ったら訓練だぞ』

『ウウ……ウォンッ!!』

フェンリルの言葉に、キラリとハーツの目に光が宿った気がした。また来年の冬にハーツと会うのが楽しみだ。恐らく逞しく成長した姿を見せてくれるのだろう。成長をずっと見守れないのは寂しいけど、もう会えない訳じゃない。

「じゃあな、ハーツ。元気でな。また来年会おう。待っているからな!」

『ワンッ!』

最後にかがんでそっと柔らかな頭を撫でると、気持ちよさそうに目を細めたハーツが一声鳴くと決意したように父親のもとへと歩いて行った。

『では、他の子達にも宜しく伝えてくれ。さあ、帰るぞ!』

来年、ハーツがどれだけ成長しているか、楽しみにしているからな!

聖地の方へと駆けて行くフェンリルの親子の姿を見送りながら、そう心の中で告げたのだった。

46 春の訪れのようです

ハーツが去った数日後には、残っていた雪があっという間に姿を消していた。新緑の鮮やかな緑が森を彩るようになると、ケット・シーとクー・シーの子供たちもまた顔を出すようになり、雪が降る前の賑やかさを取り戻していた。

毎日芽吹きのイメージで日課をしていたが、警戒して全く同じイメージにはしなかったからか、あれから一度も魔力を勝手に吸収されることはなく、あの眩い光が輝くこともなかった。

アーシュに聞いても、結局『その時になれば分かる。お前はただ日課をこなせばいい』と言われるだけだったんだよなぁ。すっごく気になっているけど、またあの時のようになったらと思うと、同じようにイメージするのも躊躇するしな……。

魔力が抜けてく脱力感と、魔力が切れても更に吸収されたら体が干からびるのか？　という恐怖感が、どうしてもぬぐい切れないのだ。魔力枯渇で死ぬこともある、と言っていたドライの言葉をあの時実感を伴って理解した。

「あれは俺的には勘弁して欲しかったが、世界樹には必要なことだったのだろうしな……。よし！　今日もほどほどでお願いな」

一度世界樹を見上げると、気合を入れていつものように世界樹の葉を手に目を閉じる。

もうすっかり春って感じだから、今日は若葉がぐんぐん育つところを想像するか。ただ、想像しすぎないようにしないとな。

あたたかな陽ざしを受けて光合成して芽吹いた葉が伸び、大きく広がって行く様を想像しつつ魔力を注ぐ。

すると最初にぐっと魔力が勢い良く吸い込まれるような感覚はあったがすぐに収まり、最終的にはいつもよりも少しだけ注ぐ量が増えたくらいで終了した。

「ふう……。一瞬ヒヤッとしたけど、なんとかフラフラにならないで済んだか。もしかして、手加減してくれたのか？」

目を開けて世界樹を見上げると、一瞬だけチカッと強い光が瞬いたような気がした。

正面に目を向けると、いつもよりも更に幹の透明度が上がり、幹の中を水が勢いよく流れていた。

新緑が芽吹いてからは、その水までもがキラキラ輝いているように感じられて、ほぼ幹しか見えなくても、世界樹は芽吹きの季節も美しかった。

「俺はこうして毎日付き合っているんだし、慌てずにのんびり行こうな」

なんとなくそんな言葉を世界樹に呟き、踵を返してまだ冷たい泉の水辺でピチャピチャ遊んでいる子供たちのもとへと向かったのだった。


聖地から戻ると昼食にし、子供たちが昼寝をしている間に畑の準備をする。

「収穫した後に念の為、腐葉土を混ぜておいたし、土の栄養は大丈夫だよな。よし、ノーム、スプライトもちょっと手伝ってくれないか。種を蒔く為に畑を耕して畝を作りたいんだ！」

俺の声に、春になってまたたくさん遊びに来てくれるようになった精霊達が楽しそうに「おー！」とばかりに拳をつきあげ、畑の草や土を動かし出した。

春に蒔くのは、小麦と様々な野菜の種だ。収穫時期を長くする為に、種は一度には蒔かずに少しずつ時期をずらして蒔く予定にしている。それと種芋用の芋も、数度に分けて植える予定だ。

小麦は去年の収穫の時に一部を残して種を取っておいた物だが、野菜の種の多くがこの間シンクさんが今年も子供を預ける挨拶に、と持って来てくれた物で今からどんな野菜が実るのか楽しみだ。

楽しそうに動き回る精霊達に交じって、俺もドワーフ達に作って貰った鍬を畑に入れた。

その後は昼寝から起きて来た子たちがどんどん加わって、あっという間に今日の作業予定を終えた。

「よーし！　じゃあ、アインス達も帰って来たし、少しだけ森へ行こうか。何か果物が実っていたら採ろう。あと、薪拾いもよろしくなー！」

『『『『『はーい！（ギャウ！）（ワンッ）（ニャー）』』』』』

畑仕事をしている間に午後も訓練だ！　と出て行ったアインス達が戻って来たので、お迎えが来る時間までの少しの時間だが、雪が解けてから初めて森に探索に出掛けることにした。

冬の間にマジックバッグの中の果物はほとんどなくなり、そして倒木以外の薪はほぼ使いつくしてしまっていた。なのでまたせっせと森で集めなければならないのだ。

アインス達に子供たちを頼み、俺はマジックバッグに次々と薪を拾っては入れ、芽吹いている野草を採っては入れて行く。その合間に子供たちが持って来てくれた枝や薬草なども収納した。

『ギャウギャウギャウッ！』

「うをっ、今度はこっちからか！」

夢中で足下ばかりを見て歩いていると、不意にドンッとキキリに足を押され、よろけた頭上を何かがブーンと音をたてて通り過ぎて行った。

『おっ、おやつか！』

バクバクとツヴァイがその何かを食べている音を後ろに、しゃがんでキキリに目線を合わせる。

「さっきの俺を狙っていたのか？　そうか。……なんか活発に活動しているな。さすが春、ってことか」

『ギャウギャ！』

春の森は活動を開始した虫や、冬眠から目覚めた小動物に爬虫類、様々な生き物の気配に満ちていた。あっちでがさがさ、こっちでカサカサと、その生き物がたてる音があちらこちらから聞こえて来る。

俺はその気配に気づく筈もなく、キキリに守られながら採取しながら進んで行くと、前方から歓声が聞こえて来た。

「おおーい、どうしたんだ？」

『おーイッキ――。なんか珍しい果物だってさ――』

「おおっ、今、そっち行く！　キキリ、行こう！」

『ギャウ！』

小走りでアインスの方へ向かい、子供たちが囲んでいたところに着いて目に入ったのは。

「なんだ、これ……？　こんな色の果実なんて、初めて見たな」

そこにあったのは、まだ細いヒョロヒョロとしたいかにも若木に実った、真珠色の光沢をもつリンゴ程の大きさの実だった。その色からも、一見果物のようには見えない。

俺の腰くらいの背丈の若木の上部付近にそんな大きな実が三つも実っている様子はかなり不自然で、色も併せて違和感が凄い。

『な――、変な木と果実だろ――？』

「うん、本当に変だな……。これ、魔性植物とかじゃないよな？　なあ、この木のこと知っているか？」

足元に集まっていたスプライト達に聞いてみると、皆手をバタバタさせて大騒ぎになった。

『〝――――、――――っ!!　――――！〟』

聞いたはいいが、スプライト達の声は俺には聞き取れないんだよな……。

チラッとドライを見ると、やれやれと通訳してくれた。

『この時期にだけ生えるとても珍しい木だそうです。なんでも一日目に芽を出し、二日目に若木となり、三日目に枝と葉をつけ、四日目にこの実を実らせ、五日目に枯れるそうです。……ああ、確かに魔力を纏っているから魔性植物の一種ですね』

「えぇっ！　木なのに、たった五日の寿命なのか！　それに魔性植物って……」

オルトロスと初めて出会った日に襲われたことを思い出し、無意識に一歩、二歩と下がる。

『ん？　ああ、この木は生き物を襲わないですよ。……ふむ。それに、どちらかというと魔性植物でも、精霊に近い属性を持っているようですよ？　あと、僕らが知らなかったのは、五日間しか生えていないという理由よりも、もう数十年この森で見かけることがなかったからのようですね』

おおお、精霊に近い木なのか！　それに数十年ぶりなら、アインス達も知らないよな。じゃあ、本当に貴重な木なのか……。

木の傍まで進み、しみじみと木を眺めていると、足元のスプライト達がしきりに手を動かしていた。

「……もしかして、果実を採れって言っているのか？　この果実は、この木にとって大切な種となるんじゃないのか？」

そりゃあそれだけ珍しい、と聞くとちょっと欲しくなるけど、貴重すぎて種の生存がかかっているのなら、さすがに採るつもりはない。

『――、――。――』

『ふむふむ。精霊に近い種なので、種で増える訳ではないそうです。本当に不思議な木ですね。植物なのかも疑わしい。それで、その果実はとても貴重な物だから、採っておくといい、としきりにスプライト達が勧めていますよ』

「え、いいのか？　俺が採ってしまっても」

しゃがんでスプライト達に聞くと、うんうんと全員に頷かれた。

そこまで勧めるのなら、採らせて貰おうかな？　アーシュが来たら、どういう果実なのか聞いてみればいいか。あとドライアードにも声を掛けてみよう。

そう決心すると、興味津々な子供たちにこの果実を採ることを告げて果物に手を伸ばした。

すると。

ポトッ。

木から果実が自然と落ち、伸ばした手に納まった。驚きつつマジックバッグに入れ、次の実に手を伸ばすと。

ポトッ。

またしても手に落ちて来る。次は落ちることを想定して手を伸ばすと、やはり自然と落ちて俺の手に納まった。

『ええ——、勝手にイツキの手に落ちて来たの！』

『木が、望んで落とした、のかな？』

クオンとセランの言葉に子供たちが騒ぎ出す。

本当に不思議な果実だな……。もしかしたらこれも、アーシュがそろそろ、って言っていたことに関係あったりしてな？

この果実が本当に果実なのか更に疑わしくなったが、とりあえずそっとマジックバッグに入れた。

そうしてしばらく皆でわいわいと騒いだ後、更に森を探索して木苺を見つけ、皆で楽しんで味見をしつつ摘んだのだった。

47 世界樹の変化と新たな出会い

翌朝、さっそくアーシュに昨日見つけた不思議な果物を見せて聞いてみると。

『ほおう、ファーナか。それを森で見かけたということは、そろそろかもしれんな』

「この果実はファーナ、って言うのか。これは食べられるのか？」

『……食べられなくはないが、とりあえず今は取っておけ』

「……なあ、そろそろ教えてくれてもいいと思うんだけど。俺が知ったらダメなことなら、仕方ないと諦めるけどさ」

いつまでもそろそろ、そろそろと言われると、何が起きるのかいい加減気になって仕方がない。でもこの果物、真珠色の光沢のせいで食べる気にはいまいちならないが、食べられるんだな。

『フム。まあ、もう恐らく本当にそれ程掛からんから待っていろ。でも、そうだな……。日課が終わった後、世界樹の周りを何か変わったことがないか毎回確認しておいてくれ』

「ファーナも世界樹に関係しているのか？　……まあ、わかったよ。ここで問い詰めてもアーシュはどうせ口を割らないだろうし」

『お前、ドライアードに聞こうとか思っているだろう。ドライアード、このことに関しては口を出すなよ』

『……わかっているわ。私達もこの件に関しては見守ることしか出来ないもの。でも、そうね。私達精霊はその日が来るのを待ち望んでいる、とだけ言っておきましょうか。だからイッキ、日課を頑張ってちょうだいね？』

「あ、ああ。わかったよ」

俺の家がある大木の主、ドライアードは現れる時はいつも突然だ。こちらが呼びかけて出て来る時もあるし、出て来ない時もある。冬の間は他の精霊達もほとんど見かけなかったし、精霊にも季節に関係する習性なんかがあるのかもしれない。

だけどいきなり目の前に出て来られると、心臓に悪いよな！　なんていったって、ドライアードは凄い美人だからな……。

思わず見とれそうになった視線をなんとかアーシュに向ける。

「でも一つだけは約束してくれよな。アーシュたちが待っている結果が出たら、俺自身について知っていることはきちんと教えて欲しいんだ」

『……まあ、いいだろう。俺だってお前の全てが分かる訳ではないが、分かる範囲で良ければ教えよう』

「ならいいや。とりあえず俺は今まで通り、日課を頑張ればいいのだろう？」


アーシュから日課の追加を言われてから五日。言いつけ通りに日課を終わらせてから世界樹の周囲を毎日見回っているが、今のところは何も変わったことはない。しいて言えば、植物図鑑に幻と書かれていたとても珍しい薬草を世界樹の根元で見つけたくらいだ。

いくら幻の薬草でも、俺が持っていたって調合も出来ないし、そんな薬草をシンクさんに渡して世間に出して騒ぎになったら面倒だから、そのままにしてあるけどな！

さすが世界樹のある聖地、といった感じだ。当然世界樹の葉も枝も貴重な筈だが、世界樹のことさえ人の間では伝承でしか伝わっていないらしく、植物の図鑑には一切載っていなかった。

少しずつ文字の勉強を進め、最近になってようやくこの世界独自の単語を含む文章も読めるようになって来ている。それでも解読は植物図鑑を優先しているし、歴史などの載っている本はマジックバッグには入っていなかったので、今でもこの世界の情勢などは何一つ分かってはいない。

神獣、幻獣の子供たちとはかなり親しくなったが、この世界での神獣、幻獣の役割なども詳しいことはほとんど知らないままだ。

なんか俺、この世界のこと、ほぼ何も知らないいんじゃないのか？　もう一年も経つっていうのに。

でも、オルトロスも毎朝会うけど忙しそうだから俺の質問で時間を取らせるのもなぁ……。

フウ……とため息をつきつつ泉で遊ぶ子供たちと別れ、泉の湖畔を世界樹へ向けて歩いていると、キキリが走って追いついて来た。

「ん？　キキリも一緒に来てくれるのか？　世界樹の周囲を確認しないとだから、うれしいよ」

『ギャウ！』

森で見つけた不思議な果実は、結局アーシュに聞いても分かったのは名前だけで、更にまた思わせぶりな前振りが増えただけだった。

まあ、期待はしていなかったけど、アーシュ達が言う『もうそろそろ』は本当にもうそろそろなのか？　神獣的時間感覚でのことだったら、いつになることやら、だよな……。

『ギャウゥウ！　ギャウギャウ！』

そんなことを思いつつぼんやり歩いていたからか、キキリにしきりに足を叩かれて呼ばれていることにやっと気づいた。

「お、なんだキキリ。どうかしたのか？」

『ギャゥウ、ギャウ！』

大きな身振り手振りで指さされた先を見てみると、そこにはこれまでに一度も見たことのない花が咲いていた。

「おお！　あの花、昨日まではなかったよな？　おかしいな。花畑の真っ白な花以外、聖地では蕾(つぼみ)も見た記憶はないけどな……」

ここは毎日通っているから見間違いようがない。

しゃがんでじっくりと見てみると、透き通るような薄い翠色の五枚の大きな花弁がある、ネモフィラに似ている花だった。花畑の白い花の倍ほどの大きな花だが、薄い翠色な為か風景に溶け込んでいた。

じっくりと花を観察してから周囲を見回すと、世界樹の根元にも同じ花が咲いているのを見つけた。

「うーん。聖地では花畑の花以外を見たことなかったから、あの花しか咲かないと思っていたのに……。どういうことなんだろうな、キキリ」

この変化がアーシュ達が期待していたことに繋がることならいいが、ここが世界の命運を担う世界樹のある聖地なだけに、ただ花が咲いただけと放置は出来ない。

『ギャウー？　ギャギャ！』

「俺の日課に関係しているんじゃないかって？　じゃあやっぱりこの花もアーシュが言っていたことに関係しているのかな。確認したいけど、この花を摘むのはな……。特徴だけ話せばいいか」

なんとなく、この花も摘んではいけない気がしたのだ。

花畑の花も摘んではいけない気がして一度も摘んだことはないし、子供たちも絶対に摘もうとはしなかった。

「キキリ。とりあえず考えていても分からないし、先に日課を済ませて来るよ。ちょっと待っていてくれな」

『ギャウ！』

花を踏まないように進み、いつもの場所で世界樹の葉を取り出す。

そうだな。今日は葉だけでなく枝もぐんぐん伸びるようなイメージをしてみようかな。

昨日までなかった花が一日で咲いたなら、世界樹も葉だけでなく枝ももしかしたらぐんぐん伸びるのかもしれないし。

そう軽い気持ちで目を閉じ、春の温かな陽ざしをたっぷりと葉に受けて光合成し、ぐんぐんと枝も葉も伸びる様子を思い描いて魔力を注いだ。

すると、まるで俺の呼吸と連動するように、ぐん、ぐん、ぐん、と魔力が引き出されて行く。

うわっ！　これは、また倒れそうになったりしないよな？　だ、大丈夫か？

ただ一度に引き出される魔力の量はそれ程多くはなかったので、そのままイメージを維持し続けていると、いつもよりも少しだけ多く魔力を注いで止まった。

「フウ……。加減してくれてありがとうな。このくらいなら大丈夫だけど、これ以上は勘弁な」

目を開け、世界樹の幹を見つつ呟くと、幹の中を流れる水も先ほど魔力を吸い出された時のようにぐん、ぐん、ぐん、と呼吸のようなリズムをつけてキラキラと煌めきながら流れているように見えた。

「ん――、なんだ、やっぱり何かが起こるのか？」

アーシュがずっと待っているその時が、本当に正に今、訪れようとしているのだろうか？

いくら考えても俺に分かる訳もなく、キキリのもとへ戻り、一緒に世界樹の周囲を何か他に変化がないか見て回った。

結局その日は、キキリが見つけた翠色の花が世界樹の根元の周辺にもちらほらと咲いていたのを見つけただけだった。

更に二日後。いつものように一緒に来た子供たちと別れ、世界樹の根の周囲にどんどん増える薄い翠の花を踏まないように歩き、いつもの場所へ向かう。

この花のこともアーシュは『そうか』と言っただけで、何も教えてくれなかった。まあ、『もうそろそろ』に関わっているとみて、間違いはないのだろう。

「なんだか凄いなー、キキリ。この花、どこまで増えるんだろうな？」

『ギャーウー。ギャー』

あの日からずっとキキリは俺の日課に付き合ってくれている。

一昨日も昨日も、ぐん、ぐん、ぐん、と呼吸のように魔力を吸いとられる現象は続いていて、幹の中を流れる水も、ずっとそのリズムを保っている。

「アーシュも何も教えてくれないしさー。ま、いいか。じゃあ日課を済ませて来るから、キキリはここでな」

『ギャウ！』

キキリと手前で別れ、いつもの場所で世界樹の葉を取り出す。

んー、そうだな。今日は呼吸のように流れる、幹の中の水をイメージしてみるか。最近世界樹も俺の言っていることを分かってくれているようだし、魔力が切れるまで吸い取られることはないよな。

なんとなく今日はそうした方がいい気がして、目を閉じると世界樹の幹を流れる水を思い描く。

春の暖かな陽ざしを受け、幹の中を水がキラキラ輝きながら枝の細部まで広がり、葉が光合成して得たエネルギーと合わさり、ぐんぐんと枝や葉を伸ばして行く。

水の流れは、呼吸で取り込んだ酸素が血液を通して全身に広がるようなイメージだ。

「ッ!?」

すると一気にぐん、と魔力が吸い出された。ぐっ、ぐっ、ぐっ、と、激しい運動をした時の呼吸のように、力強く引き出されていく。

「くっ！　うわっ、ダ、ダメだ！　もうこれ以上はっ!!」

いつもの魔力を半分の時間で吸い出され、すぐ目の前に迫る限界に手を世界樹の根から引きはがそうとした時。

突然ブツリと、回路が切れたかのように魔力が引き出されるのが止まった。

「っ、ふう……。ギ、ギリギリなんとか大丈夫、か」

ふう、ふう、ふう、と荒くなった呼吸と胸の鼓動を深呼吸をして静めてから目を開けると、パアッと目の前に強い光が広がった。

「う、うわぁっ！　な、何事だ！」

『ギャウギャウ！』

あまりの眩しさに手をかざしながら目を閉じる。キキリの慌てたような声が聞こえたが、今はとても動けそうもない。

一体なんなんだ？　俺のイメージが悪かったのか？　それとも、本当に今、アーシュが言っていたその時がとうとう来たのか？

ぐるぐるとそんなことを考えながら光が収まるのを待ち、瞼(まぶた)の裏まで刺すような光が収まった後、うっすら目を開けるとキキリが慌てている声がした。

『ギャ！　ギャギャギャギャギャ――ウ！　ギャウギャウーッ!!』

ドタドタと俺の方に走って来たキキリが、バタバタと手を動かして指を差した先を見ると。

「……はあ？　な、なんで、なんでこんなところに赤ちゃんがいきなり現れているんだ――っ!?」

キキリが示した世界樹の根元には、生後一年程に見える、人の姿の赤ちゃんが横たわっていたのだった。

あとがき

皆様はじめまして。カナデ、と申します。

他社で出版させていただきました書籍を含めて、今作は七冊目の本、ということになります。無事に七冊目まで書籍を出すことが出来て、とてもうれしく思っております。

この作品は賞に応募するも落選し、書籍化をそろそろ諦めようか、と思っていた時に、編集のY様にお声を掛けていただきこの機会を頂けました。それもGCノベルズさん、ということでとても光栄で、はじめにお礼を申し上げさせていただきます。

WEBに投稿作品、として書き出した時のテーマは、「たくさんのもふもふに囲まれ、ひたすらもふもふとのんびり過ごす話」にしよう、でした。異世界ファンタジーですが冒険も戦闘もない、本気のスローライフです。ですので、登場人物としては主人公のイッキだけで、他は人の姿は精霊のみ、という振り切った設定にしてみました（最後に一人増えますが）。

ただ書いてみるとほのぼの、もふもふ、だけだとなんとも話を進めづらく、いかにのほほんとしたイッキと、世界の命運を担う神獣や幻獣、それに精霊達の次代を担う子供達という役割だけみれば重い、けどちびっ子もふもふで肩肘張らずに読める物語にするか、に迷う時もありました。でも自分でも仕事に疲れた時にのんびりした話を読むのが好きなので、生き生きと楽しく過ごすちびっ子もふもふ達をテンポよく描くことだけに絞って書き進めました。

ですので、チート能力も戦闘も探索もない、もふもふとイチャイチャする私の趣味を詰め込んだようなお話をこうして皆様にきちんとした本としてお届けすることが出来たのを、本当にうれしく思っております。

最初に出て来るのがフェニックスなのは、いつもは個人的に好きな犬系のフェンリルになるのが多いので、今回は別にしよう、となった時に、最初が鳥は意外性もあって面白いかも！　とひらめき、そして同時に主人公が飛んで連れ攫われる姿も浮かび、これだ！　と思いついて一気に最初の出だしや世界観や設定までが出来上がりました。

登場させる神獣や幻獣については、おどろおどろしいのはほのぼのには合わないし、では何を出すか、となった時にかなり悩みました。意外性がなかったらほのぼのしただけの話になる、とならないようにと狼を最初は封印していたら、明るくて天真爛漫なハーツとなりましたが。今後も楽しんでいただけるように、様々なもふもふを登場させたいと思います。

最後に、感謝を。

魅力的なもふもふを描き上げて下さった○×様。ラフをいただく度にかわいい！　と叫んでおりました。また、この作品を拾って下さったマイクロマガジン社様と編集のＹ様、それとこの本を出すにあたって関わって下さった皆様に感謝を捧げます。

そしてここまで読んで下さった皆様、ありがとうございました。次巻ではもっともふもふかわいいエピソードを書けるよう頑張りますので、どうぞよろしくお願いいたします。

GC NOVELS

世界樹の森で もふもふ スローライフ!

ちび神獣たちのお世話係始めました①

2025年2月7日　初版発行

著者　カナデ
イラスト　ox

発行人　子安喜美子
編集　弓削千鶴子
装丁　AFTERGLOW
印刷所　株式会社平河工業社
発行　株式会社マイクロマガジン社
URL:https://micromagazine.co.jp/

〒104-0041
東京都中央区新富1-3-7　ヨドコウビル
TEL 03-3206-1641 FAX 03-3551-1208(営業部)
TEL 03-3551-9563 FAX 03-3551-9565(編集部)

ISBN978-4-86716-709-0 C0093 ©2025 Kanade ©MICRO MAGAZINE 2025 Printed in Japan

本書は小説投稿サイト「小説家になろう」(https://syosetu.com/)に掲載されていたものを、加筆の上書籍化したものです。

ファンレター、作品のご感想をお待ちしています!

宛先　〒104-0041　東京都中央区新富1-3-7　ヨドコウビル
株式会社マイクロマガジン社　GCノベルズ編集部　「カナデ先生」係　「ox先生」係

アンケートのお願い

二次元コードまたはURL(https://micromagazine.co.jp/me/)をご利用の上
本書に関するアンケートにご協力ください。

■ご協力いただいた方全員に、書き下ろし特典をプレゼント!
■スマートフォンにも対応しています(一部対応していない機種もあります)。
■サイトへのアクセス、登録・メール送信の際にかかる通信費はご負担ください。

GC NOVELS
ハイブルク家
三男は小悪魔ショタです
The third son of the Heiburg family is a little devil shota
腹黒転生ショタ
×
イケメン男装令嬢
魅惑のおねショタペア登場!!
デンセン イラスト／ごろー*
第①～②巻 好評発売中!
2025年春 第③巻発売予定